그대 다시는 고향에 가지 못하리 II

일러두기

- 이 책은 Thomas Wolfe, 『*You Can't Go Home Again*』(A Distributed Proofreaders Canada E-Book)을 참고했습니다.

그대 다시는 고향에 가지 못하리 II

You Can't Go Home Again

토머스 울프 지음

나림

제 3 부 종말과 시작

매미가 땅속에서 나와 생의 마지막 단계에 막 접어들 무렵이면 날개 달린 곤충이라기보다는 살찌고 더러운 벌레처럼 보인다. 놈은 힘겹게 나무 기둥을 기어오른다. 아직 다리 사용법을 제대로 익히지 못한 듯 어색한 몸짓이다. 겨우 나무 기둥 중간쯤에 오른 뒤 놈은 앞발로 나무껍질에 달라붙는다. 이어서 갑자기 팍하고 무언가 터지는 소리가 난다. 그리고 곤충의 등 부분이 마치 지퍼로 채워져 있던 것처럼 좍 옆으로 갈라진다. 그리고 그 안에 있던 생명이 천천히 몸통과 머리를 비롯해 온몸을 밖으로 내밀기 시작한다. 서서히, 아주 서서히 이 놀라운 과업을 성취한 뒤에 그 곤충은 생명 없는 갈색 껍데기를 남긴 채 햇빛 속으로 기어 나온다.

이 살아 있는 연녹색의 반투명 원형질은 오랫동안 햇빛을 받으며 꼼짝 않고 있다. 하지만 좀 더 참을성 있게 그것을 관찰하면 바로 눈앞에서 벌어지는 경이로운 변화와 성장의 모습을 생생하게 목격할 수 있다. 얼마 뒤 그 몸은 생명으로 고동치기 시작한다. 그것은 서서히 몸을 펴면서 카멜레온처럼 색이 바뀐다. 이윽고 등 양쪽에서 날개가 돋아나면서 펴지기 시작한다. 이제 빠르게 날개가 펴지면서 마침내 무지개색 투명한 날개가 햇빛을 받아 마치 요정처럼 반짝인다. 그 모든 변화가 우리의 눈에 훤히 보인다. 날개가 섬세하게 떨리기 시작하면서 점점 더 떨림이 빨라진다. 이어서 갑자기 금속성의 윙 소리와 함께 높은 공기를 가르며 날아간다. 이렇게 새로 태어난 생명체는 새로운 세계로 들어가 새로운 삶을 산다.

1929년 가을의 미국은 매미와 같았다. 하나의 세계가 종말을 고하고 새로운 세계가 시작되고 있었다. 10월 24일, 뉴욕의 월스트리트의 대리석 건물 안에서 갑자기 천지가 진동하는 요란한 소리가 울렸다. 주식 대폭락의 파열음이었다. 미국을 감싸고 있던 낡아빠진 껍질, 그 죽은 껍질이 깨지고 등에서 금이 가는 소리였다. 그리고 그 껍질 안에서 고통스럽게 서서히 변화하던 살아 있는 생명체가, 즉 언제나 변함없이 그러했던 미국,

앞으로도 그래야 할 진정한 미국이 그 모습을 드러내기 시작했다. 그 미국은 밝은 빛으로 나오자 아찔한 상태에서 비틀거렸고 다리를 절었다. 이제껏 갇혀 있었기 때문이다. 미국은 오랫동안 가사(假死) 상태에서 그 안에 생명력을 간직한 채 변신의 다음 단계를 참을성 있게 기다리고 또 기다려 왔다.

국가 지도자들은 너무 오랫동안 잘못된 번영의 환상에 시선을 고정하고 있었기에 미국 본연의 모습을 잊고 있었다. 하지만 이제 그들은 그것을 보았다. 그러나 그들은 그것의 생소함, 조야(粗野)함, 강력함에 질려 떨리는 눈길을 다른 곳으로 돌려버렸다. 그들은 "우리에게 낡은 껍질을 돌려달라. 우리는 그 안에서 안락하고 편했다"라고 말했다. 그러면서 그들은 마술 같은 화법을 구사했다. "상황은 기본적으로 건전하다." 진짜 변한 것은 아무것도 없으며 만사는 전과 다름없고 영원히 그래야 한다고 자기 최면을 걸고 있었던 것이다. 아멘.

그러나 그들은 틀렸다. 그들은 '그대 다시는 고향에 가지 못하리'라는 엄연한 사실을 몰랐다. 미국의 그 어떤 것이 종말을 고했으며 그 어떤 것이 새롭게 시작되었음을 몰랐다. 게다가 새로 시작된 그 어떤 것이 무엇일지 아무도 몰랐다. 미국의 변화하는 모습과 미래의 불확실성에 지도자들의 잘못이 겹쳐서 공포와 절망이 증폭되었고 오래가지 않아 거리에는 기아(飢餓)가 만연했다. 그 모든 것 가운데 단 하나 확실한 것이 있었으나 아무도 그것을 보지 못했다. 미국은 여전히 미국이며 그 안에서 그 어떤 새로운 모습이 나타나더라도 미국은 여전히 미국이리라는 사실이었다. 마치 애벌레가 탈바꿈하여 매미가 나타나며, 그것이 바로 매미의 정체성이듯이…….

조지 웨버도 다른 사람들과 마찬가지로 혼란과 두려움에 사로잡혀 있었다. 어찌 보면 그의 혼란과 두려움은 남들보나 더 심했다. 전반적인 위기 상황에 개인적인 위기가 겹쳐 있었기 때문이었다. 바로 그 순간 조지도 종말과 새로운 시작을 겪고 있었다. 그것은 '사랑'의 종말이었다. 하지만 '사랑하기'의 종말은 아니었다. 그것은 세상에서 '인정받기'의 시작이었다. 하지만 '명성'의 시작은 아니었다. 하지만 매미가 애벌레에서 매미로 재탄생하듯 작가 지망생에서 작가로 재탄생한 것만은 분명했다.

그의 책은 11월 초에 출간되었다. 그런데 그가 그토록 간절하게 기다리던 그 사건은 그가 기대했던 것과는 전혀 다른 결과를 가져왔다. 그리고 그 기간에 그는 그가 이전에 전혀 알지 못했던 새로운 것을 많이 배웠다. 하지만 자기 자신의 변화는 자신을 둘러싸고 있는 이 세상 전체의, 보다 큰 변화와 밀접하게 연관이 있다는 그 배움은 아주 천천히 이루어졌다.

제19장 죄의 문제

리비아 힐이라는 작은 마을에서 유년기를 보내면서 조지의 뇌리에는 늘 도시에 대한 비전이 크게 자리 잡고 있었다. 그는 명예에 목말라 있었으며 유명한 사람이 되기를 간절히 바랐었다. 성장하면서 그 욕망은 더욱 강해질 뿐 결코 변하지 않았으며 지금은 그 어느 때보다도 더 강렬했다. 하지만 그는 자신이 두각을 나타내고 싶어 하는 문단에 대해서는 거의 아무것도 아는 게 없었다. 그리고 이제 그는 그 무지 상태에서 꿈꾸었던 행복과 기쁨을 빼앗길 수밖에 없는 몇 가지 일들을 겪고 있는 중이었다.

그의 소설 『산골 마을로의 귀향』은 1929년 11월 첫째 주에 출간되었다. 그런데 그 책의 출간 시기는 공교롭게도 미국의 경제 불경기의 시작과 거의 정확하게 일치했다.

10월 말에 시작된 주식 시장의 붕괴는 마치 거대한 돌을 잔잔한 호수에 던진 것과 같았다. 그것이 갑자기 일으킨 파문은 미국 전역에 공포의 물결을 퍼뜨렸다. 멀리 떨어진 작은 마을, 읍, 도시의 주민들은 안절부절못했다. 그 영향이 자기들에게도 미칠까? 그들은 그러지 않기를 바랐다. 그리고 당분간 사람들은 일상의 삶을 지속해 나갔다.

하지만 일단 공포의 물결에 휩쓸렸던 만큼 생활이 전과 똑같을 수는 없었다. 생활의 안정은 사라졌고 두려움과 불길함의 기운이 공기 중에 퍼져 있었다. 웨버의 첫 소설은 이렇게 위장된 평온과 절망적인 분위기 속에서 첫선을 보였다.

『산골 마을로의 귀향』의 장단점에 대해 논하는 것은 이 소설의 목적이 아니다. 다만 그 작품이 젊은이의 처녀작이라는 사실, 그런 작품이 갖기 마련인 장단점을 고루 지니고 있다는 점만 지적하기로 하자. 또 그는 그 작품을 자신이 살아오면서 실제로 겪은 일들을 바탕으로 썼다. 그런데 바로 그 때문에 많은 곤란한 일을 겪게 된 것이다.

조지는 나이가 들어갈수록 누구든 흥미가 있거나 가치가 있는 작품을 쓰려면 살면서 겪은 경험을 바탕으로 써야 한다고 확신했다. 작가도 보통 사람들과 마찬가지로 자신이 이용해야 하는 것을 이용해야 한다. 자신이 갖지 못한 것을 이용할 수는 없다.

따라서 조지 웨버는 자신의 삶의 경험들에 대해 묘사했다. 그는 자신의 고향 마을에 대해 썼고, 자신의 가족 및 고향에서 알고 지내던 사람들에 대한 이야기를 썼다. 그리고 그것에 대해 대단히 노골적이고 직접적으로 묘사했다. 다른 소설에서는 드문 일이었고 바로 그것이 문제를 일으킨 것이다.

그 어느 작가건 처녀작은 중요하다. 그것은 저자에게 세계 전체를 의미한다. 저자는 자신의 작품이 전례가 없는 작품이라고 생각할지 모른다. 조지도 그러했다. 하지만 그가 잘못 안 것이 있다. 사람은 작품이 아니다. 작품 읽듯이 사람을 읽을 수는 없다. 웨버는 사람을 읽어본 적이 없었다. 그는 사람을 읽었다고 생각했다. 그는 그들이 어떤 사람인지 안다고 생각했다. 그러나 사실은 그렇지 않았다. 그는 그들과 함께 사는 것과 그들에 대해 쓰는 것이 얼마나 다른지 배운 적이 없었다.

사람은 글을 쓰고 책을 출간하면서 삶에 대해 많은 것을 배우고 깨우치기 마련이다. 조지는 자신의 작품을 쓰면서 그의 고향 마을이 쓰고 있던 가면을 벗겨버렸다. 하지만 그는 자신이 그런 일을 하고 있다는 것을 충분히 깨닫고 있지 못했다. 그의 작품이 인쇄되고 출간된 다음에야 그는 사태를 분명히 깨달았다. 그가 뜻했던 일, 그가 바랐던 일은 그가 알고 있는 그대로의 진실을 드러내는 것이었다. 하지만 원고 교정을 하고 인쇄 과정을 지켜보면서 그는 자신이 진실을 말하지 않았다는 것을 즉시 깨달았다. 진실을 말한다는 것은 정말로 어려운 일이다. 게다가 허영심, 자부심, 뜨거운 열정, 상처받은 자존심으로 잔뜩 일그러진 젊은이의 첫 번째 시도에서 그것이 이루어진다는 것은 거의 불가능하다. 『산골 마을로의 귀향』에는 온통 이런 잘못과 미숙함투성이였다. 조지는 누가 그에게 말해주기 이전부터 그 사실을 그 누구보다 잘 알고 있었다. 그는 과연 자기가 괜찮은 책을 쓴 것인지 아닌지조차 알 수 없었다. 전에는 가끔 괜찮은 책이라는 생각을 했고 최소한 몇 가지 요소는 대단하다고 자찬하기도 했다. 다만 그것이 완벽하게 진실한 책이 아니라는 것만은 분명하게 알고 있었다. 하지만 그 책에도 진실이 있었다. 사람들이 두려워한 것은 바로 그것이었다. 사람들을 미치도록 분노하게 만든 것은 바로 그것이었다. 그 책에 오류가 많아서 사람들을 분노하게 만든 것이 아니라 진실을 어느 정도 담고 있기에 사람들을 격노하게 만든 것이다.

출간일이 다가올수록 조지 웨버는 고향 리비아 힐에서 자신의 작품을 어떻게 받아들일 것인지 무척 불안했다. 9월에 고향에 다녀온 이후 불안감은 더욱 고조되었다. 그는 투기에 미쳐 파멸의 길에서 비틀거리고 있는 고향의 모습을 보았다. 그는 길거리에서 만나는 사람들의 눈에서 재앙에 대한 공포를 읽을 수 있었다. 그들은 재앙이 닥쳐오리라는 것을 알고 그에 대해 죄의식을 느끼고 있었다. 그러나 그들은 그것을 스스로 인정하려 들지 않았다. 그는 그들이 이 허울뿐인 부(富)에 필사적으로 매달려 있다는 것을 알았고 그런 식의 광기로는 그 어떤 현실과 진실도 직시할 수 없다는 것도 알았다.

그러나 설혹 그가 그 순간의 이런 특수한 상황을 의식하고 있지 못했다 할지라도 자신이 그 무엇엔가 휩쓸려 들어가고 있다는 예감은 느꼈을 것이다. 그가 남부인이기 때문이었다. 그는 남부인에게는 뭔가 상처가 있다는 것을 알고 있었다. 그는 남부인이 뭔가 뒤틀리고 어둡고 고통에 가득 찬 가운데 살아가고 있으며 겉으로 보이는 그들의 온갖 모순 저 너머, 혹은 저 깊은 곳 어딘가에, 달리 말해 그들의 영혼 깊은 곳에 그 무언가가 뿌리박혀 있다는 것을 알고 있었다. 다만 그 누구도 그에 대해 감히 글을 쓰거나 언급하지 못했을 뿐이다.

그것은 옛날 전쟁에서의 참패, 그 결과 겪게 된 여파에서 온 것인지도 모른다. 혹은 그보다 훨씬 이전에 그 원인이 있는지도 모른다. 인간이 인간을 노예로 삼았던 사악한 짓, 노예를 소유하고자 하는 욕망과 인간으로서의 양심 간의 싸움에서 입은 상처와 부끄러움에서 기인하는지도 모른다. 혹은 뜨거운 남부의 강한 욕망이 완고하고 편협한 신학(神學)의 거칠고 피상적인 틀에 의해 고통받고 억눌린 결과인지도 모른다. 그 욕망이 마치 늪가의 어두운 숲처럼 은밀하게 숨을 죽이고 남몰래 먹이를 찾아 배회하다가 분출된 것인지도 모른다. 하지만 무엇보다도 그것은 그들의 삶의 기후(氣候)에서, 그들의 삶의 형식, 그들이 먹고 있는 음식, 그들의 머리 위에 감도는 미지의 공포, 늘 슬픔이 떠도는 것 같은 그들 주변의 신비스러운 솔밭에서 오는 것인지도 모른다. 그것이 어디에서 오는 것이건, 그것은 분명 그곳에 존재하고 있었고 조지 웨버는 그 사실을 알고 있었다.

하지만 미국 남부만 상처를 입은 것이 아니었다. 나라 전체가 보다 깊고 어둡고 이름 붙이기 어려운 상처로 고통받고 있었다. 그것이 무엇일까? 타락한 관리와 부패한 정부, 속속들이 비틀린 행정, 과도할 정도로 만연(蔓延)하고 있는 특권과 독직,

범죄에 대한 비호와 갱들이 군림하는 무법천지, 질병으로 썩어 문드러진 민주주의 형태가 그것일까? 혹은 그토록 거창하면서도 막연하기 짝이 없는 온갖 형태의 '청교도주의'일까? 혹은 독점 기업의 창궐, 부(富)가 노동자들의 삶에 가하는 범죄에 있는 것일까? 그렇다, 그것은 그 모든 것 안에 있다. 그리고 매일 살해당하는 사람들의 조종(弔鐘)에도, 이 땅 도처에서 행해지는 무차별 살육 행위에도, 사회 개선을 위한 기도문—순식간에 잊힐 그 위선적인 기도문—을 매일 경건하게 싣는 신문에도 있었다.

하지만 우리는 우리 국가가 앓고 있는 병의 증거를 이렇게 밖에서만 찾아서는 안 된다. 우리는 각자 내부에서 펄떡이고 있는 죄의 심장에도 눈길을 주어야 한다. 우리가 모두 함께 앓고 있는 상처의 근본을 탐사하기 위해서는 그렇게 해야 한다. 인간으로서, 미국인으로서 우리는 더 이상 꽁무니를 빼거나 거짓말을 할 수 없다. 우리는 모두 똑같은 태양 빛을 따뜻하게 받으며 살고 있지 않은가? 우리는 모두 똑같은 추위에 떨고 있지 않은가? 우리는 이곳 미국에서 시간과 공포라는 똑같은 빛을 받고 있지 않은가? 그렇다, 우리가 그 모든 것을 똑바로 보지 않고 외면한다면 우리는 모두 함께 저주받을 것이다.

비록 부분적인 성공에 그치고 말았지만 조지 웨버는 그가 보았고 그가 알고 있는 삶의 작은 편린들에 대해 진실을 말하려고 노력했다. 그리고 그는 이제 그의 고향 사람들이 그에 대해 어떤 반응을 보일지 걱정하고 있었다. 그는 자신의 책을 읽을 사람이 얼마 되지 않으리라고 생각했다. 그가 두려워한 것은 쑥덕공론이었다. 당시에도 몇몇 남부 출신 작가들이 자신의 고향을 배경으로 쓴 소설이 있었다. 하지만 대부분 가벼운 풍자나 흥미에 치우친 것들이었고 범죄와 처벌에 관한 내용이 들어가더라도 당사자는 늘 흑인이었다.

그러나 조지의 책은 달랐다. 따라서 그의 책을 읽은 리비아 힐 사람들은 처음에는 '이게 무슨 이야기람?'이라는 반응을 보였다. 그러다가 그들은 자신들이 그 소설에 등장한다는 것을 알게 되었다. 그러자 그들은 그 책을 다시 읽기 시작했다. 전에 책이라고는 한 권도 사본 적이 없는 사람도『산골 마을로의 귀향』을 사서 읽었다. 리비아 힐에서만 그 소설이 2천 부나 팔렸다. 그 소설은 그들을 아연하게 했고 당황하게 했으며 마침내 싸움을 걸게 만들었다. 말하자면 조지 웨버는 시골 사람들이 전혀 익숙하지 않은 방법으로 수술용 칼을 들이댄 셈이었다. 그의 소설은 그 지방 전체를 까발렸고 그 결과 조지 웨버 자신을 그들에게 까발린 셈이 되었다.

책이 나온 지 3주 후 조지는 뉴욕시 12번가에 있는 그의 음침한 아파트 뒷방에 앉아 아침에 배달된 편지들을 읽고 있었다. 그는 편지 받는 것을 좋아했다. 그는 고향을 떠나 대학에 다니던 시절 오지 않는 편지를 기다리며, 편지를 받아보고 기뻐하는 학우들을 무척 부러워했었다. 자기만 빼놓고 모두 편지를 받는 것 같았다. 그런데 그가 편지를, 그것도 한두 통이 아니라 여러 통의 편지를 한꺼번에 받은 것이다. 그가 평생 기다려 온 편지, 그가 열렬히 그리던 편지, 하지만 한 번도 오지 않던 편지가 한꺼번에 들이닥친 것 같았다. 그가 전혀 예기치 않던 일이었다.

그는 그곳에 앉아 도시의 소음에 귀가 먹먹해진 채 편지들을 읽었다. 두 줄기 불빛이 창문을 통해 들어와 마룻바닥 위에 가라앉았다. 바깥에는 뒤뜰 울타리 위를 고양이 한 마리가 몸을 떨면서 살금살금 기어가고 있었다.

익명에 줄이 쳐진 편지지에 연필로 쓴 편지.

아니, 자네 어떻게 자네 영혼에 이렇게 범죄를 저지를 수
있단 말인가. 나는 방금 얼굴이 백지장처럼 하얗게 된 저
불쌍한 자네 외숙모 매기 아주머니를 침대에 눕혀 놓고
나왔네. 자네가 그 살인적인 펜으로 자리에 몸져눕게 한
걸세. 아마 다시는 못 일어날 것 같네. 자네와 늘 오누이
처럼 지내던 마거릿 셰퍼턴도 자네가 방탕한 여자로 만
들어 버리는 바람에 신세를 망쳐 평생 얼굴을 들고 다닐
수 없게 되었네. 자네는 아는 사람들을 죽이다시피 모욕
했으니 다시는 이곳에 돌아오지 말게. 자네는 우리 모두
에게 죽은 사람이나 마찬가지야. 다시는 자네 얼굴을 보
고 싶지 않네. 나는 사형(私刑)을 인정하지 않는 사람이네.
하지만 사람들이 시체가 된 자네의 원숭이 같은 몸뚱이
를 광장에서 끌고 다녀도 한마디 말도 하지 않을 걸세. 자
네, 자네 영혼에 이런 죄를 짓고도 밤에 잠이 오나? 그 비
열하고 더러운 책을 당장 찢어버리고 더 찍어내지 못하
게 하게. 자네가 지은 죄는 카인의 죄보다 더 흉악하다네.

이어서 봉투에 넣은 엽서.

이곳으로 돌아오면 죽여버릴 테다. 우리가 누군지 알겠지.

옛 친구로부터.

이보게, 대체 뭐라고 해야 할지. 책이 왔고, 여기 있네. 그
리고 일은 벌어졌네. 나는 다만 이 말만 할 수 있을 뿐이
네. 자네를 키워주고, 지금은 언덕에 묻혀 있는 분이 이렇
게 말하리라고
'오, 맙소사! 내가 미리 알았더라면!'
나는 몇 주 동안 오로지 자네의 책이 도착하기만 기다렸
네. 그리고 책이 왔고 이렇게 내 손 안에 있네. 그런데 그
책에 대해서 무슨 말을 해야 할까?
자네는 십자가에 못 박힌 예수보다 더한 고통을 자네 가
족들에게 주었네. 자네는 자네의 친척들과 수많은 친구
의 삶을 쓰레기로 만들었고 자네를 내 몸처럼 아끼던 우
리들의 가슴에 비수를 찔러 넣고 비틀었네. 그 단검은 그
렇게 그 자리에 그대로 박혀 있을 걸세.

조지가 자신을 이해하리라고 생각한 익살맞고 다정한 친구

로부터.

자네가 이런 종류의 책을 쓸 줄 미리 알았다면 자네에게
해줄 이야기가 많았는데. 왜 나를 찾아오지 않았나? 자네
가 상상조차 할 수 없는 더러운 인간들이 이 마을에 얼마
나 많은데.

이 마지막 편지와 비슷한 내용의 편지들이 가장 가슴이 아팠
다. 그들이야말로 그가 소설을 쓴 목적과 성취에 대해 가장 큰
의혹을 품게 했다. 그런 사람들은 과연 그가 무엇을 쓰려 했는
지 알고 있는 것일까? 외설 문학의 백과사전? 마을 전체에 묻
혀 있는 해골들 발굴 작업? 그는 자신의 책이 마을에 숨어 있
던, 생각지도 않던 온갖 냉혹함과 악의를 공공연히 드러내어
독설을 나불거리게 했음을 알았다. 그의 작품에 등장한 인물들
이 마치 낚싯줄에 걸린 고기처럼 펄떡거렸고 다른 사람들은 그
꿈틀거리는 고기를 보며 입맛을 다시게 만들었음을 알았다.
　이제 만천하에 드러난 이 희생자들은 모두 그 불운한 작가
를 향해 공격의 화살을 퍼부었다. 그 작가가 자기들이 겪게 된
고통의 유일한 원인이라고 생각한 것이다. 매일 그들의 편지가

계속 날아왔다. 조지는 자신이 겪는 고통에 묘한 만족감을 느끼며 그 신랄한 편지들을 읽고 또 읽었다. 아무런 악의 없이, 그리고 무심코 자신이 타인에게 준 그 극심한 모욕을 자신이 그대로 되돌려 받겠다는 심산에서였다. 그 편지들을 읽으면서 그의 감각과 마음은 점점 마비되어 갔다.

그들은 처음에는 그가 삶을 거스르는 괴물이라고, 제 보금자리를 스스로 더럽힌 자라고 썼다. 이어서 그들은 그가 남부에, 그의 어머니에게 반역했고 어머니에게 침을 뱉었으며 모욕했다고 썼다. 이어서 그들은 그들이 생각해 낼 수 있는 가장 혹독한 공격을 가했다. 그들은 그가 이제는 '남부인'이 아니라고 썼다. 어떤 사람은 그가 미국인이 아니라고까지 했다. 그는 그 비난만은 참기가 어려웠다. 그는 '자신이 미국인이 아니라면 결국 아무것도 아니잖느냐'고 쓴웃음을 지으며 생각했다.

그런데 책 출간 뒤 이렇게 악몽 같은 몇 주일이 지난 후에 그가 알고 있는 두 사람에게서 온정의 빛이 비쳐와 그에게 위안과 안도를 주었다.

그중 하나는 랜디 셰퍼턴에게서 온 편지였다. 그 고달픈 삶 가운데도 그가 이전에 지녔던 영민함과 순수함을 아직 깊은 곳에 간직하고 있음을 느끼게 해주는 편지였다. 그의 글은 소설에 대한 이해로 가득 차 있었다. 그는 그 책의 목적을 분명히 알았으며 그 책의 장단점에 대해서도 예리한 평가를 내렸다. 그는 그 책에 대한 자부심과 기쁨을 솔직하게 드러내는 것으로 글을 맺었다. 등장인물이나 마을 사람들의 쑥덕공론에 대해서는 일언반구도 없었으며 조지가 그려낸 인물 중에서 자신의 모습을 알아보았다는 이야기도 없었다.

또 다른 온정의 빛은 그것과는 전혀 종류가 달랐다. 어느 날 전화벨이 울렸다. 네브래스카 크레인의 울부짖는 듯한 목소리를 통해 그의 우정이 전화선 저 멀리서 전해졌다.

"헤이 멍크! 자네야? 그래, 재미가 어때?"

"뭐, 그럭저럭."

"별로 기분이 안 좋은 모양이군."

"아냐, 아무 일 없어. 그래 자네는 어때?"

"일 년 더 계약할 수 있을 것 같아. 그렇게 되면 생활이 더 안정되는 거지."

"아, 그래? 그거, 정말 잘 됐다. 자네, 부인은 어때? 잘 지내지?"

"그럼, 잘 있지. 집사람도 지금 여기 있어. 실은 이 사람이 자네에게 전화하라고 해서 한 거라네. 난 그런 생각도 못 했는

데…… 자넨 날 알잖아. 자네에 관한 글을 다 읽었어. 자네 책에 관한 것 말이야. 마누라가 그 이야기를 내게 해줬다고. 신문 기사를 오려서 스크랩해 놨어…… 정말 큰 성공을 거둔 거지?"

"뭐, 그런 셈이지. 꽤 잘 팔리는 모양이야. 그런 뜻으로는 성공한 셈인지도 모르지." 조지가 힘없이 말했다.

"나도 그건 알아! 우리도 한 권 샀거든…… 아직 읽지는 않았지만……." 그는 미안하다는 듯 덧붙였다.

"아니, 읽어볼 필요 없어."

"읽어볼 거야. 꼭 읽어볼 거라고." 그가 힘차게 말했다. "시간이 나는 대로."

"거짓말하지 마!" 조지가 기분 좋게 말했다. "자네도 안 읽을 걸 빤히 알면서!"

"아냐, 읽을 거야!" 네브래스카가 점잖게 선언하듯 말했다. "좀 안정되길 기다리고 있는 거야…… 그런데, 이봐, 자네 정말 길게 썼더군. 안 그래?"

"그래, 좀 길어."

"그렇게 긴 건 처음 봤어! 들고 다니기도 힘들 지경이야." 네브래스카가 힘차게 말했다.

"나는 쓰는 데 힘이 많이 들었지."

"맞아, 정말이야! 아니, 그 많은 말을 어떻게 다 생각해 낸 거야…… 꼭 읽을 거야…… 우리 야구팀에도 벌써 그 책에 대해 아는 친구가 있어. 지난번에 제퍼츠가 그 책 이야기를 했어."

"누구?"

"제퍼츠 매트, 포수 말이야."

"읽었대?"

"아니, 아직 다 안 읽었대. 하지만 그 친구 부인이 읽었대. 굉장한 독서광이야. 자네에 대해서도 다 알고 있어. 내가 자네를 안다는 것도 알아. 그리고 그녀가 말하길……."

"무슨 얘기를 했는데?" 조지는 갑자기 겁에 질려 그의 말을 끊고 물었다.

"아, 내가 거기 나온다는 거야!" 그가 소리 높여 말했다. "그게 정말이야?"

조지는 얼굴을 붉히며 말을 더듬었다.

"그게, 그러니까, 브라스, 저기 말이야……."

"그래, 매트 부인이 그랬어." 네브래스카는 조지의 대답도 기다리지 않고 숨 가쁘게 말했다. "내가 거기 나온다고 그랬단 말이야. 이제 모든 사람이 다 나를 알게 되었다고……! 나에 대해 뭐라고 썼어, 멍크? 그게 정말 나야?"

"그러니까, 브라스…… 그건……."

"이봐, 뭐가 걸리는 거야? 그게 정말 나야? 정말이야……?" 그는 놀람과 기쁨에 가득 차서 소리쳤다. "이 브라스가 책에 나온단 말이지!"

그의 목소리가 작아졌다. 하지만 한층 더 흥분해 있었다. 아내 머틀을 향해 이야기하고 있는 것이 분명했다. "정말 나래! 좋았어!"

그가 다시 조지에게 말했다 "이봐, 멍크," 엄숙한 어조였다. "자네 덕분에 내가 으쓱해졌어. 그래서 자네에게 전화한 거야."

제20장 사자 사냥꾼들

　조지의 책은 고향에서보다 뉴욕에서 훨씬 반응이 좋았다. 저자는 전혀 알려지지 않은 인물이었다. 따라서 그의 이전의 작품과 비교하여 왈가왈부할 여지는 전혀 없었다. 그 점이 딱히 유리하다고 할 수는 없었지만 최소한 작품이 있는 그대로 평가받을 기회는 부여받은 셈이었다.

　놀랍게도 그의 작품은 수많은 저명한 신문과 문예지에서 호평을 받았다. 그들이 '올해의 발견'이라는 호들갑스러운 단어를 써가며 그의 작품을 높이 칭송하는 바람에 조지 자신마저 좀 더 신중하게 객관적으로 비평을 해주었으면 하고 바랄 정도였다. 때로는 비평가들이 좀 더 통찰력 있게 자신의 의도를 밝혀주었으면 하는 마음이 들기도 했다. 하지만 옛 친구들과 지인들에게서 엄청난 된서리를 맞고 난 뒤였기에 자신에게 너그럽고 상냥한 말을 건네주는 사람들에게 시비를 걸고 싶은 생각은 추호도 없었다. 시비는커녕 자신의 작품에 대한 호평에 감지덕지했으며 행여 모진 말이라도 나올까 봐 노심초사했다고 하는 편이 옳았다.

신문과 잡지에서 그의 작품에 대한 호평이 있자 이번에는 좀더 권위 있는 평론들이 뒤따랐다. 그런 평론들을 읽으며 조지는 환희가 목구멍 근처까지 치솟아 올라 창문을 열고 고함이리도 지르고 싶은 심정이었다.

그의 작품에 대한 권위 있는 비평들이 등장하고 난 뒤에 그가 받는 편지의 내용이 이전과는 전혀 다른 양상을 띠기 시작했다. 고향에서 홍수처럼 밀려오던 저주의 편지들이 완전히 그친 것은 아니었지만 이제는 그와는 전혀 다른 편지들이 속속 그에게 배달되었다. 그의 작품을 읽고 좋아하게 된 낯선 사람들에게서 온 편지였다.

그런데 결정적인 일이 벌어졌다. 그의 책이 베스트셀러 목록에 오르게 된 것이다. 그러자 그의 메일 박스는 팬들로부터 날아온 편지들로 넘쳐흘렀다. 그뿐 아니었다. 전화벨이 온종일 쉬지 않고 낭랑하게 울렸다. 부자들, 교양 있는 사람들이 점심이

나 저녁을 함께 들자, 차 한 잔 함께 마시자, 극장 파티에 함께 가자, 주말에 함께 시골 여행을 다녀오자, 라고 초대하는 전화였다. 어떤 식으로건 그저 그와 한 번 만나보았으면 좋겠다는 바람을 담은 초대들이었다.

명성이란 결국 이런 것인가? 그런 것 같았다. 그는 그 '명성'에 취해 리비아 힐에 대해서는 까맣게 잊은 채 전에 한 번도 본 적이 없는 사람들의 품으로 허겁지겁 달려 들어갔다. 그는 초대를 닥치는 대로 받아들였고 그 때문에 너무 바빠졌다. 그들을 만나러 나설 때마다 그는 그가 꿈꾸어 오던 황금과 마법을 손에 넣은 것 같았고 이 도시의 위대한 사람들 사이에서 명예로운 자리를 차지하게 된 것 같았으며 이전에 전혀 알지 못했던 행복한 생활을 누리고 있는 것 같았다. 그는 마치 넋을 잃게 할 정도로 멋진 행복이 기다리고 있다는 듯 새로운 친구를 새로 만나러 가곤 했다.

하지만 그는 결코 자신이 생각하던 것들을 발견할 수 없었다. 뉴욕에서 제법 오래 지냈지만 그는 여전히 촌뜨기였기 때문이었으며 '사자 사냥꾼'에 대해 아무것도 몰랐기 때문이었다. 그렇다, 그들은 사자 사냥꾼들이었다. 인기인의 뒤를 열심히 쫓는 사자 사냥꾼들이었다. 그들은 이 국제도시의 상층

부 정글에 살고 있는 특수 종족들이다. 그들은 예술이 발산하는 듯 보이는 희귀한 영기(靈氣), 마치 신의 음식 암브로시아 같은 영기를 먹고 사는 종족들이다. 그들은 예술을 끔찍이 사랑한다. 실은 사랑한다기보다는 아예 홀딱 빠져 있다. 그리고 그들은 예술보다 예술가를 더 사랑한다. 그들은 삶 전체를 예술가의 뒤를 쫓는 데 허비하고 있으며 그들이 가장 좋아하는 운동은 '문학의 사자'를 덫으로 잡는 운동이다. 사냥꾼이 용맹하면 용맹할수록 다 자란 사자들만 쫓는다. 그 찬란한 전리품을 의기양양하게 전시하기 위해서이다. 하지만 그렇지 못한 사냥꾼들, 특히 여자 사냥꾼들은 새끼 사자를 자루에 담는다. 새끼 사자는 일단 길들여 집에서 키울 수 있게 되면 무릎 위의 강아지보다 훨씬 뛰어난 애완동물이 된다. 새끼 사자에게 가르쳐줄 수 있는 재롱이 무궁무진하기 때문이다.

이제부터 조지 웨버라는 새끼 사자를 품에 넣으려 했던 사자 사냥꾼들을 몇 명 간단하게 소개하려 한다. 그것은 뉴욕이라는 정글에서 시골 출신의 젊은 작가가 겪어야만 할 통과 제의 같은 것이었기 때문이다.

조지가 새로 사귄 한 친구가 그의 책에 반했다는 어느 백만장자를 소개해 주었다. 그는 조지에게 무척 친절했다. 더욱이 조지 같은 뛰어난 작가가 대학 강사 노릇을 해서 생활비를 벌어야 한다는 것은 말이 안 된다며, 조지 같은 사람은 모든 힘을 예술 창작에 쏟아부어야 한다고 말했다. 그는 자신이 힘써서 외국의 경우처럼 당국의 지원을 받는 길을 알아보겠다고 덧붙였다.

조지로서는 꿈에서조차 생각해 본 적이 없는 일이었으며 그런 일이 있어야 할 이유도 납득할 수 없었다. 다만 자신에게 마음을 써주는 그 백만장자가 고마워서 그와 만남을 이어갔으며 이윽고 그를 친형처럼 가깝게 여기게 되었다.

그런데 급한 일로 그 백만장자가 외국으로 가게 되었다.

한 달이 지났고 6주가 지났으며 두 달이 흘렀다. 조지는 그의 소식을 전혀 듣지 못했다. 새해가 되어서야 조지는 그의 얼굴을 보게 되었고 그것도 우연히 들른 어느 고급 음식점에서였다. 조지는 젊은 여자의 초대로 그 음식점에 들어섰다가 식탁에 혼자 앉아 있는 그의 모습을 보았다. 조지는 너무 반가웠다. 그는 그 백만장자에게로 달려가다시피 했다.

조지를 보자 백만장자가 말했다.

"아, 우리 작가 친구로군! 그래 잘 지냈나?"

조지는 백만장자에게 양해를 구한 다음 자신을 초대한 여인과 함께 그 백만장자의 테이블에 앉아서 함께 식사했다.

식사 도중 그 백만장자의 얼굴에 연민과 동정의 빛이 자주 떠올랐다. 그 기미를 눈치챈 조지가 의아해서 그에게 무슨 일이라도 있느냐고 물었다.

"아," 그는 고개를 가로젓더니 근심 어린 한숨을 내쉬며 말했다. "신문을 보고 정말 섭섭했어."

"뭘 보셨는데요?"

"거, 있잖아. 상(賞)에 대한 기사 말이야."

"무슨 상 말씀입니까?"

"아니, 그 기사를 안 읽었단 말인가? 그렇다면 무슨 일이 있었는지도 모르겠군."

"무슨 말씀을 하시는지 모르겠습니다. 무슨 일이 있었다는 거지요?"

"거 참, 자네가 그걸 못 받다니……."

"뭘 못 받았다는 건가요?"

"아, 상(賞) 말이야, 상." 그가 큰 소리로 외치더니 매년 수여하는 문학상에 대해 언급했다. "난 자네가 꼭 받을 줄 알았어. 그런데……." 그가 잠시 말을 멈추더니 아무리 생각해도 서운하다는 듯 말을 이었다. "다른 사람에게 줬더군…… 자네 이름도 거론된 모양인데…… 차점자였다더군…… 하지만……." 그가 우울한 표정으로 고개를 저었다. "자네가 그걸 못 받았어."

조지의 좋은 친구 백만장자와는 그것으로 끝이었다. 조지는 그 후 그를 두 번 다시 만나지 못했다. 조지는 그 백만장자가 뽐내며 전시할 사자로서의 자격을 상실한 셈이었다. 하지만 조지의 가슴이 쓰렸다고는 결코 말할 수 없다.

이번에는 도로시라는 여자 이야기.

도로시는 뉴욕 사교계의 환상적이고 낭만적인 상류층에 속하는 여자였다. 그녀는 낮에는 잠을 자고 해가 질 때쯤 깨어나서 그 도시의 환락가로 알려진 곳 외에는 절대로 모습을 드러내지 않는 여자였다. 그녀는 사교계에 어울릴 만한 교육을 받았으며 독서도 많이 해서 매우 유식하다는 평판을 얻고 있었다. 조지 웨버의 책이 베스트셀러 목록에 오르자 그녀는 그 책을 사서 자기 아파트의 제일 눈에 잘 띄는 곳에 진열해 놓았다. 그녀는 작가에게 향기로운 편지를 띄워 칵테일이라도 함께 마시자고 그를 초대했다. 그는 그녀의 청에 응했고 그녀의 성화에 못 이겨 여러 번 그녀를 찾아갔다.

도로시는 생각만큼 젊지는 않았지만 그런대로 아름다움을 간직하고 있어서 절대로 추한 여자라고는 할 수 없었다. 그녀는 결혼한 적도 없었다. 하지만 소문에 의하면 결혼할 필요가 없는 여자였다고 하는 편이 옳았다. 혼자 자는 일이 절대로 없는 여자였으니 말이다. 그녀는 사교계 신사들뿐 아니라 자기 농장의 일꾼, 택시 운전기사, 다다이즘 작가들, 자전거 선수, 부랑자, 권투 선수에 이르기까지 오다가다 만나 거의 모든 남자에게 호의를 베풀었다. 그녀를 만나면서 조지도 둘 사이의 우호적인 관계가 만개하기를 은근히 기대했다. 그러나 아무 일도 일어나지 않아서 그는 내심 놀랐다.

도로시와 저녁을 할 때면 그녀는 마치 정숙한 수녀 같았다. 둘 사이에는 고상하고 지적인 대화만 오갔다. 하지만 조지 입장으로 보자면 따분하기 그지없는 대화였다. 그는 몇 번이고 그녀와의 교제를 끊으려 했다. 그러나 그녀가 그에게 알록달록하고 예쁜 종이에 계속 편지를 보내는 등 언제나 그를 귀찮을 정도로 따라다녔고, 그녀가 자신에게서 찾고자 하는 게 무엇인지 궁금하기도 해서 조지는 그녀를 다시 찾아가곤 했다.

조지는 마침내 그것을 알아냈다.

어느 날 밤 도로시가 함께 저녁 식사를 하자며 조지를 고급 레스토랑으로 초대했다. 조지가 레스토랑에 가보니 쿠바 출신 청년이 함께 앉아 있었다. 당시 그녀의 '잠자리 친구'였다. 청년은 조지는 아랑곳하지 않고 눈앞의 음식을 허겁지겁 입에 쑤셔 넣었다.

음식을 먹고 술이 몇 잔 들어가자 도로시가 혀 꼬부라진 목소리로 조지에게 말했다.

"조지, 당신을 사랑해. 하지만…… 당신을 향한 내 사랑은 순수해!"

그녀는 열정에 사로잡힌 표정으로 그를 바라보며 계속 말했다.

"조지, 난 당신의 마음을 사랑해. 당신의 정신을 사랑한다고! 미구엘, 미구엘!"

그녀는 음식을 입에 열심히 처넣고 있는 쿠바 청년을 불렀다.

"내가 미구엘을 사랑하는 건…… 저 애 육체를 사랑하는 거라고…… 저 튼튼하고 날씬한 체격을……."

조지는 아무 말도 하지 않았다. 그녀도 잠시 침묵에 잠겼다. 이어서 그녀는 무슨 불길한 조짐을 알리듯 느닷없이 말했다.

"조지, 오늘 밤 우리와 함께 가줄 수 있어요? 무슨 일이 일어날지 몰라서 그래요." 그녀가 불길한 어조로 말했다. "당신이 곁에 있어 주었으면 좋겠어요."

"도대체 무슨 일이 일어난다는 겁니까, 도로시."

"나도 몰라요." 그녀가 중얼거렸다. "정말 몰라요. 하지만 무슨 일이건 일어날 거야⋯⋯! 어젯밤에 저 사람이 꼭 가버릴 것만 같았거든요. 우린 싸웠고 저 사람이 밤에 나가 버렸어요. 정말 자존심이 강하고 예민한 사람이거든요. 내가 다른 남자를 눈여겨보고 있는 눈치를 채고는 일어나서 나가버린 거예요. 저사람이 날 두고 떠나면 난 어떡해요, 조지! 정말 죽을 것 같아요. 자살해 버리고 싶어요. 오늘 밤 우리와 함께 가줄 거지요?"

조지는 쿠바 청년을 바라보았다. 그는 여전히 열심히 음식을 입에 넣고 있었다. 절대로 오늘 떠날 모습이 아니었다.

조지는 그날 밤 그녀를 따라가지 않았으며 이후 단 한 번도 그녀를 찾아가지 않았다. 하지만 그의 가슴이 쓰렸다고는 결코 말할 수 없다.

이번에는 한 부유하고 젊은 과부 이야기.

그녀는 최근에 남편을 여의었다. 그녀는 조지의 책에 대한 감동적이고 날카로운 이해가 담긴 편지에서 그 슬픈 사실을 알려주었다. 조지는 차 한잔하러 오지 않겠느냐는 그녀의 청을 당연히 받아들였다. 그런데 그 아름다운 여인은 즉시 극단적인 제물을 그에게 제공하려 했다. 처음에는 시(詩)에 대한 고상한 대화가 오갔다. 그런데 갑자기 그녀가 참기 어렵다는 표정을 짓더니 방안이 너무 덥다고 했다. 이어서 그녀는 옷을 좀 벗어도 되겠냐고 묻더니 옷을 하나씩, 하나씩 벗기 시작했다. 그녀는 조물주가 만들어 주신 그대로의 알몸이 되더니 침대로 뛰어들어 미칠 듯한 슬픔에 잠긴 목소리로 부르짖기 시작했다.

"오, 앨저넌! 앨저넌! 엘저넌!"

바로 세상을 떠난 그녀 남편의 이름이었다.

그녀는 계속 부르짖었다.

"오, 사랑하는 앨저넌, 당신을 위해 이러는 거예요. 오, 앨지, 내게 돌아와요! 앨지, 당신을 너무 사랑해요! 이 고통을 도저히 참을 수 없어요! 아, 안 돼! 그러지 말아요! 가지 말아요!"

그녀는 침대에서 기어나가려는 조지를 붙잡으며 외쳤다. 조지는 그녀가 미쳤는지 아니면 그를 곯려주려고 그러는 것인지 종잡을 수가 없었다.

그녀가 그의 팔에 매달리며 다정하게 속삭였다.

"가지 말아요! 나를 이해해 줘야 해요. 당신에게 정말 잘해

주고 싶어요. 하지만 내가 하는 모든 행동, 내 생각, 내 느낌은 오로지 앨저넌뿐이에요."

이어서 그녀는 차분하게 설명했다. 자신의 심장은 남편의 무덤에 함께 묻혔다고, 그래서 자기는 이미 '죽은 여자'와 다름없다고,—좀 전에 그녀는 자신이 심리학책을 많이 읽었다고 말하긴 했다—자신의 성행위는 사랑하는 남편에게 몸을 비치는 행위이며 그와 다시 하나가 되기 위한 노력이라고, 그 아름다움의 일부분이 되기 위한 행동이라고 설명했다.

상당히 훌륭하고 고상하며 드문 일이라고 할 만했으며 조지에게는 그 아름다운 감정을 비웃을 생각이 추호도 없었다. 하지만 그것은 조지의 이해력의 한도를 넘어설 정도로 지나치게 훌륭하고 고상했다. 조지는 그녀 곁을 떠났고 그 아름답고 슬픈 과부를 더 이상 만나지 않았다. 하지만 그의 가슴이 쓰렸으리라고는 한순간도 생각해서는 안 된다.

이번에는 마지막으로 이 길지 않은 조지의 황금기에 그의 삶에 뛰어든 여자, 그리고 그가 이해할 수 있던 여자 이야기.

그녀는 시골 출신의 아름답고 용감한 젊은 직업여성으로서 이스트강과 다리, 예인선과 배들이 훤히 내려다보이는 아파트에 살고 있었다. 조지가 보기에 대단히 뛰어난 여자는 아니었지만 진지한 대화를 좋아했고 자유사상을 지닌 사람들과 사귀는 것을 좋아했으며 현대식 교육에 대해서도 관심이 많은 여자였다. 조지는 그녀를 좋아했고 밤에는 그녀와 함께 지내고 새벽녘에 집으로 돌아가곤 했다.

그는 그녀를 사랑했다. 어느 날 밤 그녀가 그를 두 팔로 끌어안으면서 키스를 하더니 속삭였다.

"자기, 부탁이 있는데 들어줄래요?"

"암 뭐든지. 내가 할 수 있는 건 다 해줄게."

그녀는 그를 힘껏 껴안고 어둠 속에서 잠시 침묵을 지켰다.

"당신이 힘 좀 써서 나를 코스모폴리스 클럽에 넣어줄 수 있어요?" 그녀가 열정적으로 속삭였다.

동이 트자 별들이 사라졌다.

이것이 그가 예술, 유행, 문학이라는 위대한 세계에서 마지막으로 만난 여자였다. 이런 수치스러운 일을 밝히는 것을 보고 언짢아하는 사람이 있을지도 모른다. 그렇다면 나의 사과를 받아주기 바란다. 하지만 나는 조지 웨버의 삶에 대해 충실하게 이곳에 옮겨놓고 싶었다. 그리고 무엇보다 조지 자신이 자기 삶의 일부분을 삭제하는 것을 원치 않으리라고 나는 확신한다. 따라서 나는 이런 글을 쓰면서도 조금도 부끄럽지 않다. 조지 웨버도 자신의 이런 모습이 공개되는 것에 대해 부끄러워하지 않을 것이다.

조지 웨버가 부끄럽게 생각하는 것이 딱 한 가지 있다. 그것은 그의 생애에서 딱 한 번, 비록 짧은 기간이었지만, 우정의 온기가 흐르지 않는 곳에 아무하고나 함께 앉아 빵을 잘랐다는 사실이었다. 그리고 그의 두뇌와 피아 마음을 창기로운 갈보를 얻는 데 썼다는 사실이었다. 그보다는 차라리 기름때 묻은 동전을 주고 창녀를 사는 편이 나았을 것이다. 이것이 그가 유일하게 수치스럽게 여기는 일이다. 그 수치심이 하도 컸기에 그는 살아 있는 동안 과연 자신의 두뇌와 피에서 이 불쾌한 오점을 지워버릴 수 있을지 의심이 들 정도였다.

하지만 그렇다고 해서 자신이 쓰라린 잔을 마셨다고 그는 생각하지 않았다.

제21장 창조하는 자와 생활하는 자

조지가 쓰라림을 맛보지 않았다는 것은 너무나 분명하다. 그가 쓰라림을 맛볼 이유가 어디 있겠는가? 그가 사자 사냥꾼들에게 쫓길 때면 그는 항상 쓸쓸한 12번 가 아파트의 고독 속으로 돌아올 수 있었다. 게다가 리비아 힐의 친구들에게서는 여전히 편지가 오고 있었다. 그들은 그를 잊지 않고 있었다. 책 출간 후 넉 달이 지나도록 이어진 그 편지들은 그들이 그에게 어떤 우정을 지니고 있었는지 정확하게 보여주었다.

그동안 조지는 랜디 셰퍼턴으로부터 규칙적으로 소식을 들었다. 그는 조지가 이야기 상대로 삼은 유일한 친구였기에 조지는 그에게 자신의 생각과 느낌을 모두 털어놓았다. 하지만 두 사람은 그의 책에 대한 고향 사람들의 원한에 대해서는 함구했다. 그들은 주로 책 자체에 관한 이야기만 주고받았다. 그런데 이듬해 3월로 접어들어 홍수처럼 밀려들던 고향 사람들의 항의 편지가 실개천 정도로 뜸해졌을 때 그 금기가 깨졌다. 랜디가 내심 두려워하던 내용을 담은 조지의 편지가 그에게 도착한 것이다.

나의 책 출간 후 지난 몇 주 동안 받은 옛 친구들과 지인들의 편지들을 읽고 또 읽었네. 이제 투표도 끝나고 개표와 집계까지 이루어진 셈이지. 그런데 그 결과가 놀랍고 조금은 당혹스럽다네. 나를 유다, 베네딕트 아놀드 (독립 전쟁 때 영국군과 내통한 미국 장군. 반역자의 대명사로 쓰임-옮긴이 주), 브루투스 등 아주 다양한 배반자들과 비교하고 있었어. 자기 둥지를 제 발로 더럽힌 새와 연결하기도 했고 순진한 사람들이 오랫동안 가슴에 품고 기른 독사, 친지와 친구들의 피와 뼈를 먹고 사는 더러운 까마귀와 비교하기도 했다네. 심지어 영광스럽게 살다 간 사람이건 아니건 가리지 않고 닥치는 대로 그들의 무덤을 파헤쳐 송장을 먹어치우는 귀신에 비유하기도 했어. 나는 정말 다양한 이름으로 불렸다네. 독수리, 스컹크, 진흙 구덩이를

마구 뒹구는 돼지, 순결한 여자를 더럽히는 놈, 방울뱀,
당나귀처럼 멍청한 놈, 도둑고양이, 비비(狒狒)처럼 추악
한 놈 등등…… 나는 상상력을 총동원해 그런 특징들을
한 몸에 가진 인물을 그려보고 싶네. 어느 소설가이건 한
번 그려볼 만한 가치가 있는 인물 아닌가? 그런데 말일
세, 나를 비난하는 사람들이 옳다는 느낌이 들 때가 종종
있다네.

짐짓 익살을 부리는 듯한 이 표현 뒤에는 조지의 진지한 고
민이 숨어 있다는 것을 랜디는 알 수 있었다. 자학과 고행을 묵
묵히 견뎌내는 조지의 품성을 잘 알고 있는 랜디였기에 그가
그 얼마나 깊이 고통스러워하는지 그 대목만 보고도 능히 짐작
할 수 있었다. 그런데 조지는 자신의 고민을 즉각적으로 직접
드러냈다.

맙소사! 내가 무슨 짓을 저지른 건가? 나는 가끔 돌이킬
수 없는 끔찍한 죄를 저질렀다는 느낌에 사로잡히곤 한
다네. 그리고 예술가와 인간 사이의 거리가 무서울 정도
로 멀다는 사실을 이토록 절감한 적이 없었네.

나는 내 작품을 예술가로서의 맑은 의식으로 살펴볼 수 있네. 그리고 작가들이 으레 그렇듯 후회와 불만을 느낀다네. '좀 더 잘 쓸 수도 있었는데…… 내가 원하던 것에 훨씬 못 미쳐……'라고 혼자 중얼거리곤 하지. 하지만 나는 내 작품이 부끄럽지는 않네. 자신의 내적인 필요성에 의해서 그렇게 썼다고 느끼니까 말일세. 나는 그렇게 써야 했고, 그렇게 함으로써 내 안에 들어 있는 조금이라도 가치 있는 그 무엇에 충실했다고 느낀다네.

창조하는 인간으로서는 그렇게 말하는 법이지. 그런데 순간적으로 모든 것이 바뀐다네. 나는 창조하는 인간에서 단순히 살아가는 인간으로, 한 사회의 일원이며 인간의 친구이자 이웃, 아들이자 형제로 변해버리네. 그리고 창조하는 인간으로서가 아니라 살아가는 인간의 관점으로 내 작품을 보았을 때 나는 갑자기 자신이 개만도 못한 존재로 여겨진다네. 내가 알고 있는 사람들에게 내가 불러일으킨 온갖 고통과 분노가 훤히 보이고 '내가 어쩌다 그런 일을 저지른 거지?' '그걸 어떻게 정당화할 수 있지?'라는 생각이 든단 말일세. 설혹 내가 쓴 작품이 셰익스피어의 『리어왕』처럼 위대하고 『햄릿』처럼 감동적일지라도 말일세.

자네, 내가 지난 몇 주일 동안 나를 비난하고 욕하고 저주하고 위협하는 편지들을 보면서 일종의 기괴하면서도 끔찍한 쾌감을 느꼈다고 말한다면 믿을 수 있겠는가? 믿을 수 없겠지만 사실일세. 사람이 생각해 낼 수 있는 최악의 욕설들, 리비아 힐에 발을 들여놓는 날에는 내 머리에 총알을 박아 버리겠다는 협박의 글을 보면서 나는 쓰라린 위안을 느낀다네. 최소한 그런 글을 쓰면서 당사자는 약간의 만족을 느꼈을 것 아닌가?

사실 내 가슴에 비수를 꽂고 비트는 듯한 느낌을 주는 편지들은 그런 욕설과 협박과 저주로 가득 찬 편지들이 아니라네. 그것은 내게 아무런 해도 끼친 적이 없던 사람들, 나에 대해 오직 선의와 믿음만 간직하고 있던 사람들이 충격을 받고 아연한 상태에서 써 보낸 편지들이라네. 그들은 그들 가슴속 사무친 괴로움에서 솟아난 질문, 그 무시무시한 질문을 당혹감에 젖어 계속 내게 던진다네.

'왜 그런 거야? 왜? 도대체 왜? 무엇 때문에? 왜?'

그들의 편지를 읽으면서 나도 그 이유를 더 이상 알 수 없게 되었네. 나는 그 질문에 대답할 수가 없어. 창작하는 자로서 나는 그 이유를 알고 있다고 생각했고 대답도 자명하리라고 생각했지. 나는 그들에 대해 그저 솔직하게 쓰려고 했고 관련되는 상황과 사건들을 상세하게 쓰려고 했다네. 그렇게 하지 않는 것은 비겁한 짓이라고, 적당히 얼버무리거나 꾸미는 건 그릇된 짓이라고 생각했다네. 나는 모든 존재는 그 자체 존재할 정당한 이유가 있다고 생각했거든.

그런데 이제는 아무것도 확신할 수 없게 되었네. 나는 미칠 듯한 의혹과 돌이킬 수 없는 후회감에 시달리고 있다네. 내 책이 쓰이지 않았고 출간되지 않을 수 있다면, 그렇게 모든 것을 돌이킬 수 있다면 내 목숨도 내놓을 용의가 있다는 생각이 들 때도 있다네. 내 친척과 친구들, 내 삶과 연결된 내 고향 사람들의 삶을 망쳐놓은 것 외에 내 소설이 이룩한 게 도대체 뭐가 있단 말인가? 이 파괴된 난파선에서 건질 게 뭐가 있단 말인가?

'예술가로서의 성실성'이라고 자네는 말할지도 모르지. 오, 그런 위안의 말로 내 양심을 달랠 수만 있다면! 인간의 허약함으로 얼룩지지 않은 그런 성실성, 그런 관념적 성실성이 대체 무슨 의미가 있는가? 아니, 그런 게 있을 수나 있나? 내 책 속의 모든 단어, 문장, 사건이 한껏 고양된 상태에서 공평무사한 판단력에 의해서만 쓰인 것이라고 말할 수 있다면 얼마나 좋을까? 하지만 그건 사실이 아니라는 걸 나는 알고 있네. 예술이니 나의 예술가적 성실성이니 하는 것과는 아무 상관이 없는 단어, 구절, 묘사가 무수히 내 머리에 떠오른다네.

사람들이 보낸 편지 내용 중에 제일 재미있던 게 뭔지 아나? 나를 칭찬하는 내용이었다네. 나를 목 졸라 죽이겠다고 위협하면서도 내가 기억력이 좋다는 사실은 칭찬을 아끼지 않더군. 어떻게 그렇게 세세한 부분들을 다 기억할 수 있느냐는 거야. 누군가 이렇게 썼다네.

'이건 내가 읽은 책 중에 가장 더러운 책이다. 하지만 한 가지만은 인정하지. 자네에게는 놀라운 기억력이 있어.'

하지만 솔직히 말하자면 내게 가장 부족한 게 바로 기억력인 건 자네도 알지? 그 내용은 사실을 기억하고 기록한 게 아니야. 차라리 내가 천 번 이상 보고 생각한 끝에 내게 떠오른 걸 기록한 거지.

랜디는 읽기를 멈추었다. 조지가 편지에 쓴 말이 문자 그대로 사실임을 홀연 깨달았기 때문이었다. 그리고 조지의 소설에서 묘사된 현실이 말 그대로 현실이 아님을 깨달았기 때문이었다.

그는 조지의 소설에 사실과 정확하게 부합하는 대목은 별로 없다는 것을 깨달았다. 조지의 상상력이 발휘한 결합력에 의해 변형을 겪지 않은 페이지는 단 한 쪽도 없었다. 하지만 책을 읽는 독자들은 그 부분을 읽으면서 실감을 느낀다. 그리하여 그들은 작품에서 묘사된 부분이 실생활에서 따온 것이며 사실에 대한 정확한 기록이라고 단언한다. 바로 그 때문에 그들은 그토록 격노해서 고함을 지르고 비난을 퍼붓는다. 그뿐 아니라 그들은 순전히 조지의 소설에 나오는 허구에 불과한 사실들을 두고 자신이 직접 그것을 목격했다고 큰소리치기도 했다.

하지만 그들과 다투어보았자 소용없는 일이었다. 조지의 소설에 나오는 마을 광장이 실제 광장과 다르다고 아무리 이야기해보았자 그들은 코웃음을 치며 비웃을 게 뻔했다. 예술이 삶을 모방한 것임을 발견하고 그들이 화를 냈을 때 그들의 모습은 불쌍했다. 그러나 삶도 예술을 모방한 것이라는 사실을 모르는 그들의 모습은 우스꽝스러웠다.

랜디는 미소를 흘린 다음 고개를 좌우로 저으며 다시 편지를 읽었다. 편지는 결론에 이르고 있었다.

오, 내가 무슨 일을 한 것일까? 나는 과연 뭔가 내적인 진실이나 진정한 필요성에 의해 행동했던가? 아니면 나의 어머니가 불행히도 가족과 친지, 이웃, 인류를 배반하고 고인을 모독하는 괴물을 낳으신 것일까? 어찌해야 좋았을까? 이제 나는 어찌해야 하나? 자네에게 무슨 도움이나 답이 있다면 제발 내게 알려주게. 나는 마치 허리케인에 휩싸인 낙엽 같은 느낌일세. 어디로 방향을 틀어야 할지 모르겠네. 자네만이 내게 도움을 줄 수 있네. 날 버리지 말게. 편지를 주게나. 자네 생각을 들려주게. 이만 줄이겠네.

조지로부터

편지를 읽으면서 랜디는 친구의 고통이 뼈저리게 느껴져 몸이 움츠러들었다. 하지만 그가 해줄 조언은 없었다. 조지 스스로 그 답을 찾아야만 했다. 랜디가 체험을 통해 배운 유일한 방법이었다.

랜디는 답장을 일부러 무심한 듯 썼다. 이 마을의 반응에 지나치게 중요성을 부여하는 것처럼 보이고 싶지 않아서였다. 그는 자신은 작가가 아니라서 조지가 어찌해야 하는지는 잘 모르겠지만 작가란 모름지기 자신이 알고 있는 삶에 대해 쓰는 것 아니냐고 적었다. 그는 조지를 격려하기 위해 리비아 힐 사람들은 아직 세상사 아무것도 모르는 어린애 같은 사람들이라고 썼다. 그들은 아직 갓난아기는 황새가 물어준다는 미신을 믿고 있다고 썼다. 문학에 대해 무지한 사람만이 모두 위대한 양서를 낳게 한 토대가 무엇인지를 알고 나면 놀라는 법이라고 썼다.

편지 중에 랜디는 이런 여담을 곁들였다. 그는 팀 와그너가 애초부터 조지의 책에 대한 열렬한 지지자였지만 한 가지 유보를 달았다고 썼다. 팀 와그너는 마을에서 유명한 술고래였지만 간간이 술이 깨어 있을 때는 재치 있는 말솜씨를 자랑하는 사람이었다. 팀 와그너는 조지의 책에 대해 이렇게 말했다.

"이런 제길! 조지가 말 도둑에 대해 쓰는 건 좋다 이거야! 하지만 다음에는 주소는 밝히지 않았으면 좋겠어. 전화번호도 알려줄 필요가 없지."

랜디는 조지를 즐겁게 하려고 농담조로 적은 것이었으며 실제로 효과가 있었다. 조지는 나중에 랜디에게 자기가 들은 충고 중에 가장 건전하고 가치 있는 비판적 충고였다고 말했다.

랜디는 비록 조지가 작가이긴 하지만 자신은 그를 여전히 인류의 일원으로 생각한다는 말로 끝을 맺었다. 그는 또한 조지에게 위안이 되기를 바라는 마음에서 읍내에 또 다른 분노의 속삭임이 번지고 있다고 추신으로 적었다. 마을 은행계의 거두인 자비스 리그즈가 파산 일보 직전이라는 소문이 돌고 있다는 것이었다.

랜디는 '그러니 이보게, 그렇게 경건한 신사에게도 결함이 있으니 자네 같은 사악한 친구에게는 용서받을 수 있는 구석이 여전히 남아있을 것 아닌가'라는 익살로 편지를 맺었다.

제22장 파국

랜디의 답장을 받은 지 이틀인가 사흘 정도 지난 어느 날 아침 조지는 「뉴욕 타임스」 신문을 읽고 있었다. 그런데 안쪽 면의 작은 기사가 눈길을 끌었다. 신문 하단에 난 아주 작은 기사였지만 '리비아 힐'이라는 지명이 그의 눈에 확 들어왔던 것이다.

남부의 한 은행 파산
3월 12일, 올드카토바 지방 리비아 힐 소재 '읍민 신탁 은행'이 문을 열지 않았다. 은행의 폐점 소식이 알려지면서 준(準) 공황 분위기가 이 도시와 주변 도시로 급격히 퍼져 나가기 시작했다. 그 은행은 서부 올드카토바 지역 최대 은행의 하나로 여러 해 동안 보수적인 경영과 탄탄한 재정으로 신망이 높았다. 파산의 원인은 아직 밝혀지지 않았다. 이 지역 주민들이 입게 될 피해가 막대할 것으로 우려된다.

은행 폐쇄로 야기된 공포 분위기는 이곳 읍장인 백스터 케네디 씨의 수수께끼 같은 돌연한 죽음으로 인해 한층 고조되었다. 머리에 권총 관통상을 입은 그의 시신은 당일 오후 늦게 발견되었으며 모든 증거로 보아 자살로 추정된다. 산악지역을 온통 뒤흔들어 놓은 두 사건에 어떤 연관성이 있는지는 아직 밝혀지지 않았다.

'그래,' 조지는 착잡하고 심각한 표정으로 신문을 내려놓으며 생각했다. '결국 올 것이 왔어…… 럼퍼드 블랜드 판사가 그들에게 말하던 그대로 아닌가?'

일등 객실 세면장의 모습이 그의 눈에 훤하게 떠올랐다. 연약하면서도 무시무시한 늙은 맹인이 갑자기 그들 앞에 나서서 보이지 않는 눈으로 그들을 사로잡으며 그들이 마을을 망치고 있다고 공개적으로 비난했을 때 리비아 힐 유지들의 얼굴이 뻣뻣하게 굳으며 말없이 공포에 질렸던 모습이 생생하게 그려졌다. 그 광경을 떠올리며 조지는 은행의 파산과 읍장의 자살에 분명히 직접적인 연관이 있으리라고 확신했다.

그렇다, 실제로 연관이 있었으며 사태는 장기간에 걸쳐 이중의 클라이맥스를 향해 치닫고 있었다.

은행가인 자비스 리그즈는 가난했으나 명망 있는 가문 출신이었다. 그는 열다섯 살에 아버지가 사망하자 홀어머니를 부양하기 위해 학교를 그만두고 일터로 나섰다. 그는 이런저런 직업을 전전하다 열여덟 살에 국립 상업 은행에서 대단치는 않지만 안정된 자리를 얻었다.

그는 쾌활하고 친절한 젊은이였다. 그는 예의가 발랐으며 사람들 기분을 잘 맞추어 주었고 게다가 유능하고 박식했다. 어머니를 극진하게 모시는 이 효자를 사람들은 좋아하고 존중했다. 사람들은 그가 성공하기를 바랐다. 그는 '가난한 집안에서 태어나 온갖 고생을 겪은 후 성공한다'는 '미국식 전설'의 살아 있는 표본이었다. 사람들은 그에 대해 '허황한 구석이라고는 없는 착실한 사람이야'라고 말했으며 '아무래도 뭔가 될 만한 사람이야'라고 말하곤 했다.

1912년에 보수적인 사업가들이 새로운 은행을 설립하겠다는 이야기가 떠돌았을 때 자비스가 그 지배인으로 물망에 오른 것은 어찌 보면 당연한 일이었다. 애당초 은행 설립자들의 꿈은 소박했다. 다른 은행들과 경쟁하여 이기겠다는 생각은 아예 없었다. 다만 리비아 힐이 점차 발전해 감에 따라 그 지역 사람들을 중심으로 하는 은행이 하나쯤은 있어야 한다는 생각으로 그런 계획을 세운 것이었다. 모든 사람의 예상대로 자비스는 그 은행 지배인 직을 맡게 되었다.

초창기에 은행의 가장 큰 자산은 그 무엇보다 자비스 리그즈라고 해도 과언이 아니었다. 그의 처신은 훌륭했다. 그 누구도 불쾌하게 하지 않았고 적을 만들지 않았다. 그는 언제나 겸손하고 상냥했으며 그러면서도 공정했다. 마을에서 재산과 권위를 지닌 사람들 앞에 중뿔나게 자신을 내세우려 하지 않았다. 사람들은 그를 '분수를 아는 사람'이라고 말했다. 그는 '고생 대학'이라는 일류 대학에서 인생을 배웠고 '경험 학교'라는 엄하고 모진 학교에서 사업과 은행 경영법을 체득했다.

자비스는 직접 마을을 돌아다녔고 그 은행의 주식을 팔았다. 아무런 어려움이 없었다. 그는 은행 주식을 사면 큰돈을 벌 수 있으리라고 사람들에게 말하지 않았다. 다만 안전하고 건전한 투자라며 주식을 팔았고 사람들도 그런 생각으로 은행 주식을 사들였다. 은행은 2만 5천 달러에 달하는 소박한 자본을 모았고 액면 백 달러짜리 250주를 발행했다. 자비스를 포함해 발기인들이 100주를 나누어 가졌고 나머지 150주는 마을 유지(有志)격인 사업가들에게 배분되었다. 자비스 말대로 은행은 '지역 공동체에 봉사한다는 단 한 가지 목적'을 신조로 출범했다.

'읍민 신탁 은행'은 그렇게 시작되었다. 자비스는 순식간에 지배인에서 부행장으로, 부행장에서 은행장으로 승진했다. 가난한 소년이 드디어 자신에게 어울리는 자리를 찾은 것이다.

은행은 설립 초기 착실히 성장했다. 하지만 이디까지나 보수적인 성장이었고 괄목할 만한 급속 성장은 아니었다. 그러나 제1차 세계대전이 끝난 1920년대 초가 되자 상황이 달라졌다.

당시에 무슨 일이 일어나고 있었는지 설명하려면 '공기 중에 기운이 감돌고 있었다'라고 말하는 수밖에 없다. 누구나 쉽고 빠르게 돈을 벌 수 있다는 전망을 공유한 것 같았다. 온갖 분야에서 이제까지 꿈도 꾸어보지 못한 부귀영화와 경제력이, 그것을 포착할 능력이 있는 사람을 기다리고 있는 것 같았다. 자비스는 이런 분위기에 그 누구 못지않게 민감했다. 그는 자신의 역량을 만천하에 과시할 시기가 왔다고 생각했다. 그는 '읍민 신탁은행'이 '그 주(州)에서 가장 성장이 빠른 은행'이라고 선전하기 시작했다. 하지만 그 성장이 어떤 것인지는 구체적으로 밝히지 않았다.

바로 그즈음 마을의 운명을 좌지우지하는 정치와 실업계 세력들이 결탁해서 양순한 백스터 케네디를 읍장의 자리에 앉혔다. 그들은 주 활동 무대를 은행으로 삼기 시작했다. 그를 계기로 읍은 급속도로 발전해나갔고 급기야 읍 밖의 황야로까지 개발이 확대되었다. 사람들은 황금빛 미래가 앞에 놓여 있다는 생각만 했지 공공의 빚이 늘어 간다는 생각은 하지 않았다. 엄청난 액수의 공채가 속속 발행되었고 리비아 힐의 읍민들은 자신들이 발을 딛고 걸어가는 땅조차도 남의 것이 되어 버린 상황에 이르렀다. 그리고 이 어마어마한 공채의 처분은 모두 은행이 맡았다. 은행은 이 공탁물을 정치가, 사업가, 후원자, 동업자들에게 거대한 사채 형식으로 떠맡기고 예금을 받았다. 이제 읍의 모든 재정은 은행을 중심으로 복잡하게 얽힌 거미줄이 되었다.

은행이 문을 닫기 전인 1928년 봄, 명랑하고 낙천적이던 읍장이 자비스를 찾아갔다. 주변의 심상치 않은 분위기를 그도 눈치챈 것이다. 사실은 자비스 자신도 파멸이 멀지 않았음을 느끼고 있었다. 읍장은 주변에서 들려온 심상치 않은 이야기를 자비스에게 전한 뒤 은행에 예금해 놓은 읍의 공금을 내달라고

요구했다. 은행가는 읍장을 바라보며 그를 비웃었다.

"읍장님, 뭘 겁내는 겁니까? 왜 겁쟁이처럼 그러십니까? 읍의 예금을 내달라고요? 좋아요. 빼내 가세요. 하지만 경고하지만 그렇게 되면 은행은 파산합니다. 내일 당장 문을 닫아야 합니다. 만일 은행이 문을 닫는다면 우리 마을은 어떻게 되지요? 읍장님의 귀중한 마을도 망할 겁니다."

읍장은 안색이 하얗게 질린 채 놀란 눈으로 은행가를 바라보았다. 자비스는 몸을 앞으로 기울인 채 설득하듯이 말했다.

"원하신다면 돈을 빼가세요. 그리고 마을을 망쳐버리세요. 하지만 그보다는 우리와 보조를 맞추는 게 낫지 않을까요? 우리는 이 사태를 꿰뚫어 보고 있으니까."

이어서 그는 의기양양하게 말했다.

"우리는 일시적인 불경기를 맞고 있는 겁니다. 하지만 6개월 뒤면 이 숲에서 빠져나갈 수 있습니다. 제가 잘 압니다. 그리고 전보다 더 강해질 겁니다. 리비아 힐을 공매도할 수는 없지 않습니까?" 그는 당시 대유행이던 '공매도'라는 단어를 사용하며 열변을 토했다. "우리는 아직 우리가 꿈꾸고 있는 발전의 문턱에도 이르지 못한 셈입니다. 이 마을의 구원과 미래는 바로 읍장님의 손에 달려 있습니다. 그러니 마음 단단히 먹어야 합니다. 자, 어쩌시겠습니까?"

읍장은 그의 말대로 마음을 단단히 먹을 수밖에 없었다. 불행한 사내였다.

그러다 드디어 일이 터지고 말았다.

1930년 3월 12일은 리비아 힐의 향토사에서 길이 기억될 날이었다. 우리가 앞서 소개한 은행 폐업과 읍장의 자살이라는 두 사건이 벌어진 날이었다. 그 두 사건은 마을에 더할 수 없이 깊은 충격을 주었다.

아침 9시에 마을의 화재 경보가 일제히 울려 퍼졌다 하더라도 그 소식은 읍민 신탁 은행이 문을 닫았다는 소식보다 더 빨리 퍼져 나가지는 않았을 것이다. 입에서 입으로 전해진 그 소식을 듣고 새파랗게 질린 남녀노소가 광장으로 몰려들었다. 그들은 마치 실신한 사람처럼 같은 질문을 되풀이했다.

"그게 정말입니까? 어쩌다 그렇게 된 거지요? 얼마나 상황이 안 좋았기에?"

은행 앞에 모인 군중은 좀 더 잠잠했다. 차분해서가 아니었다. 모두 아연실색해 있었기 때문이었다. 그곳에 올 때까지 그들은 사실이 아닐지도 모른다는 희망을 품고 있었다. 하지만 굳건히 자물쇠가 채워진 은행 문을 바라보자 그들은 온갖 희망을 다 잃었다. 은행의 파멸은 곧 그들의 파멸이었다. 그들은 장부상의 예금을 모두 잃어버린 셈이었다. 하지만 은행에 예금 잔고가 있던 사람만 망한 것이 아니었다. 모두 개발 붐이 이제 끝났다는 것을 알았다. 그들은 은행 폐쇄가 그들의 모든 투자가 동결(凍結)되었음을 뜻한다는 것을, 그로부터 빠져나갈 방법은 없다는 것을 깨달았다. 어제만 해도 그들은 십만, 백만 단위로 종이 위의 부(富)를 헤아리고 있었다. 하지만 이제 그들에게는 아무것도 남은 게 없었다. 그들의 부는 증발해버렸고 결코 갚을 길이라고는 없는 부채만 남은 꼴이 되어버렸다. 그러나 그들은 읍의 재정 역시 파탄 지경에 이르렀다는 사실은 모르고 있었다. 그렇게 말없이 닫혀 있는 은행 문 뒤로 600만 달러라는 거액의 공금이 사라졌다는 사실은 모르고 있었다. 그 불길한 날 정오 무렵 케네디 읍장의 시신이 발견되었다. 게다가 역설적이게도 그의 시신을 발견한 사람은 앞 못 보는 소경 럼퍼드 블랜드 판사였다. 그는 광장 한 편에 있는 사무실에서 나와 공중변소를 향하다가 총소리를 들은 것이다.

은행이 문을 닫은 지 몇 주일 동안 리비아 힐에서는 아마 미국 역사상 그 어디에서도 볼 수 없었을 비극적인 광경들이 벌어졌다. 하지만 그 광경은 비록 지역에 따라 차이는 있을망정 이어지는 몇 해 동안 미국 전역에서 반복해서 벌어진 광경이기도 했다.

리비아 힐 자체의 파멸은 은행의 파산이나 경제적·재정적 질서의 붕괴보다 훨씬 심각한 것이었다. 은행의 파산과 함께 은행을 바탕으로 세워졌던 모든 거대하고 복잡한 일체의 기획이 무너진 것이 사실이다. 그리고 지역 사회 생활 구석구석으로 번져 있던 곁가지들이 모두 흔들리고 무너진 것도 사실이다. 하지만 은행 폐쇄는 마치 낙하산 줄을 펼친 것과 같았다. 일단 낙하산이 펼쳐지자 모든 것이 쏟아져 내렸고 보다 깊은 곳에서 속속들이 썩어 있던 폐허의 모습이 낱낱이 드러났다. 그리고 그 가장 깊은 곳에서 드러난 파멸은 바로 인간적 양심의 파멸이었다. 그리고 그것이 바로 이 재앙의 핵심이자 본질이었다.

여기에 인구 5만의 마을이 있다. 그곳 주민들이 개인적이건 공적이건 '정직성'을 버리고 상식이나 예의를 무시하게 되었다. 심한 타격을 받았을 때 그에 대처할 수 있는 내적인 자원을 잃은 셈이 된 것이다. 마을은 문자 그대로 두뇌 활동을 멈춰버린 셈이 되었다. 열흘 동안 40명이 자살했고 그 뒤에도 자살하는 사람이 잇따랐다. 그런데 흔히 있는 일이지만 자살한 사람들은 죄가 가장 적은 사람들이었다. 나머지 사람들은—이것이 가장 충격적이었다—자신이 도저히 감당하기 어려운 엄청난 죄를 저질렀다는 것을 깨닫고는 일시에 으르렁거리는 개로 변해서 서로를 물어뜯었다. 복수의 아우성이 그들의 목구멍에서 끓어올랐고 자비스 리그즈의 피를 찾아 울부짖었다. 하지만 이런 울부짖음은 자신이 지닌 정의에 상처를 입었거나 순결이 기만당했다는 이유에서 나온 것이 아니었다. 사실은 그 반대였다. 그들이 미쳐 날뛴 것은, 그들에게 일어난 일이 터무니없고 역설적이며 돌이킬 수 없는 일이라는 것, 그 책임은 오로지 자신에게 있다는 것을 알았기 때문이었다. 그 때문에 그들은 더욱 난폭해졌고 복수의 외침이 드높아졌다.

리비아 힐과 여타 지역에서 벌어진 일에 대해 얼치기 경제학자들은 유식한 책에서 '자본주의 체계'의 붕괴를 운운했다. 옳은 말일 수도 있다. 하지만 그것은 그 이상의 그 무엇이었다. 리비아 힐에서 그것은 이곳 주민들의 삶이 지향해 오던 것이 여러 가지 방식으로 분해되고 붕괴된 것을 의미했다. 그것은 은행 구좌가 말소된 것, 서류상의 이익이 사라진 것, 재산이 없어진 것 이상을 의미했다. 그것은 깊은 뿌리가 흔들린 것을 의미했다. 그것은 인간의 파멸을 의미했다. 그들은 외관상 성공의 상징들이 파괴되자 자신들에게는 아무것도 남지 않았음을 발견했다. 새로운 힘을 끌어낼 수 있는 아무런 내적인 자산도 남지 않았던 것이다. 그들은 자신이 지녔다고 믿었던 가치가 허황된 것이었다는 사실, 진정으로 가치 있는 것을 가져본 적도 없다는 사실을 발견하고 마침내 자신의 삶이 허무하고 무상하다는 것을 깨달았다. 그것은 바로 인간의 파멸을 뜻했다. 그래서 그들은 자살했다. 제 손으로 죽지 못한 사람들은 자신들이 이미 죽은 존재라는 것을 앎으로써 죽은 존재가 되었다.

사람들의 삶에서 정신적인 가치나 자원이 완전하게 고갈되어 버린 그런 현상을 어떻게 설명할 수 있을까? 한 개인이 어린 시절 깊은 정신적 상처를 받았다고 치자. 그는 그 상처를 삶의 일부로 받아들이고 살아간다. 그 삶은 상처받은 삶이며 어떤 의미에서는 정상적인 성장을 멈춘 삶이다. 만일 그 자신이 상처를 입은 원인과 치료법을 발견하기만 한다면 스스로 삶을 변화시키는 방법을 찾아낼 수 있을 것이다.

리비아 힐에서도 그런 상처를 받아 성장이 멈춘 시기가 있을 것이다. 소위 '체계'만 말하는 유식한 경제학자들은 이런 문제에 관해서는 관심이 없다. 그것은 형이상학에 속하는 문제이기 때문이다. 그들은 형이상학을 못 견디고 그에 대해 골머리를 썩이지도 않는다. 그들은 사실이라는 좁은 울타리 안에 진리를 가두어버린다. 하지만 그것만으로는 충분하지 않다. 금융구조의 복잡 미묘한 구조, 정경유착, 채권의 동향, 인플레이션과 투기, 안정되지 않은 물가의 위험, 은행의 성쇠 등에 대해 말하는 것만으로는 충분치 않다. 그 모든 이른바 '사실'들을 아무리 모아놓고 종합해도 해답을 얻을 수는 없다. 그것들 외에 다른 것이 있기 때문이다.

리비아 힐이 그러했다.

사람들은 그것이 어느 순간 시작되었는지 모른다. 아주 오래전 한밤중에 사람들이 침대에 누워 잠들지 않고 그 무언가 기다리고 있을 때 시작되지 않았나 짐작될 뿐이다. 무엇을 기다리고 있었을까? 그들 자신도 모른다. 그들은 다만 그것이 일어나기만을 기다렸다. 그 어떤 스릴 넘치는 불가능한 일, 뭔가 호사스러운 풍성함, 갇힌 삶으로부터의 탈출, 이 지루한 삶으로부터의 궁극적 탈출을 꿈꾸었을 것이다.

하지만 그런 것은 오지 않았다.

그사이 마른 가지들은 싸늘하고 황량한 가로등 불빛을 받으며 삐걱거리고 있었고 마을 전체는 권태에 사로잡혀 기다리고 있었다.

그리고 이따금 은밀한 곳 현관문이 열렸다 닫힌다. 이어서 맨발로 급히 걷는 소리, 가구의 놋쇠 다리가 덜컹거리며 구르는 소리가 들린다. 그리고 니그로 타운 끝, 낡고 더러운 휘장 뒤에서 고약한 환락의 냄새가 풍겨온다.

그리고 이따금 한밤에 더러운 피신처에서 들려오는 욕설과 구타와 싸움 소리.

그리고 이따금 정적을 꿰뚫는 총소리, 밤의 유혈극.

그리고 단속적으로 불어오는 바람 사이로 강기슭을 따라 멀리 기차역에서 엔진 소리, 바퀴가 구르는 소리, 경적 소리가 구슬프게 들리고 그 소리가 북쪽으로 점점 사라져가면서 희망을 향해, 약속을 향해, 아직 발견하지 못한 세계에 대한 기억을 향해 나아가는 소리가 들린다.

그 사이 나뭇가지들은 여전히 삐걱거리고 많은 사람은 어둠 속에서 기다리고 있다. 멀리서 개가 울부짖고 있고 법원의 시계가 새벽 세 시를 알린다.

답은 없는가? 불가능한가……? 그렇다면 어둠 속에서 기다려본 적이 없는 사람들에게—과연 그런 사람들이 있을까?—스스로 해답을 찾아보라고 하라.

하지만 만일 말로써 정신이 말하는 것을 짜 맞출 수 있다면, 혀로 외로운 마음이 알고 있는 것을 말할 수 있다면 녹슨 '사실들'이라는 빈약한 말뚝들로 이루어진 대답들과는 다른 답이 나왔을 것이다. 기다리고 있는 사람들, 아직 말을 하지 않은 사람들의 대답이 있을 것이다.

산간 지대의 밤, 별이 반짝이는 광막한 하늘 아래 사람들이 '판사'라고 부르는 럼퍼드 블랜드가 사무실 창가에 서서 보이지 않는 눈으로 물끄러미 파멸된 도시를 내려다보고 있다. 서늘하고 상쾌한 밤이었다. 공기 중에 새 생명에의 약속이 서정시를 읊조리고 있는 것 같다. 산 위에서는 보이지 않는 사슬에 꿴 보석들이 반짝이며 그 빛들이 마치 도시의 팔뚝에 팔찌를 두르고 있는 것 같다. 비록 보이지 않지만 그는 그곳에 그것이 있음을 알고 있다. 그는 움푹 들어간 턱을 쓰다듬으며 유령 같은 미소를 짓는다. 그가 그런 미소를 지으며 이 파멸한 도시를 내려다보고 있을 줄 누가 짐작이나 할 수 있겠는가?

산간 지대의 밤, 별이 반짝이는 광막한 하늘 아래 그 무언가가 대기 중에 꿈틀거리고 어린 잎새가 바스락 소리를 낸다. 오늘 밤 풀뿌리 주변에 뭔가 꿈틀거리는 것이 있다. 풀뿌리와 잔디 밑에, 이슬 젖은 어린 꽃가루 밑에 무언가 살아서 꿈틀거린다. 소경은 생각에 잠겨 패인 턱을 쓰다듬는다. 그렇다. 저 아래 영원한 벌레가 잠들지 않고 밤샘하는 곳에, 저 땅속 어딘가에서 그 무언가가 꿈틀거리고 있다. 저 아래, 깊은 곳에서 파멸한 집을 통해 벌레가 끊임없이 꿈틀거리고 있다.

오늘 밤, 벌레가 밤샘하고 있는 그곳, 저 땅속에 꼼짝하지 않고 누워 있는 것은 무엇일까?

소경은 유령의 미소를 짓는다. 그의 영원한 깨어있음 속에서 벌레가 꿈틀거린다. 하지만 수많은 시체가 오늘 밤 무덤 속에서 썩어가고 있다. 그중 예순네 명은 두개골에 총상을 입고 있다. 만여 명의 인간이 마치 조개처럼 오늘 밤 침대에 누워 있다. 그들 역시 아직 묻히지만 않았을 뿐 죽은 존재들이다. 하도 오래전에 죽었기에 산다는 것이 어떤 것인지 그들은 기억하지 못한다. 벌레들이 깨어 있는 그곳에 묻혀 있는 자들과 합류하기까지 그들은 지루한 몇 날 밤을 보내야만 하리라.

그사이에도 영원한 벌레는 깨어 있고 소경은 패인 턱을 쓰다듬는다. 그는 보이지 않는 시선을 천천히 움직여 파멸한 도시를 내려다본다.

제23장 상처 입은 목신(牧神)

리비아 힐의 은행이 파산한 지 열흘이 지났을 때 랜디 셰퍼턴이 뉴욕에 도착했다. 그는 조지에게 미리 연락도 하지 않은 채 갑자기 찾아온 것이다. 그가 뉴욕에 온 이유는 복합적이었다. 그중 하나는 조지와 대화를 나누어 그가 중심을 잡을 수 있도록 도와주기 위해서였다. 조지가 보낸 편지가 하도 절망적이어서 몹시 걱정이 되었던 것이다. 그리고 랜디 자신도 리비아 힐을 당분간 떠나 있고 싶었다. 숙명과 파멸과 죽음의 분위기에서 벗어나고 싶었기 때문이었다. 게다가 그는 지금 자유로운 몸이어서 아무것도 거리낄 것이 없었다.

그는 여덟 시가 조금 지난 이른 아침에 12번가에 있는 조지의 아파트에 도착했다. 아파트 문을 두드리니 문짝이 떨어져

나갈 것처럼 문이 활짝 열리며 조지의 모습이 나타났다. 한마디로 몰골이 말이 아니었다. 머리는 온통 헝클어졌고 두 눈은 시뻘겋게 충혈되어 있었으며 잠옷 위에 아무렇게나 실내복을 걸치고 있었다. 6개월 전에 본 외모와는 너무나 판이해서 랜디는 잠시 주춤할 정도였다.

정신을 가다듬은 후 랜디가 다정하게 말했다.

"잠깐 기다려! 잠깐만! 쏘지 마! 나는 자네가 기다리던 사람이 아니야!"

다정한 친구의 예기치 않은 방문에 조지는 놀란 기색을 보이더니 금세 반가운 미소가 얼굴에 번졌다.

"아니, 이게 누구야!" 조지가 랜디의 두 손을 잡으며 기쁨의 탄성을 내질렀다.

랜디를 만나자마자 조지는 은행 파산 문제에 대해 질문을 퍼부었다. 랜디는 소상히 설명해준 뒤 말했다.

"내가 아는 건 다 말해준 거야. 그러니까 그 문제는 나중에 천천히 이야기하세. 내가 알고 싶은 건 자네가 어떤가 하는 거야. 자네의 마지막 편지를 보고 좀 걱정이 돼야지."

조지는 한동안 말이 없었다. 랜디는 형편없이 어질러진 채 어딘가 썩어가는 듯한 분위기까지 풍기는 방안을 둘러보았다.

그는 조지가 심각한 위기 상황을 겪고 있다고 느꼈다. 랜디는 부드러운 말로 친구를 달래기보다는 오히려 단호한 태도를 취하는 것이 나으리라고 생각했다. 그는 단도직입적으로 말했다.

"아니, 조지, 왜 짐을 꾸려서 이곳에서 나가지 않는 건가? 이곳에는 살 만큼 살았어. 어디 다른 곳으로 이사를 가. 새로운 기분으로 아침을 맞이하란 말이야."

"알아. 나도 그런 생각을 안 해본 게 아니야. 잠깐 기다리게. 친구를 이런 꼴로 맞을 수는 없지."

조지는 면도를 하고 옷을 차려입었다. 둘은 함께 밖으로 나가 아침 식사를 하고 돌아와 이야기를 계속 나누었다. 조지가 랜디에게 물었다.

"고향에서는 요즘 나에 대해 뭐라고들 하나?"

"나도 몰라. 한동안은 자네 이야기를 많이 했지. 하지만 은행이 넘어가고 나서는 자네 이름은 쑥 들어갔어. 코앞에 닥친 걱정거리가 너무 많으니까. 우편물도 뜸하지?" 랜디가 조심스럽게 물었다.

"처음처럼 자주 오지는 않아. 하지만 뜬금없는 전화가 가끔 온다네. 엉뚱하게도 내 책을 재미있게 읽었다는 전화야. 판에 박힌 온갖 미사여구를 늘어놓지. 몇 달 동안 똑같은 연주를 들

제23장 상처 입은 목신(牧神)

73

자니 지겨울 뿐이야. 이제는 음성만으로도 혈액형 맞추듯 무슨 이야기가 나올 건지 X 그룹, Y 그룹으로 분류할 수 있을 정도야. 조금 전에도 그런 전화를 한 통 받았어. 여자 전화였어."

"저런, 우리 작가께서 벌써 지치셨군. 첫 번째 명성의 맛이 벌써 시들해진 건가?"

"명성?" 조지가 역겹다는 듯 말했다. "그런 건 명성이 아니야. 제길, 그저 넝마 줍기 같은 거야!"

"그럼 전화를 해서 자네를 칭송한 그 여자가 진지하지 않다는 건가? 그냥 마음에도 없는 소리를 했다는 건가?"

"나름대로 진지하겠지. 하지만 그런 건 썩은 고기를 먹는 까마귀의 진지함 같은 거야. 나와 나누었던 이야기를 읍내 마귀 할멈들에게 해주면 모두 입맛을 다시겠지."

"그렇게 말하는 건 너무 불공평하지 않은가? 어쨌든 자네에게 호의를 보인 건데."

조지는 기운이 없는 듯 고개를 떨군 채 랜디를 바라보지도 않았다. 그는 바지 주머니에 손을 찔러 넣은 채 뭔가 알아들을 수 없는 말을 중얼거렸다. 비아냥거리는 기색이 완연했다. 조지가 마치 불량배처럼 행동하는 것을 보고 랜디는 기분에 거슬렸고 실망했다. 그는 즉각 조지에게 말했다.

"이봐, 자네도 이제 지각 있는 행동을 할 만한 나이가 아닌가? 자네 정말 오만해진 것 같군. 자네가 그럴 만하다고 생각하나? 자네건 그 누구건 그렇게 비뚤어진 재능으로는 성공적인 삶을 살 수 없을걸."

조지는 여전히 대답 없이 뭐라고 중얼거릴 뿐이었다. 랜디가 말을 이었다.

"자네에게 전화한 여자가 바보일지도 모르지. 대부분 사람이 그럴 수도 있어. 자네가 쓴 글을 자네가 원하는 방향으로 제대로 이해하지 못할 수도 있어. 하지만 그게 무슨 상관이 있나? 그 여자는 최선을 다한 거야. 그 여자를 비웃기보다는 감사해야 할 것 같은데."

조지가 고개를 들었다.

"자네, 내가 바보처럼 우쭐하고 있다고 생각하지 않았으면 좋겠어. 나는 지난 몇 달 동안 많은 걸 배웠어. 대부분 사람은 평생토록 배울 기회가 없을 것들이야. 단언하지만 그 여자가 내게 전화를 한 건 내 책이 좋아서가 아니야. 그런 말을 하기 위해서가 아니야. 나를 염탐하고 뭔가 캐내기 위해서야. 내 속을 들여다보기 위해서야."

"이봐, 그건 좀……." 랜디가 조급하게 그의 말을 잘랐다.

제23장 상처 입은 목신(牧神)

75

"정말이라니까! 내가 공연히 하는 소리가 아니야. 그녀가 무슨 소리를 했는지 간단하게 말해줄게. 나는 그녀가 누구인지 몰라. 다만 테드 리브의 아내의 친구라는 것만 알아. 테드 리브가 누구인지 자네도 알지? 내가 책 속에서 분명히 자신의 모습을 그렸다고 믿고 내가 고향에 돌아오면 죽이겠다고 했던 친구야."

사실이었다. 랜디도 리비아 힐에서 그 소문을 들었다.

"그녀가 이야기 끝에 무슨 이야기를 했는지 알아?" 조지가 쓴웃음을 지으며 말했다. "실은 그 때문에 전화를 한 거지. 대부분 전화가 그런 거야. 묵시록에 나오는 야수에게 말을 걸고 싶어서 전화를 한 거야. 야수를 느껴보고 말을 걸어보고 싶어서. '테드도 이젠 괜찮아졌어요. 남들이 뭐라고 하건 믿지 마세요. 처음에는 흥분한 게 사실이에요. 하지만 이제 모든 걸 다 이해해요. 선생님이 뜻하시던 바를 이해한 거지요. 이제 다 괜찮아요.' 그녀가 내게 그런 말을 했다니까. 이래도 내가 그저 우쭐하는 바보라고 할 텐가?"

조지의 태도가 하도 진지해서 랜디는 한참 동안 대꾸를 하지 못했다. 더욱이 조지의 감정이 뒤틀려 있다는 것을 감안하면 조지의 말에도 일리가 있다고 생각할 수밖에 없었다.

"그런 전화를 자주 받나?" 랜디가 물었다.

"아, 정말 지겨울 정도로…… 책이 출판된 뒤에 뉴욕에 올 기회가 있었던 리비아 힐 사람은 다 걸었을 거야. 말하는 투는 전부 달랐어. 나를 송장 파먹는 귀신 취급하는 전화도 있었어. 전화를 걸고는 '무고하신가?'라고 아주 차분하게 묻지. 마치 사형장으로 끌려가기 직전의 죄수에게 건네는 말 같아. '정말 괜찮은가?'라고 확인하듯 또 물어. 그러면 나는 놀라서 더듬거리며 겨우 이렇게 대답하지. '아, 네, 네! 잘 지냅니다. 괜찮습니다. 감사합니다.' 그러면서 나는 내가 정말 잘 지내는지 자신을 살펴보게 돼. 그러면 상대방은 여전히 차분한 음성으로 이렇게 말해. '아, 난 그저 알고 싶어서…… 어떤가 해서 그냥 전화를…… 괜찮기를 바라요.'"

조지는 침통한 표정으로 랜디를 바라보더니 갑자기 웃음을 터뜨렸다.

"하마(河馬)라도 몸을 부르르 떨 정도일 거야. 그 사람들 말을 듣고 있자면 무자비한 살인마가 된 기분이라니까. 그저 가볍게 농담이나 하려고 전화한 사람도 내가 싫어하는 사람들의 더럽고 추악한 면을 파헤치려고 책을 썼다고 생각하는 건 마찬가지야. 고향에서 나를 크게 지지하는 자들은 성공 문턱에는 가보지도 못한 절망한 술집 종업원이거나 컨트리클럽에는 발걸음도 못 해본 채 그곳에 드나드는 사람들을 부러운 듯 쳐다보는 얼간이들뿐인 것 같아. 그들은 전화를 걸고는 이렇게 말하지. '그 망할 짐 녀석을 정말 보기 좋게 망신시켰어요.' 라든지 '녀석을 정말 후끈 달아오르게 했더군요. 녀석에 대해 쓴 부분을 보고 얼마나 웃음이 나오던지요'라고 하는 거야. 심지어는 '왜 찰리와 그 사생아 이야기는 안 썼지요? 당신이 놈들을 골탕 먹이려 했다면 내가 얼마든지 정보를 주었을 텐데요'라고 말하는 자도 있어. 개자식들! 지옥에나 떨어질 놈들! 모두 날 망치려고 시뻘건 눈으로 돌아다니는 자들이야!"

조지의 입에서 나온 말은 비열한 말이었으며 그에게 어울리는 말도 아니었고 진실도 아니었다. 랜디는 조지에게 전화상으로 그런 말을 하는 자들보다 조지가 더 위험한 상태에 빠져 있다고 느꼈다. 랜디가 보기에 조지는 왜곡과 편견과 자기 연민에 빠져 있었다. 랜디는 조지가 무슨 수를 써서라도 그 상황에서 빠져나와야만 한다고 생각했다. 랜디는 얼른 조지의 말을 가로막았다.

"이제 그만하게! 제발 진정해, 조지! 몇몇 얼간이가 자네 책을 읽고 이해하지 못한 건 사실이지만 유독 리비아 힐에서만 그런 게 아니야. 세상 전체가 그런 거야. 리비아 힐 사람이라고

해서 유별난 사람들이 아니야. 누구나 보일 만한 반응을 보인 것일 뿐이야. 그들은 자네가 자기들 이야기를 썼다고 생각해. 실은 사실이기도 하지. 그래서 자네에게 화를 내고 있는 거야. 자네가 그들의 감정을 긁었고 그들의 자존심을 건드렸지. 게다가 그들의 상처를 아무 생각 없이 까발린 셈이 되었지. 그리고는 상처 여기저기 소금을 뿌렸어. 내가 이런 말을 하고는 있지만, 자네가 불평하는 사람들과는 다른 뜻에서 하는 말이라는 건 알고 있겠지? 나는 자네가 무슨 일을 한 건지, 왜 그래야만 했는지 이해하고 있어. 하지만 자네 책에는 자네가 쓰지 않았으면 좋았을 부분이 있다는 생각도 해. 만일 그랬다면 훨씬 좋은 소설이 됐을 거야. 자, 이제 더 이상 그 일을 갖고 앓는 소리는 하지 말게. 자네가 무슨 순교자인 것처럼 굴지 말아."

하지만 조지는 순교자 기분에 젖어 있었다. 조지는 우울한 얼굴로 두 어깨 사이에 머리를 파묻고 있었다. 랜디는 조지가 그런 기분에 젖어 있게 된 과정을 충분히 유추해볼 수 있었다. 처음에는 자기가 쓴 글을 읽고 사람들이 어떤 기분일지 예상하지도 못할 만큼 순진했다. 이어서 그를 비난하는 편지들이 잇따르자 경악했으며 자신이 유발한 고통에 대해 부끄러움과 죄의식을 느꼈다. 그런데 시간이 흐르면서 비난이 더욱 가혹해지고 독기를 품게 되자 그는 반격을 가해 자신을 방어하려 했다. 하지만 그는 자신을 방어할 방법이 전혀 없음을 곧바로 깨달았다. 그의 해명 편지에 대해 사람들은 새로운 비난과 욕설로 응수한 것이다. 그는 더 견디기 어려워졌다. 그리고 마침내 온갖 쓰린 감정을 다 겪은 후에 자기 연민의 늪에 빠진 것이다.

조지는 이른바 '예술가'의 운명이라는 것에 대해 이야기를 시작했다. 그는 자기합리화를 위해 시대에 따른 미적, 지적 변화에 대해 떠들었다. 예술가란 '미'와 '진리'를 먹고 사는 일종의 환상적이고 드문 존재, 아주 특별한 존재라는 것이었다. 예술가의 사유란 하도 섬세해서 보통 사람들은 달을 보고 짖는 개만큼이나 이해할 수 없다는 것이었다. 따라서 예술가는 필연적으로 그 어떤 마법의 숲, 혹은 황홀한 지대를 비행함으로써만 자신의 '예술'을 성취할 수 있다는 것이었다.

너무 작위적이고 황당한 이야기라서 랜디는 조지를 흔들어 깨우고 싶을 지경이었다. 랜디는 조지가 본래 이런 모습의 친구가 아니라는 것, 이보다 훨씬 나은 친구라는 것을 알고 있었기에 더욱 괴로웠다. 지금 자신이 하는 말이 그 얼마나 값싸고 거짓된 말인지 조지 자신이 깨달아야만 했다. 이윽고 랜디는 차분하게 입을 열었다.

"조지, 자네는 내가 아는 사람 중에서 상처 입은 목신(牧神) 역할이 가장 어울리지 않는 사람이야."

하지만 여전히 환상에 사로잡혀 있던 조지는 진정한 예술가는 사회로부터 추방당할 운명을 타고났다는 둥, 예술가는 자기 종족으로부터 쫓겨날 운명이라는 둥 본래 조지의 모습과는 전혀 어울리지 않는 이야기만 계속 늘어놓았다. 하도 어처구니없는 이야기라서 랜디의 인내력이 바닥났다.

"아니, 조지, 자네 어떻게 된 거 아닌가? 멍청한 소리만 하고 있군그래. 자네는 그 어디로부터도 추방당하지 않았어. 단지 고향에서 조금 난처한 입장에 처해 있을 뿐이야! 뭐? 미? 진리? 제길, 왜 계속 자신에게 거짓말을 하고 있는 거지? 자네가 생전 처음 자신이 하고 싶던 일에 발을 들여놓게 되었다는 사실, 그게 바로 진리야. 자네 소설은 세상 이목을 꽤 끌었고 썩 잘 팔리고 있어. 제대로 된 출발점에 서게 된 거라고. 그래, 자네가 어디로 추방됐다는 건가? 고향에서 온 위협적인 편지들? 그게 추방이라는 건가? 그게 추방이라면 자네는 이미 오래전에 추방당한 셈이야. 아니, 추방당한 게 아니라 자진해서 나와버린 거지. 고향으로 돌아가 살 생각은 조금도 없다는 걸 스스로 잘 알잖아. 사람들이 자네의 머리 가죽을 벗겨버리겠다고 아우성을 치자마자 바보처럼 강제로 쫓겨났다고 믿고 있는 꼴이야. 뭐, 자신이 잘 알고 있는 삶으로부터 도피해야만 '미'를 이룰 수 있다고? 그게 '진리'야? 그건 진리와는 정반대 아닌가? 그리고 자네도 그런 생각을 수도 없이 편지에서 밝히지 않았나?"

"그게 무슨 말이야?" 조지가 무뚝뚝하게 말했다.

"자네 소설을 예로 들어보지. 그 작품의 장점은 삶으로부터 도피한 데 있는 게 아니라 그 안으로 들어간 데 있다는 게 사실 아닌가? 자네가 아는 생활을 이해하고 그것을 이용한 덕분에 획득된 게 아닌가?"

조지는 이제 말이 없었다. 잔뜩 찌푸리고 있던 그의 얼굴에서 차츰 긴장의 빛이 사라지고 부드러워졌다. 그는 고개를 들고 어렴풋이 쓴웃음을 지었다. 이윽고 조지가 입을 열었다.

"가끔 나 자신에게 무슨 일이 일어나고 있는지 모를 때가 많아." 그는 고개를 흔들더니 쑥스러운 듯 웃었다. "물론 자네 말이 옳아." 그가 진지하게 말을 이어갔다. "자네 말이 사실이야. 당연히 그래야지. 아는 것을 써야지. 모르는 것을 이용할 수는 없으니까…… 몇몇 비평들에 화가 난 것도 그 때문이야." 그가 퉁명스럽게 덧붙였다.

"그건 또 무슨 말인가?" 랜디는 조지가 마침내 분별력을 찾은 것이 기뻐서 물었다.

"아, 자네도 알고 있는 거야. 자네도 평을 봤을걸. 몇몇 비평가들이 내 소설이 너무 '자서전적'이라고 썼어."

놀라운 일이었다. 리비아 힐로부터 나온 성난 함성이 아직 귀에 쟁쟁하고 그런 함성에 대한 조지의 욕설이 아직도 방안에 울리는 듯 느끼고 있던 랜디는 조지의 말을 제대로 들은 건지 자신의 귀를 의심할 수밖에 없었다. 그는 솔직히 놀람을 표시할 수밖에 없었다.

"자네 소설이 자서전적인 건 사실 아닌가? 그걸 부인할 수는 없어."

"하지만 '너무' 자서전적이지는 않아. 만일 평론가들이 그 표현 대신 '충분히 자서전적이지 않다'라고 썼다면 정확한 지적이었을 걸세. 나는 그 점에서 실패했거든. 내 작품의 진짜 결점은 바로 거기에 있어." 조지가 돌연 얼굴을 찡그렸다. 그의 표정에는 수치와 패배감이 역력히 드러나 있었다. 그가 말을 이었다.

"내 소설의 젊은 주인공은 『젊은 예술가의 초상』(제임스 조이스의 소설-옮긴이 주)의 주인공 스티븐 디덜러스처럼 얼간이에 바보요, 잘난 체하는 속물이야. 그게 바로 이 소설의 약점이야. 이 책에는 자서전적인 부분이 많아. 그리고 나는 그것에 대해서는 조금도 부끄럽지 않아. 하지만 말(馬)들을 묶어 놓을 말뚝이 튼튼하지 못했어. 그 작품은 진짜 자서전이 아니야. 나는 왜 그러지 못했는지 잘 알아. 실패는 그릇된 개인성에서 온 거야. 그게 바로 죄야. 바로 그 자리에서 소위 젊은 천재가 들어선 거지. 자네가 방금 말한 '상처 입은 목신', 즉 젊은 예술가가 들어선 거야. 그게 들어서는 순간 '비전'이 뒤틀리게 되지. 그 뒤틀린 비전은 아주 날카롭고 섬세하고 예리할지도 몰라. 어떤 특별한 틀 안, 예컨대 조이스적인 틀 안에서 말일세. 하지만 보다 큰 틀에서 보면 그릇되고 형식적이며 진실이 아닌 것이 돼. 그리고 중요한 건 바로 그 큰 틀이야."

랜디는 조지가 고통스러워하는 것을 알 수 있었다. 하지만 그가 너무 극단적이라는 생각을 하지 않을 수 없었다. 그런 기준대로라면 누구든 실패하지 않을 도리가 없었다. 랜디가 말했다.

"그렇다면 자네가 말한 식으로 성공한 작품이 있었던가? 누가 그런 성공을 거두었나?"

"오, 많지!『전쟁과 평화』를 쓴 톨스토이와『리어왕』을 쓴 셰익스피어,『미시시피강의 생활』을 쓴 마크 트웨인. 물론 완벽한 성공이라고는 할 수 없을 거야. 그런 것은 존재할 수 없으니까. 하지만 그들은 할 만한 실수를 했을 뿐이야. 총알을 조금 더 멀리 쏘아 보낸 정도랄까…… 하지만 그들은 허영심 때문에 절름발이가 되지도 않았고 그놈의 자의식이라는 굴레를 뒤집어쓰지도 않았어. 그 허영심, 자의식이 바로 실패의 원흉이야. 나는 그런 실패를 저지른 것이고."

"그렇다면 처방은 뭐지?"

"나 자신을 힘껏 이용하는 것. 내가 가진 모든 것을 이용하는 것. 바짝 마를 때까지 젖을 짜내는 것. 나를 등장인물로 삼는다면 ㄱ 어떤 유보도 두지 않고 나를 있는 그대로 보고 그리는 것. 좋은 점뿐 아니라 나쁜 점도, 참된 면뿐 아니라 거짓된 면도 그리는 것. 자신을 남들 그리듯 그리는 것. 그릇된 개인성, 헛된 자만, 쓸데없는 감정 등이 개입되지 않는 것. 한마디로 '상처 입은 목신'을 죽여버리는 거야."

랜디가 고개를 끄덕였다.

"알았어. 그래서? 그다음에는 뭘 쓰는 거지?"

"나도 몰라." 조지가 솔직하게 대답했다. 두 눈에 착잡한 빛이 드러나 있었다. "그래서 당혹스러운 거야. 무엇에 대해 써야 할지 몰라서 그러는 것도 아닌데…… 제길!" 그가 갑자기 웃음을 터뜨렸다. "자네는 책을 한 권 쓰고 난 다음에 더 이상 뭘 써야 할지 몰라서 책을 쓰지 않은 사람 이야기를 들어 봤을 거야."

"자네가 그걸 걱정하는 건 아니지?"

"물론 아니야! 걱정은 정 반대야. 써야 할 소재는 너무 많아. 그런 게 자꾸 밀어닥쳐서 걱정이야." 그는 방 안 여기저기 뒹구는 원고 뭉치들을 가리켰다. "저것들을 어떻게 처리하느냐가 걱정이라니까. 저것들에 적당한 틀을 어떻게 마련하냐, 저것들이 흘러갈 수 있는 수로를 어떻게 마련하냐가 걱정이야. 때로는 자기 분비물에 빠져 아무것도 쓸 수 없게 되지나 않을까 하는 생각이 든다니까. 어쨌든 나는 길을 찾고 있어. 사실에 충실하되 사실보다 더 진실한 글, 구체적인 경험에서 출발하되 보편적인 적용이 가능한 글을 쓰는 길, 그걸 찾고 있어. 내 생각에 최고의 소설이란 그런 게 아닌가 싶어. 그렇지 않나?"

랜디는 웃으며 격려라도 하듯 고개를 끄덕였다. 조지는 괜찮았다. 그에 대해 염려할 필요가 없었다. 조지는 늪에서 빠져나와 자신의 길을 갈 것이다. 랜디는 쾌활하게 말했다.

"새 책은 아직 시작하지 않았나?"

"안 하다니! 잔뜩 써 놨어. 여기 이 원고들을 보라고." 그는 탁자 위에 잔뜩 쌓여 있는 원고 뭉치를 가리켰다. "이게 전부 새로 쓴 것들이야. 아마 줄잡아 50만 자 이상의 단어는 썼을걸. 하지만 어떤 의미로는 아직 쓰기 시작한 게 아니야. 그저 수많은 아이디어, 장면, 단편(斷片), 파편이 모여 있는 거라고나 할까. 아직 책이 아니야. 오, 그런데 시간은 자꾸 흘러만 가니…… 책이 출간된 지 벌써 다섯 달이 넘었는데…… 오, 난 여기 묻혀 있는 거야. 시간은 흘러가고…… 오, 시간!"

그가 갑자기 소리쳤다. 그는 주먹으로 손바닥을 치면서 불타는 듯하면서도 멍한 눈으로 앞을 응시했다. 마치 앞에서 유령이라도 보고 있는 것 같았다.

"그래, 시간!"

그의 적은 시간이었다. 혹은 시간은 그의 벗인지도 모른다. 그 누구도 분명히 알 수 없다.

랜디는 며칠간 뉴욕에 머물렀다. 두 친구는 아침부터 밤까지, 밤부터 새벽까지 계속 이야기를 나누었다. 그러던 어느 날 조지가 탁자 위의 원고 뭉치를 주먹으로 내리치며 외쳤다.

"내가 이 수많은 단어를 왜 썼는지 자네 아나? 내가 말해주지. 내가 지독하게 게을러서야!"

"내게는 게으른 사람이 살고 있는 방 같지 않은데." 랜디가 웃으며 말했다.

"하지만 사실이야. 그래서 이런 꼴인 거야." 조지의 표정이 심각해졌다. "나는 이 세상 많은 일이 게으른 사람들 손으로 이룩되는 게 아닌가 하는 생각이 들곤 해. 그들이 일을 하는 건, 그들이 게으르기 때문이야."

"무슨 소리인지 모르겠는걸." 랜디가 말했다. "하지만 어디 말해 봐. 무슨 소린지 알고 싶어."

"좋아." 조지가 진지하게 말했다. "말하자면 이런 식이야. 사람들은 일 안 하는 게 두려워서 계속 일을 해. 일을 시작하려면 엄청난 에너지가 필요하니까 중단하지 않고 일을 해. 일을 시작하는 게 힘이 드니까 일단 시작하면 뒤로 물러서는 게 겁나는 거야. 그 힘든 일을 다시 겪으니 그냥 일을 계속하는 게 낫다고 생각하는 거지. 그렇게 계속하다 보면 속도가 점점 빨라지고, 나중에는 그치려 해도 그칠 수 없을 정도로 속력을 내게 되는 거야. 식사도 잊고 면도도 잊고 밤낮을 가리지 않고 일에 빠져드는 거야. 사람들은 말하지. '왜 가끔 쉬지 않나? 왜 일을 가끔 잊어버리지 않나?'라고. 하지만 절대로 일을 멈추지 않아. 멈출 수 없기 때문이지. 설혹 멈출 수 있다 하더라도 겁이 나서 그러지 못해. 그 일을 다시 시작한다는 그 끔찍한 상황을 생각하면 소름이 돋거든. 그걸 보고 사람들은 일 욕심이 너무 많다고 하지. 하지만 그게 아니야. 그건 게으름 때문이야. 그놈의 망할 게으름! 그게 다인 거야!"

랜디는 다시 웃었다. 너무나 조지다운 생각이어서 그는 웃었다. 그 누구도 이런 발상은 하지 않을 것이다. 또한 조지가 이런 역설적인 결론에 도달하기까지 그 얼마나 오랫동안 진지한 사유의 과정을 거쳤을지 그는 충분히 상상할 수 있었다. 조지는 마치 오랫동안 잠수했던 고래처럼 물 위로 솟구쳐서 물을 내뿜으며 숨을 쉬고 있는 것이었다.

"그래, 알겠어. 자네 말이 옳을지도 몰라. 하지만 아무래도 게으름에 대한 자네만의 아주 특수한 견해 같은데."

"아냐, 아주 일반적인 현상이야." 조지가 대답했다. "나는 가장 자연스러운 현상이라고 봐. 자, 자네가 알고 있는 일 중독자들을 한번 떠올려보게. 나폴레옹, 발작, 토머스 에디슨 같은 사람들 말이야." 조지가 갑자기 의기양양한 말투가 되었다. "밤이고 낮이고 한 번에 한두 시간씩만 자면서 일에 몰두했던 사람들이지. 왜 그랬겠나? 그들이 일을 사랑해서가 아니야! 절대로 아니지! 그들이 정말 게을러서야. 자신들이 게으르다는 걸 알기 때문에 일하지 않고 있는 게 두려웠던 거야. 난 다 알지. 그 늙은 에디슨은……." 그는 약간 비꼬는 듯한 말투로 말했다. "자기가 일이 정말 좋아서 일을 한다고 떠들고 다녔지."

"자넨 그 말을 믿지 않는단 말인가?"

"믿다니! 천만의 말씀! 자네는 모를걸. 그 사람은 정말로 오후 두 시까지 침대에 그대로 누워 있고 싶어 했다는 걸. 그제야 일어나서 몸을 긁적거린 다음 일광욕을 좀 하고, 동네 가게 앞에서 아이들과 어울리고, 정치에 대해, 월드 시리즈에서 어느 팀이 이길 것인가에 대해 잡담이나 하고 싶어 했다는 걸."

"그렇다면 왜 그렇게 하고 싶은 일을 못 했다는 건가?"

"이런! 당연하지!" 조지가 답답하다는 듯 외쳤다. "게으름 때문이라니까! 그게 다야. 자기가 지독하게 게으르다는 걸 아니까 게으름을 못 피운 거야! 게으른 게 부끄러워서 그걸 들키지 않으려고 그런 거라니까! 그게 다야!"

"그렇다고 치자! 게으른 게 왜 부끄러운 거지?"

"그건, 침대에 오후 두 시까지 누워 있으면 늙은이 음성이 들리기 때문이야."

"늙은이?"

"그래, 늙은이. 에디슨의 아버지의 목소리." 조지가 힘차게 고개를 끄덕였다.

"하지만 에디슨의 부친은 일찍 돌아가시지 않았나?"

"맞아. 하지만 그런 건 상관없어. 아버지가 없어도 똑같은 소리가 들리는 거야. 한두 시간 더 침대에서 뒹굴뒹굴하고 싶은 데 아래층에서 호령하는 아버지 목소리가 들리는 거야. '어서 일어나지 못하겠느냐, 이 한 푼 가치도 없는 놈아! 네 나이 때 나는 벌써 네 시간 전에 일어나서 일했다, 이놈아!'라는 고함이 들리는 거지. 나도 비슷해. 내가 나를 몰아세우는 것도 그 때문이야. 그러지 않으면 두렵거든. 내 몸에 섞인 '조이너 가문의 피'가 두려운 거야. 그리고 그건 내 목숨이 다할 때까지 그럴 거야. 토요일에 저 화려한 유람선들이 강을 줄지어 거슬러 올라오는 것을 볼 때면, 그 굴뚝 행렬과 뱃머리를 볼 때면 목구멍으로 뭔가 치솟고 인어의 노랫소리가 들리는 것 같아. 그런데 나를 소리쳐 부르며 '이런 한 푼 가치도 없는 놈!'이라고 야단치는 아버지의 고함 소리가 함께 들려. 내가 적도 지방 섬들에 대한 꿈에 젖어 있거나 나무에서 빵을 따먹는 꿈을 꾸고 있을 때면, 혹은 구슬 달린 옷을 입은 매력적인 아가씨들의 부채질을 받으며 야자 그늘 아래 큰대자로 누워 있는 꿈을 꿀 때면 마찬가지로 아버지의 음성을 듣게 될 거야. 양심은 그렇게 우리 모두를 겁쟁이로 만드는 거야. 난 게으름뱅이야. 그렇지만 내가 내 본성에 굴복하려 할 때마다 노인이 저 계단 아래에서 호령하고 있어."

조지는 자신의 문제로 머리가 가득 차 있었고 끊임없이 자신의 문제에 대해 이야기했다. 랜디는 이해력이 깊은 청자(聽者)였다. 그런데 랜디의 방문 기간이 거의 끝나갈 무렵 조지에게 갑자기 궁금증이 일었다. 랜디가 어떻게 이렇게 오랫동안 직장 일을 놓고 있는 것인지 이상하게 생각되었던 것이다. 그가 랜디에게 그에 대해 물었다.

랜디가 약간 당황스러운 미소를 띠면 차분하게 대답했다.

"난 지금 실업자야. 그들이 나를 내쫓았어."

"그러니까 그 망할 메리트가 그랬단 말이로군."

"그 사람 나무랄 것 없어. 그도 어쩔 수 없었어. 꼬리에 더 높은 사람을 달고 있는 셈이었으니까. 자네도 알다시피 자네가 떠난 후 리비아 힐 경기(景氣)는 엉망이었어. 있는 돈이란 돈은 모두 투기에 쓸어 담고 있었으니 매출은 엉망일 수밖에 없었지. 게다가 이제 은행까지 파산했으니. 은행이 문을 닫은 지 일주일 만에 목이 잘렸어."

그는 잠시 입을 다물었다. 조지는 뭐라고 위로해줄 말이 없었다. 랜디가 다시 말했다.

"마치 지옥을 통과하는 기분이었어. 해고의 날이 다가올 줄 빤히 알고 있으면서 내가 할 수 있는 일이라고는 아무것도 없었으니 하루하루를 두려움과 공포 속에 살 수밖에 없었지. 그런데 재미있는 것은 정작 일을 당하고 나니 마음이 편안해졌다는 사실이야. 나오고 나니까 후련할 지경이야. 그동안 자유인의 기분이 어떤 건지 까맣게 잊고 살았던 거야. 이제 누구든 똑바로 바라볼 수 있고 그 위대한 폴 S. 애플턴에게도 엿이나 먹으라고 큰소리칠 수 있어. 기분이 좋아. 아주 좋아."

"그런데 앞으로 어쩔 셈이지?" 조지가 걱정이 잔뜩 담긴 목소리로 물었다

"모르겠어." 랜디가 쾌활하게 말했다. "아무 계획도 없어. 회사에 근무하는 동안 돈을 좀 모았어. 은행에 저금도 안 했고 부동산 투기도 안 했기에 현금으로 좀 가지고 있어. 집도 그대로 있고 당분간 마거릿과 살아가는 데는 별걱정 없어. 이 나라는 넓은 나라니까 착실한 사람을 받아줄 일자리는 어딘가 있겠지. 자네 선량한 사람이 일자리를 못 구한다는 이야기는 들어본 적 없지?"

"그래도 너무 확신하지는 말아."

"괜찮아. 미국과 함께 잠시 불경기를 겪고 있다고 생각하면 돼. 자네는 너무 사기가 죽어 있어. 뉴욕에 살기 때문일 거야. 여기서는 그저 주식이 전부지. 주가가 높으면 좋은 시절이고

주가가 내려가면 나쁜 시절이 온 거고. 하지만 뉴욕이 곧 미국은 아니야."

"알아." 조지가 대답했다. "하지만 나는 주식 시장을 염두에 두고 말한 게 아니야. 미국 생각을 한 거야…… 내가 보기엔 말이야." 그는 어둠 속에서 낯선 길을 더듬듯 천천히 말했다.

"미국이 궤도를 벗어나서 남북 전쟁 시대, 혹은 그 직후로 되돌아간 느낌이야. 뒤를 돌아보고는 애당초 마음먹은 길이 아니라 엉뚱한 길을 지나왔음을 알게 된 느낌이랄까. 우리는 갑자기 미국이 뭔가 추하고 사악한 것으로 변했다는 것을 깨달았어. 쉽게 벌어들이는 부, 독직(瀆職), 특권 등등으로 인해 그 권력 핵심부가 속속들이 썩었다는 것을 깨달은 거지. 더욱 나쁜 것은 이런 온갖 부패의 온상이 바로 지식층의 부정직이라는 사실이야. 국민은 올곧게 생각하기를 두려워하고 있어. 자신을 비롯해 모든 사태를 직시하기를 두려워하고 있어. 우리는 모두 광고업자들만 모인 나라처럼 되어가고 있어. 모든 것을 '번영'이니 '엄격한 개인주의'니 '미국적'이니 하는 구호 뒤에 숨겨놓은 채 말이야. 그리하여 정말 진정한 것들, 즉 자유, 기회균등, 개인의 존엄성과 가치 등 미국 건국부터 미국의 꿈이었던 것들이 그저 빈말에 지나지 않게 되어버렸어. 알맹이는 다 사라지고 껍데기

구호만 남은 거지. 이제 더 이상 진실은 존재하지 않아…… 자네만 봐도 그래. 자네는 일자리를 잃고 나니까 자유로움을 느꼈다고 말하고 있지. 그 말을 의심하는 건 아니야. 하지만 자유치고는 야릇한 자유야. 그래, 자네, 얼마나 자유로운가?"

"내게 알맞을 정도로는 자유로워." 랜디가 씩씩하게 말했다. "야릇하건 아니건 그 어느 때보다 자유로워. 전과 똑같은 장사꾼들에게 둘러싸여 지내지는 않을 거야."

"그래, 무슨 일을 하겠다는 건데? 모든 것의 밑이 다 빠져버린 리비아 힐에서는 할 일이 없을 텐데."

"젠장, 내가 뭐 거기에 매인 사람인가! 어디든 갈 거야. 내가 줄곧 세일즈맨이었다는 것을 잊지 말게. 한번 물건을 팔아본 사람이면 다른 물건도 팔 수 있는 법이야. 내 염려는 말게."

그들은 더 이상 그 이야기는 하지 않았다. 랜디는 뉴욕을 떠나면서 조지에게 말했다.

"잘 있게나, 친구! 자네는 괜찮을 거야. 하지만 그 상처 입은 목신을 죽이는 걸 잊지 말아! 나는 지금 당장은 무슨 일을 하게 될지 모르겠어. 어쨌든 내 길을 갈 걸세."

그 말과 함께 그는 기차에 올랐고 조지의 곁을 떠났다.

제23장 상처 입은 목신(牧神)

조지는 랜디가 장담을 했지만 불안했다. 인간의 삶에는 밀물 때가 있고 썰물 때가 있는 법이다. 조지는 랜디가 썰물에 몸을 싣고 있으면서 그 사실을 모르는 것 같았고, 그렇기에 불안했다. 사람은 늘 그 무엇엔가 대가를 지불해야만 한다. 랜디는 정말로 '그대 다시는 고향에 가지 못하리'라는 사실을 모르는 것일까?

다음 몇 해는 모든 미국인에게 끔찍한 세월이었다. 그리고 그 끔찍한 물결에 랜디 셰퍼턴도 함께 몸을 싣고 있었다. 그는 다른 직업을 얻지 못했다. 온갖 일에 다 매달려 보았지만 모두 신통치 않았다. 그 어떤 일자리도 없었다. 도처에서 수천 명씩 해고되었고 새로 취직할 일자리는 어디에도 없었다.

18개월 후에 랜디가 모아두었던 돈은 바닥이 났다. 그는 물려받은 집을 팔 수밖에 없었다. 그는 마거릿과 함께 작은 아파트를 빌려 1년 동안은 그럭저럭 버틸 수 있었다. 하지만 탈출구는 없었다. 그는 병에 걸려 누웠다. 육신의 병이라기보다는 정신의 병이었다. 결국 그와 마거릿은 리비아 힐을 떠나 출가한 큰누이 부부의 선심에 기대어 살 수밖에 없는 처지가 되고 말았다. 그리고 그 후 조지는 살아 있는 랜디를 다시 만나지 못했다.

조지가 보기에는 랜디가 겪은 비극 속에 미국의 비극의 본질이 들어 있는 것 같았다. 필적할 나라 없는 당당한 미국, 타의 추종을 불허하는 불패의 나라 미국, 거의 100%에 가깝게 순수한 미국, 여학생처럼 화사한 낯빛의 미국, 지구를 덮는 미국, 온갖 유행가 가사에서처럼 사람들을 유혹하는 미국, 그 판매술, 온갖 현혹적인 형태로 사람들을 유혹하는 미국! 그런 식으로 광고와 비즈니스가 진짜 통치자인 미국.

미국의 실질적 지배자인 사업가들은 애당초 불경기에 대해서 잘못 생각하고 있던 것이 아닐까? 그 말 자체를 비웃으며 그 실체를 보려 하지 않은 채 그냥 말로 씻어버리려 한 것이 아닐까? 번영이 바로 저 모퉁이만 돌면 있다고 말하지 않았는가? 이른바 '번영'이라는 것이 연기처럼 모습을 감춘 뒤에도, 그리고 바로 그 모퉁이에서 아무것도 보이지 않고 오로지 기아와 결핍과 절망만이 기다리고 있음을 알았을 때도 계속 '번영', '번영' 외치지 않았는가?

그렇다, 랜디가 상처 입은 목신에 대해서 한 말은 옳았다. 조지는 이제 자신이 작가로서 추구해온 진실과 실제의 자기 자신 사이에 끼어든 '자기 연민'이 철저한 자기중심주의라는 것을 깨달았다. 하지만 랜디는 비즈니스에도 상처 입은 목신들이 존재한다는 사실을 깨닫지 못했다. 그 목신들은 쉽게 죽일 수 있는 종족이 아니었다. 왜냐하면 비즈니스야말로 가장 순수한 형태의 〈자기중심주의〉이기 때문이다. 그것은 달러의 가치에 의해 움직이는 〈사리사욕〉의 가장 순수한 형태였다. 진리의 이름으로 그것을 죽인다면 무엇이 남을까?

아마도 보다 나은 삶 같은 것이겠지. 하지만 그런 삶은 우리가 지금 알고 있는 비즈니스 위에서는 결코 세워질 수 없다.

제4부 금발의 메두사를 찾아서

조지는 랜디의 충고대로 집을 옮겼다. 어디로 가야 할지 미리 정한 곳은 없었다. 그가 원한 것은 파크애비뉴로부터, 사자 사냥꾼들의 그 미학적 정글로부터, 미국이라는 건강한 몸에 기생하고 있는 부와 유행의 반쪽짜리 삶으로부터 가능한 한 멀리 가버리는 것이었다. 그는 브루클린에 거처를 마련했다.

책 인세로 돈을 약간 벌었기에 그는 빚을 갚고 학교 강사직을 그만두었다. 이제 오로지 글쓰기에 의해서 불안정한 삶을 이어나가야 하는 전업(專業) 작가가 된 것이다.

그는 브루클린에 4년 동안 살았다. 브루클린에서의 4년간은 일종의 지질 연대(年代)와 같아서 '회색 시대'라는 하나의 지층을 형성했다. 그 연대는 이루 말할 수 없는 가난과 절망과 고독으로 이루어진 시기였다. 그의 주변에는 가난한 자, 버림받은 자, 의지할 곳이라곤 없이 추방된 자들만 있었고 그도 그들 중 한 명이었다. 그리고 그들은 모두 미국인이었다. 하지만 '삶'은 강인했다. 해가 거듭됨에 따라 '삶'은 그의 주변에서 더없이 다양한 모습으로 펼쳐졌다. 그 다양한 삶은 별로 주목할 것도 없고 기록할 필요도 없는 사소한 것들로 이루어져 있었다. 그는 그 모든 것을 보았고 그의 경험의 한 부분으로 게걸스럽게 받아들였으며 그것들을 가능한 한 상세히 기록했다. 그리고 마지막으로는 그 숨어 있는 의미를 추출하려는 듯 바싹 마를 때까지 쥐어짰다.

이 회색의 나날들이 흘러가는 동안 그의 내면은 어떤 모습이었는가? 그는 무엇을 하고 있었으며 무엇을 원하고 있었을까?

그건 쉽게 말할 수 없다. 그는 수없이 많은 것을 원했기 때문이었다. 하지만 그가 가장 원한 것은 그 무엇보다도 명성이었다. 그 시기는 그가 금발의 메두사를 찾는 데 온 힘을 다 기울인 시기였다. 그는 아주 미미하게나마 영광을 맛보았었다. 그리고 그 맛은 씁쓸했다. 그는 자신이 부족하기 때문이라고 생각했다. 그리고 그는 실제로 부족했다. 따라서 그가 전에 맛본 영광은 명성과는 거리가 먼 순간적인 평판에 불과하다고 생각했다. 그저 일주일간 세간의 이목을 끌었을 뿐 그 이상도, 그 이하도 아니었다.

그렇다. 그는 분명 첫 책을 낸 이후 그 무언가를 배웠다. 그는 또다시 시도해보려 했다.

그는 홀로 브루클린에 머물면서, 살면서 쓰고 쓰면서 살았다. 그는 침식은 물론 모든 것을 잊고 한꺼번에 몇 시간씩 글쓰기에 몰입해 있다가 책상에서 몸을 일으키고는 술 취한 사람처럼 비틀거리며 밤거리로 나서곤 했다. 그는 음식점에 들러 늦은 저녁을 먹었다. 온 정신이 팽팽하게 긴장해 있었기에 집으로 돌아가 보았자 잠을 이루지 못할 것이 뻔했다. 그의 발길은 브루클린 다리를 건너 맨해튼으로 향한다. 그는 도시의 거리거리에서 은밀한 어둠의 심장을 탐색한다. 그리고 동이 틀 무렵에야 다시 다리를 건너 브루클린의 잠자리로 돌아온다.

그렇게 밤새 방랑하는 동안 그는 죽어 있던 자신이 다시 깨어나는 듯 느낀다. 잃어버렸던 자신을 다시 찾은 듯 느낀다. 그 짧은 영광의 날 동안에 자신의 재능과 정열과 청춘의 믿음을 팔아버려 심장이 썩어버리고 모든 희망이 사라졌던 그에게 이 고독과 어둠 속에서 다시 피가 들끓는 생명을 되찾은 것처럼 느낀다. 그리고 전에도 그랬듯 모든 것이 자신을 위해 존재하는 것처럼 느껴진다. 그는 전에도 그랬듯 빛나는 도시의 이미지를 다시 한번 바라본다. 다리를 건너는 동안 저 멀리 도시는 줄지어 선 보석처럼 빛을 발하면서 그의 비전 속에서 영원히 불타고 있었다. 억센 조수가 도시를 감싸고 있었고 큰 배들이 정박해 있었다. 그렇게 그는 다리 위를 걸었다. 언제나 다리 위를 걸었다.

그리고 그의 곁에는 엄숙한 벗이 있었다. 자신의 내면에서 가장 간절히 원하는 것을 말해줄 수 있는 유일한 벗! 그는 '고독'에게 속삭였다.

"명성!"

그러면 고독이 대답했다.

"내 벗이여, 알았네. 기다리세."

제24장 메뚜기에게는 왕이 없다

저녁 무렵의 비극적인 빛이 브루클린 남부의 거대하고 녹슨 정글 위에 비치고 있었다.

당신이 좁은 골목 제일 안쪽에 있는 초라한 집 문을 두드리고 문을 연 사람에게 조지 웨버가 이곳에 사느냐고 물어보면 그 사람은 당신을 음습한 지하실로 안내할 것이다. 지하실에 쌓여 있는 온갖 잡동사니를 헤집고 일러준 문을 두드리면 조지 웨버가 문을 열고 당신을 그의 방, 그의 집, 그의 성으로 안내할 것이다.

그곳은 사람이 살기 위하여 기꺼이 택한 방이라기보다는 지하 감옥처럼 보일지도 모른다. 그 방은 복도와 나란히 앞에서 뒤까지 뻗은 좁고 긴 방이었다. 그곳으로 들어오는 자연 광선이라고는 벽 높은 곳에 나 있는 두 개의 작은 창문을 통해 들어오는 빛뿐이었다. 두 창문은 반대쪽에서 서로 마주 보고 있었으며 불량배들의 침입을 막기 위해 무거운 쇠창살이 쳐져 있었다.

방에는 적절한 가구들이 갖춰져 있었지만 당연히 호사로움과는 거리가 멀었고 순전히 기능적인 면만 고려한 단순한 가구들이었다. 방 안쪽에는 스프링이 삐걱거리는 쇠 침대가 놓여 있었고 깨진 거울이 달린 옷장이 있었다. 그 앞에 두 개의 걸상이 있었고 여기저기 트렁크가 놓여 있었다. 방 뒤쪽 부분에는 온통 흠집투성이에 손잡이가 다 떨어져 나간 커다란 책상이 놓여 있었고 그 앞에 검은 나무로 짠 의자가 있었다. 그 외에 구식 탁자 하나, 칠을 하지 않은 책장이 하나 있었으며 희고 누런 원고 뭉치가 들어 있는 상자들이 벽면을 따라 놓여 있었다. 그리고 책장, 테이블, 마룻바닥 등 가릴 것 없이 글이 빼곡히 적힌 원고 뭉치와 책들이 나뒹굴고 있었다.

이 어두운 방이 조지 웨버의 거처이자 작업장이었다. 이곳에서는 겨울이면 지표면보다 1미터가량 낮게 가라앉은 벽이 끊임없이 땀을 흘리며 뚝뚝 땀방울을 떨어뜨렸다. 그리고 여름이면 이번에는 조지가 땀을 흘렸다.

그의 이웃 사람들은 대부분 아르메니아인, 이탈리아인, 스페

인인, 아일랜드인, 유대인 등, 한마디로 온갖 종류의 미국인이
었다. 그들은 모두 브루클린 남부의 거칠고 더러운 골목에 자
리 잡은 오두막, 셋방, 빈민굴에 살고 있었다.

그런데 이건 또 무슨 냄새지?

아, 맞다! 조지는 가까운 곳에 있는 공공재산을 이웃들과 공
유하고 있었다. 그것은 그들의 공유재산으로서 브루클린 남부
고유의 독특한 분위기를 자아내고 있었다. 그것은 바로 유구
한 역사를 자랑하는 고와너스 운하이며 당신이 방금 말한 냄
새란 그곳으로부터 풍기는 교향악과 같은 악취 바로 그것이다.
그 냄새에는 온갖 종류의 썩는 냄새가 교묘하게 뒤섞여 있다.
가끔 그 악취를 구분하면서 헤아려보는 것도 흥미로운 일이다.
그 냄새에는 하수도의 고인 물 악취뿐 아니라 녹은 아교 냄새,
고무 타는 냄새, 넝마 타는 냄새, 죽은 지 오랜 말이 썩는 냄새,
쓰레기 썩는 냄새, 고양이 송장 썩는 냄새, 토마토와 배추 썩는
냄새, 선사시대 달걀 냄새들이 조화를 이루며 교향곡을 연주하
고 있다.

아니, 그 냄새를 어떻게 견디고 살아간단 말인가?

그야, 익숙해지면 그만이다. 이곳에 사는 사람들만 그런 것
이 아니라 인간은 본래 적응의 동물이다. 이곳에 사는 사람들

은 냄새 생각은 아예 하지도 않으며 그 이야기를 하지도 않는다. 만일 그들이 다른 곳으로 이사 가게 된다면 아마 그 냄새를 그리워하게 될 것이다.

조지 웨버는 바로 이곳으로 찾아와서 완강한 고집을 부리듯이 이곳에 칩거했다. 조지가 가장 황량하고 고립된 곳을 찾겠다는 결심으로 신중하게 이곳을 택했을 것이리라고 당신이 추측한다면 과히 틀린 추측은 아닐 것이다.

세월은 천천히 흘러갔고 조지는 외로이 브루클린에 살았다. 힘든 세월이었고 절망적인 세월이었으며 고독한 세월이었다. 동시에 끊임없는 집필과 실험의 세월이었으며 탐험과 발견의 세월이었고 무궁한 회색의 시간, 피로와 기진맥진, 자신감 상실의 세월이었다. 그는 자신의 생애에서 가장 황량한 시기에 도달해 있었고 경험이라는 밀림을 통해 자신의 길을 헤쳐 나갔다. 그는 자아의 속살이 드러날 때까지, 자신이 하는 일의 알몸뚱이가 드러날 때까지 자신을 벗기고 또 벗겼다. 그리고 그에게는 그것만이 남았다.

그는 이제 그 어느 때보다도 자신을 더 분명히 볼 수 있었다. 비록 그렇게 외로운 삶을 살고 있었지만 스스로 고독할 운명을 타고난 예외적이고 특별한 인간이라고 생각하지 않았다. 그는 자신이 다른 사람처럼 일하는 사람이며 삶의 한 부분이라고 생각했다. 그는 현실에 열정적으로 관심을 기울였다. 그는 전체를 보고 싶었고 가능한 한 모든 것을 찾아내고 싶었다. 그리하여 자신이 아는 것으로부터 자신만의 비전이라는 열매를 창조해 내고 싶었다.

그의 첫 작품에 대한 평론 한편이 아직 그의 마음속에 남아 그를 괴롭히고 있었다. 작가로 성공하지 못해 비평의 길로 들어선 그 비평가는 조지 웨버의 책을 '세련되지 못한 아우성'이라고 일소에 부쳤다. 웨버가 지성보다는 감정을 앞세웠고 지적인 추론 과정이나 지적인 관점에 대해서는 적대적이라고 그를 비난했다. 조지가 보기에 그런 비난에 만일 진리라고 할 만한 것이 들어 있다면 그것은 일종의 생명 없는 반쪽 진리에 불과했다. 그리고 그런 진리라는 것은 아예 없느니만 못했다. 이른바 지식인들이 지닌 가장 큰 맹점은 그들이 결코 지적(知的)이지 않다는 데 있었다. 그들의 이른바 '관점'이라는 것은 아예 초점이라곤 없는 오만가지가 뒤섞인 독단적이고 단편적이고 혼란스러운 관점일 뿐이었다.

'지식인'이 되는 것과 '지적'이 되는 것 사이에는 엄청난 차이가 존재하는 것 같았다. 개의 코는 정확하게 자신이 찾고자 하는 쪽으로 개를 유도하며 피하고 싶은 것에서 멀어지게 해준다. 그것이 바로 '지적'인 것이다. 달리 말해 개는 그의 코에 현실감을 지니고 있다. 하지만 '지식인'에게는 대체로 그 코가 없기에 현실감이 부족하다. 그런 일반적인 지식인들과 웨버는 완전히 달랐다. 웨버는 자신의 경험을 스펀지처럼 빨아들였고 빨아들인 모든 것을 이용했다. 그는 정말로 끊임없이 경험으로부터 배웠다. 하지만 그가 알고 있는 지식인들은 아무것도 배우는 게 없어 보인다. 그들에게는 반추와 소화의 능력이 없다. 그들은 되돌아볼 줄 모른다.

조지는 자신이 어떤 존재이건 간에 자신이 '지식인'이 아니라는 것은 알고 있었다. 그는 자신 주변의 삶을 힘겹게 돌아보는 한 명의 미국인일 뿐이었다. 전 생애를 통해 자신이 보고 알고 있는 것을 조심스럽게 분류하는 한 명의 미국인, 온통 뒤범벅 상태인 자신의 경험 전체로부터 근본적인 진리를 추출하려고 애쓰고 있는 한 명의 미국인일 뿐이었다. 그러나 그것은 결코 쉬운 일이 아니었다. 그는 그가 존경하고 있는 제임스 로드니 출판사의 편집자 폭스홀 에드워즈에게 이렇게 말한 적이 있다.

"진리란 무엇일까요? 그런 게 있으면 어디 보여달라고 빌라도가 농담처럼 말한 것이 당연하지요. 진리는 수천 개의 얼굴을 하고 있으니까요. 그중 한 얼굴을 보여주면 진리 전체는 달아나 버리거든요! 그렇다면 어떻게 그 전체를 보여주느냐? 바로 그것이 문제입니다. 발견하는 것만으로는 부족합니다. 사물을 있는 그대로 똑바로 보는 것만으로는 부족합니다. 그것이 어디에서 왔는지도 밝혀야 합니다. 그리고 벽돌 하나하나가 벽어느 곳에 들어맞는지도 밝혀야 합니다."

그런 생각을 할 때마다 조지는 언제나 '벽'으로 되돌아왔다.

"저는 이렇게 생각합니다." 그가 폭스홀에게 계속 말했다. "벽을 바라봅니다. 너무 오래 바라보았기에 벽을 꿰뚫어 볼 수 있게 됩니다. 그렇게 되면 그 벽은 이제 어떤 하나의 벽이 아니게 됩니다. 존재했던 모든 벽이 되는 겁니다."

그는 아직도 그의 처녀작 및 그 처녀작이 불러일으킨 온갖 문제와 정신적인 싸움을 벌이고 있었다. 그는 여전히 길을 찾고 있었던 것이다. 때로는 자신의 첫 번째 책에서 배운 것은 아무것도 없다는 느낌이 들기도 했다. 심지어 자신감도 주지 못했다고 느꼈다. 게다가 이제껏 자신을 잡아 묶고 있었으며 어떤 의미로는 격려와 신뢰로 자신을 지탱해준 온갖 개인적인 유대관계로부터 완벽하게 자유로워지자 허전한 절망감과 자신에 대한 회의감이 이전보다 더 커진 것 같았다. 이제 그는 오로지 자기 자신에게만 매달려야 하는 처지가 되었음을 느꼈다.

그는 그런 절망감과 회의감에만 시달리는 것이 아니었다. 일해야 한다는 강박에 그는 시달리고 있었고 새로운 책을 써야만 한다는 필요성에 시달리고 있었다. 그는 그 어느 때보다 절박하게 시간이 주는 압박감을 느끼고 있었다.

첫 책을 쓸 당시 그는 무명의 존재였고 아무도 그에게서 기대하는 것이 없었기에 오히려 힘을 낼 수 있었다. 하지만 출판이라는 스포트라이트가 조지 위에 내리비쳤다. 그는 그 빛이 너무 강렬하게 내리쪼이고 있음을 의식하지 않을 수 없었다. 그는 그 광선 아래 핀으로 꽂혀 있는 것 같았고 거기서 빠져나올 방법은 없었다. 비록 대단한 명성을 얻은 것은 아니었지만 그래도 그의 이름은 알려져 있었다. 사람들은 조지라는 인물을 탐색하고 이야기를 나누었다. 마치 세상 전체가 비판의 눈으로 자신을 바라보는 것 같았다.

꿈속에서 대작을 구상하는 것은 쉬운 일이었다. 하지만 그것을 완성하는 것은 전혀 다른 일이었다. 그의 첫 작품은 노력의 결실이라기보다는 언변(言辯)의 소산이었다. 그것은 감동에 사로잡힌 젊은이의 감탄사로 이루어진 작품이었다. 그의 내부에

간혀 있던 그 무엇, 보고 느끼고 상상한 그 무엇, 백열처럼 달구어진 그 무엇이 분출된 것이었다. 작품을 쓴다는 것은 정신적이고 정서적인 배출 과정 바로 그것이었다. 하지만 그건 이미 과거의 일이었다. 그는 그런 식으로 반복하면 안 된다는 것을 잘 알고 있었다. 이제 그의 새로운 작품은 끊임없는 노력과 준비가 없이는 나올 수 없었다.

경험을 탐사하고, 거기서 전체를, 근본적 진리를 추출하고, 그것을 글로 표현할 방법을 찾기 위해 그는 자신이 알고 있는 모든 삶의 가장 미세한 부분들까지 세밀하게 포착하려고 애썼다. 그는 몇 주일, 몇 달에 걸쳐 무수히 단편적인 일들, 그가 '메마르고 굳어진 미국의 색채'라고 부른 것들을 정확하게 종이 위에 기록—지하도의 입구 모양이라든지 엘리베이터의 구조와 색, 쇠 난간의 모양과 그것이 주는 느낌, 미국에 흔한 녹색 가로등 등등에 대한 느낌과 묘사 같은 것들…… 기타 등등……—했다. 그뿐 아니라 그는 그 모든 것을 영국 건물의 색깔, 현관 모습, 프랑스 창문 양식, 파리의 지붕과 굴뚝 모습, 뮌헨의 거리 풍경 등등과 비교했다.

그것은 말 그대로 발견 과정 그 자체였다. 그는 처음으로 수천 가지 사물을 '진짜로' 보기 시작했고 그것들 간의 관계를 보기 시작했으며 여기저기서 그 전체의 관계 시스템을 보기 시작한 것이다. 마치 세밀한 관찰을 통해 새로운 가설을 세운 과학자 같았다. 과학자에게 새로운 가설이나 이론을 세운다는 것은 새로운 세계를 발견하는 것과 마찬가지이듯이 조지도 새로운 세상을 발견한 것 같았다.

조지는 그런 방식으로 '사물'들만 새롭게 본 것이 아니었다. 그는 주변의 삶에 대해서도 같은 방식을 적용했다. 그는 뉴욕 밤거리를 배회하면서 음식점 근처 쓰레기통을 뒤지는 노숙자들을 관찰했다. 그들은 어디에나 있었다. 불경기가 휩쓴 절망적이던 1932년에 그런 사람들 숫자는 눈에 띄게 증가했다. 조지는 그들이 어떤 사람들인지 알 수 있었다. 그들과 수없이 대화를 나눈 덕분이었다. 그는 그들이 전에 어떤 사람들이었는지, 어디 출신인지 알 수 있었고 심지어 그들이 쓰레기통을 뒤지면서 무엇이 나오기를 기대하는지도 알 수 있었다. 그들이 즐겨 모이는 곳은 33번가 지하철역 구내와 맨해튼의 파크애비뉴였다. 그는 어느 날 차가운 콘크리트 바닥 위에 낡은 신문지를 깔고 서른네 명이나 되는 사람들이 모여 앉아 있는 모습을 목격하기도 했다.

조지는 거의 매일 밤 1시 이후에 브루클린 다리를 건넜고 끔찍한 환상에 사로잡힌 채 뉴욕 시청 청사 바로 건너편에 있는 공중변소를 찾아갔다. 특히 추운 날이면 노숙자들이 안식처를 찾아 그곳으로 모여들었다. 그들 중에는 거지도 있었고 범죄자도 있었으며 술이나 마약에 취한 자도 있었고 아편 중독자도 있었다. 하지만 대부분은 파멸의 시대의 희생자들이었다. 그들은 노고와 궁핍에 찌든 얼굴의 정직하고 점잖은 중년의 사내들과 머리가 마구 형클어진 10대 소년들이었다. 그들은 이 도시에서 저 도시로 떠도는 방랑자였다. 그들은 화물열차에 올라타거나 고속도로를 달리는 차를 세워 타고 다녔다. 그들은 미국 내에서 뿌리 뽑힌 자들이었고 불필요한 자들이었다. 그들은 정처 없이 전국을 떠돌다가 겨울이 되면 일자리를 찾아, 혹은 목숨을 부지하기 위해 먹을 것을 찾아 대도시로 모여들었다. 하지만 그들은 일자리도, 먹을 것도 찾을 수 없었다. 마침내 이곳 뉴욕의 불결한 집합 장소에 모인 이 버림받은 인간들은 화장실에서 약간의 휴식과 온기를 누리면서 잠시 절망을 잊고 있었다.

그 광경을 보면서 조지는 전에는 결코 맛보지 못했던 모멸감과 동물적 공포를 맛보았다. 조금이나마 온기를 느끼려고 문짝이 떨어져 나간 변소의 변기 위에 웅크리고 앉아 있는 그들의 모습에서는 일종의 악마적인 희극성까지 느껴졌다. 그들이 서로 변기를 차지하려고 욕설을 하며 다투는 모습을 보고 있으면 속이 메스껍고 몸서리가 쳐지기도 했으며 너무나도 가련해서 입에서 말이 나오지 않을 정도였다.

그래도 조지는 그들에게 말을 걸었다. 그리고 그들에 대해 알아낼 것은 모두 알아냈다. 그는 더 이상 견디기 어려워지면 그 불결과 고통의 구덩이에서 나왔다. 그는 고개를 들어 추운 겨울밤, 잔인하게 빛나고 있는 거대한 맨해튼 빌딩의 차가운 불빛을 바라보았다. 울워스 백화점 빌딩이 채 50미터도 떨어지지 않은 곳에 우뚝 서 있었고 조금 더 뒤로는 은빛으로 반짝이는 월가의 둥근 첨탑이 보였다. 돌과 강철로 이루어진, 거대한 은행들의 요새였다. 이 엄청난 대비가 보여주는 맹목적인 불의(不義)는 조지가 겪은 경험 중에서도 가장 잔인한 것이었다. 차가운 달빛 속 그의 곁에 이토록 잔인하고 비참한 심연이 있었다. 그리고 그 심연으로부터 불과 몇 블록 떨어진 곳에 힘의 상징인 첨탑이 번쩍이고 있었다. 그리고 그 강력한 첨탑 안에 전 세계 대부분의 부(富)가 갇혀 있었다.

우리의 대도시에 살아야만 하는 사람들의 삶은 흔히 비극적일 정도로 고독하다. 이 벌집 안에 모여 사는 사람들은 어느 모로 보나 현대판 탄탈로스(제우스의 아들; 신들의 비밀을 누설한 죄로 벌을 받음. 저승에서 턱까지 찬 물에 잠겨 있지만 목이 말라 물을 마시려 하면 물이 사라져 버렸음-옮긴이 주)이다. 그들은 먹을 것이 넘쳐흐르는 가운데서 굶어 죽고 있다. 수정같이 맑은 물이 입가를 흐르고 있지만 그 물을 마시려 하면 물은 즉시 뒤로 물러가 버린다. 황금빛 열매가 주렁주렁 달린 넝쿨이 늘어져 있다가 열매에 손을 대려는 순간 휙 위로 올라가 버린다.

허먼 멜빌은 그의 대작 『모비딕』 첫머리에서 그 도시 사람들은 기회만 되면 부둣가로 나가 그곳에 서서 바다를 바라보곤 했다고 썼다. 하지만 오늘날의 대도시에는 바라볼 바다도 없거니와 설사 있다 하더라도 한없이 많은 돌과 강철로 된 건물이 가리고 있어서 너무 멀고 도달하기 어려운 곳이 되었다. 그 결과 바다에 가려는 노력은 부질없는 짓이 되어버렸다. 현대 도시인이 바라보는 것은 탁 트인 바다, 모험이 기다리고 있는 바다가 아니라 사람들로 붐비는 공허일 뿐이다.

도시의 젊은이들이 절망적인 공허감에 빠지는 것은 그 때문이 아닐까? 16세, 혹은 18세의 소년들이 한밤중, 혹은 휴일에 떼 지어 몰려다니며 상소리를 내뱉고 괴성을 지르는 것은, 듣는 사람이 수치심과 연민을 느낄 정도의 미련한 짓을 저지르는 것은 그 때문이 아닐까? 젊음의 즐거움, 진취적 기상, 자발적인 명랑함은 어디로 간 것일까? 이들 수백만의 피조물은 이미 반쯤 성장한 채 순진함을 잃고 세상에 태어난 것 같으며 이미 늙고 생기를 잃은 채, 아둔하고 텅 빈 채 태어난 것 같다.

실은 너무 당연한 일이다. 그들 대부분이 어떤 세상에 태어나는지를 생각해보라! 그들은 어둠의 젖을 먹고 자랐으며 어둠의 젖을 떼자마자 폭력과 소음을 먹고 자랐다. 그들은 거리의 조약돌에서 물기를 짜내야 했으며 그들의 진정한 부모는 도시의 거리였다. 그 불모의 세계에는 바람을 맞아 부풀어 오른 듯도 없었다. 그들은 발바닥에 땅의 감촉을 느껴본 적도 없으며 새들의 노랫소리를 들어본 적도 없다. 그들은 늘 돌벽에 둘러싸여 있었기에 그들의 젊은 눈은 시력이 약해지고 보이지 않게 되었다.

옛날에는 끔찍할 정도로 황량한 장면을 그리려면 화가들은 사막, 혹은 바위투성이 황무지 한가운데 홀로 있는 인간의 모습을 그리곤 했다. 바위 위에서 까마귀가 갖다주는 음식을 먹고 살아가는 예언자 엘리야 같은 모습……. 하지만 현대 화가들에게는 일요일 오후 대도시의 거리 모습이 가장 황량한 장면이 될 것이다.

브루클린의 약간 우중충하고 초라한 거리를 상상해보라. 유달리 지독한 가난에 찌들어 있는 빈민가를 상상할 필요도 없다. 담뱃가게나 과일가게, 혹은 이발관이 한 모퉁이에 자리 잡고 있으며 싸구려 벽돌 건물, 창고, 차고 들이 늘어서 있는 거리를 상상해보라. 3월의 일요일 오후, 황폐하고 비어 있는 잿빛 거리를 상상해보라. 그리고 값싼 기성복 나들이옷을 입고 싸구려 구두를 신고 허옇게 색이 바랜 펠트 모자를 쓴 노동 계층 미국인을 상상해보라. 더 이상은 필요 없다. 그것만으로 족하다. 그들은 길모퉁이를 배회하며 담뱃가게 앞, 혹은 닫힌 이발소 앞에 모인다. 이따금 텅 빈 거리를 자동차가 불빛을 번쩍이며 질주하고 멀리서 차갑게 덜커덕거리는 소리를 내며 기차가 고가 철도 위를 달려간다. 그리고 그들은 길모퉁이에서 기다리고, 기다리고, 또 기다리는 것이다…….

무엇을 기다리는 것일까?

아무것도. 아무것도 기다리지 않는다. 그 장면이 비극적으로 고독하고 무섭도록 공허하며 이루 말할 수 없이 황량한 것은 그 때문이다. 모든 현대 도시인들은 그것에 익숙해져 있다.

하지만…… 그럼에도 불구하고…….

일요일 오후 길모퉁이에 서서 그 아무것도 기다리지 않는 이 사람들이 동시에 거의 억누를 수 없는 희망에 충만해 있는 것 또한 사실이니, 그것이 바로 미국이 지닌 진기한 역설이다. 그들은 뭔가 전기(轉機)가 마련되리라는, 무슨 일이 분명히 일어나리라는 거의 무한한 낙관성을, 도저히 파괴할 수 없는 신념을 지니고 있다. 그것이 바로 미국의 영혼이 지닌 독특한 특성이며 기이한 수수께끼 같은 미국인의 삶,—난폭함과 다정함, 천진성과 범죄, 고독과 우정, 쓸쓸함과 드높은 희망, 공포와 용기, 까닭 없는 두려움과 용솟음치는 신념, 잔인하고 적나라하고 냉혹한 추함과 그 앞에서 입이 딱 벌어질 수밖에 없는 사랑스럽고 압도적인 아름다움, 아직 그 누구도 제대로 표현할 말을 찾지 못한 그 아름다움이 뒤섞여 있는, 그 수수께끼 같은 미국인의 삶은 바로 그것에서 기인한다.

그 어떤 타당한 근거를 찾을 길 없는, 이 이름 붙이기 어려운 희망에 대해 어떤 설명이 가능할까? 나는 설명할 수 없다. 하지만 만일 당신이 군중들과 함께 무언가 기다리고 있는, 꽤 지적(知的)으로 보이는 트럭 운전기사에게 다가가 당신이 궁금해하는 점을 묻는다면, 그리고 그가 당신이 무슨 이야기를 하고 있는지 이해한다면—결코 그런 일은 없겠지만—그리고 그가 자신이 느끼고 있는 감정을 적당한 언어의 틀로 표현해낼 수 있다면—결코 그럴 수는 없겠지만—그는 대충 다음과 같이 대답할 것이다.

"지금은 3월이니까요. 브루클린의 3월 일요일 오후니까요. 그래서 우리는 이 추운 모퉁이들에 서 있는 겁니다. 3월에, 이곳 브루클린에, 진짜 모퉁이라고는 없는 이 브루클린에 그토록 많은 모퉁이가 있는 건 재미있는 일이지요. 제길! 3월의 일요일에 우리는 아침 늦게까지 잠을 자지요. 우리는 일어나서 신문을 읽지요. 만화를 보고 스포츠면을 읽지요. 그리고는 밥을 먹고 오후가 되면 옷을 주섬주섬 입고 마누라를 남겨 두고, 마루에 흩어진 만화책을 남겨 두고, 3월의 브루클린으로 나갑니다. 그리고 그날의 수많은 모퉁이에서 서성이는 거지요. 3월에 우리에게는 모퉁이가, 기댈 수 있는 벽이, 은신처가, 그리고 문이 필요하지요. 3월에는 그 문 안에 그 무언가 있는 게 분명하지만 우리는 그것을 발견한 적이 없어요. 그래서 우리는 아직 하늘이 차갑고 겨울 기운이 여기저기 남아 있는 곳의 모퉁이를 서성이는 겁니다. 우리는 옷을 말끔하게 입고 아는 사람들과 함께 이발소 앞에서 혹시 문을 찾으며 서성이고 있는 겁니다."

아, 그렇다면, 여름에는? 3월에 그렇게 서성이며 기다린다면 여름에는?

시원하고 달콤한 밤이다. 수백만의 발이 어둠 속에서 거미줄 같은 브루클린의 정글을 이리저리 주름잡고 있다. 브루클린에 3월이 있었음을, 우리가 문을 발견하지 못했음을 기억하지 못한다. 오늘 밤에는 수백만의 문이 있다. 오늘 밤에는 각자를 위한 문이 있고 모든 문이 활짝 열려 있으며 모든 것이 뒤섞여 있다. 저 멀리 풀턴 가(街) 고가 철도 위를 달려가는 기차의 천둥 같은 소리, 애틀랜틱애비뉴를 질주하는 자동차 소리, 10킬로미터 떨어진 코니아일랜드의 번쩍이는 불빛, 놈팡이 무리, 그들이 떠드는 소리, 무뢰배들의 고함 소리, 거미줄 같은 거리를 오가는 사람들, 창가에 몸을 기댄 이웃 사람들의 목소리, 이들의 거칠면서 부드러운 목소리, 이 모든 것이 뒤섞여 있다. 모든 것이 오늘 밤, 액체처럼 흐르는 대기 속에서 열린 창문을 통해 나오는 환상적인 소리와 뒤섞여 있다.

그리고 오늘 밤, 그것들 너머에 또 다른 그 무언가가 있다. 이 모든 것이 합해진 것이면서도 그것과는 다른 그 무엇이 이 광막하게 물결치는 브루클린의 밤이라는 대양 위에 존재하고 있다. 우리가 3월에는 잊고 있던 그 무엇이. 그것이 무엇일까? 가만히 들어 올린 창틀? 창문? 공기 중에서 가깝게 들리는 목소리? 잡을 것 같으면서도 재빨리 지나가 버리는 저 아래 그 무엇? 한밤중 저 멀리 만에서 들려오는 예인선(曳引船)의 음산하면서도 떨리는 듯한 소리? 여객선 소리? 여기서, 저기서, 또 어디선가 들리는 저 소리는 무엇인가? 속삭임? 여인이 부르는 소리? 문 뒤에서 사람들이 속삭이는 소리?

그것은 오늘 밤, 마치 급하게 사라지는 빠른 발걸음처럼, 갑자기 터져 나온 여인의 부드러운 웃음처럼 이 거대한 거미줄 같은 대기 속에서 떨리고 있다. 액체처럼 유동적인 공기는 우리가 오늘 미국 전역에서 찾고 있는 그 무언가의 속삭임과 함께 지내고 있다. 그것은 우리가 3월에 브루클린의 수많은 모퉁이에서 좋은 옷을 입고 기다릴 때 그토록 암담하고 그토록 광활하며, 그토록 차갑고 그토록 절망적이던 것, 우리가 도저히 찾을 수 없을 것처럼 보이던 것 바로 그것이다.

비록 조지 웨버는 그가 살던 곳 이웃 너머로 나가본 적이 없었지만 그에게는 지구 전체의 연대기가 그곳에 있는 것과 같았을 것이다. 브루클린 남부는 하나의 우주였다.

그의 주변에 살고 있는 사람들, 춥고 얼얼한 겨울이면 마치 깡통 속에 들어 있듯 언제나 밀폐되고 메마르고 외딴 삶을 사는 사람들이, 봄이나 여름이 되면 마치 태어날 때부터 서로 알고 지냈던 것처럼 실질적인 존재가 된다. 낮이건 밤이건 날이 점점 따뜻해짐에 따라 사람들은 모두 창문을 활짝 열어놓고 그들의 가장 은밀한 이야기들을 쉰 목소리로 크게 거리로 전달하고 우연히 지나가던 행인은 모든 집안의 비밀을 알게 되는 것이다.

정말이지 조지는 비열함, 더러움, 비참함, 절망들을 충분히 보았고 폭력, 잔인, 증오도 충분히 보았기에 그의 입술이 절망의 쓰디쓴 맛으로 영원히 굳어질 것 같았다. 유휴하고 거의 정신 착란 상태의 이탈리아인 잡화상 주인이 손님들 앞에서는 얇은 입술에 비굴하게 아첨의 웃음을 흘리다가 다음 순간 어린 아들의 팔을 매 발톱 같은 손가락으로 꼬집으며 으르렁거리는 모습을 보았다. 또 토요일에는 아일랜드 사람들이 만취한 채 집으로 돌아와 마누라를 마구 패는 모습, 서로 욕지거리가 오가는 모습, 싸움이 격해짐에 따라 열린 창문을 통해 그들이 웃고, 고함치고, 비명을 지르고 욕설을 퍼붓는 소리가 거리까지 낱낱이 퍼져 나가는 모습을 보았다.

하지만 그는 브루클린 남부의 아름다움도 발견했다. 그가 살고 있는 골목길 위에 가지를 늘어뜨리고 있는 나무가 한 그루 있었으며 조지는 날이 감에 따라 그 나무가 마치 마술인 양

싱싱한 초록색을 띠는 모습을 지하실 창문을 통해 볼 수 있었다. 그리고 해 질 무렵 몸이 노곤할 때면 쇠 침대에 누워 휴식을 취하면서 나무에서 들려오는 새의 가냘픈 울음소리에 귀를 기울였다. 그런 식으로 그는 매년 봄이면 그 한 그루의 나무에서 4월과 지구를 발견했다. 또 그는 작고 초라한 유대인 양복점 주인과 그의 아내에게서 헌신과 사랑과 지혜를 발견했다. 그들 부부의 더러운 아이들은 어둡고 답답해 보이는 그 양복점을 줄곧 들락거렸다.

그렇게 평범하고, 우발적이고, 사소한 일들에서 우리는 삶이라는 거미줄이 다양하게 펼쳐져 있는 모습을 볼 수 있다. 우리가 도시에서 아침에 잠을 깨건, 시골 마을에서 밤에 잠자리에 눕건, 뜨거운 한낮, 현재라는 먼지투성이의 소박한 빛, 하지만 영속하는 그 빛 속에서 거리를 걷고 있건 우리를 둘러싸고 있는 우주는 늘 한결같다. 악이 영원히 존재하듯 선도 영원히 존재한다. 인간만이 이 둘에 대해 알고 있다. 그리고 인간은 그토록 보잘것없는 존재이다.

그렇다면 인간이란 무엇인가?

우선 어린아이. 물렁뼈에 고무 같은 두 다리로 서지도 못하고, 똥 범벅이며, 울부짖다가 웃고, 달을 달라고 보채다가 엄마

젖꼭지를 물고 얌전해진다. 잠꾸러기, 먹보, 울보, 웃음보, 천치, 발가락을 빠는 놈이다. 온통 침투성이 작고 부드러운 것, 불도 무서운 줄 모르는 놈, 사랑스러운 바보이다.

이어서 소년. 친구들 앞에서는 큰소리를 치지만 어둠을 두려워한다. 약자를 때리고 강자는 피한다. 힘과 야성(野性)을 숭배하고 전쟁과 살인 이야기, 남에게 가해지는 폭력을 좋아한다. 패거리 짓기를 좋아하고 홀로 되는 것을 싫어한다. 군인, 선원, 권투 선수, 축구 선수, 카우보이, 총잡이와 탐정을 좋아한다. 친구들과 겨루지 못하고 꽁무니를 빼느니 차라리 죽음을 택하고 싶고 언제나 이기고 싶어 한다. 근육을 보여주며 어떠냐고 뽐내고 승리를 과시하며 패배는 절대로 인정하지 않는다.

이어서 청년. 계집애들 뒤꽁무니를 쫓는다. 끼리끼리 모여 앉아 계집애들 등 뒤에 대고 천한 말을 내뱉고 온갖 짓을 다 해서 꼬셔보려 하지만 얼굴에는 여드름투성이다. 옷에 신경을 쓰고 맵시를 내며 머리에 정성을 들인다. 불량배인 척 담배를 입에 물고 소설을 읽으며 남몰래 시를 쓴다. 세상이 오로지 여자들의 다리와 젖가슴으로만 이루어진 것 같다. 증오와 사랑과 질투를 알게 된다. 겁쟁이에 바보이며 홀로 되는 것을 견디지 못한다. 패거리를 지어 다니고 패거리와 함께 생각하며 친구들에게 이상한 놈이라고 따돌림당하는 것을 두려워한다. 동아리에 가입하고 조롱거리가 되는 것을 두려워한다. 따분하고 불행하며 대부분 시간을 우울하게 보낸다. 그의 내부에 커다란 구멍이 생기고 둔해진다.

이어서 어른. 바쁘다. 계획과 이런저런 사리 판단에 가득 차 있다. 일을 한다. 아이들이 생긴다. 영원한 땅의 작은 한 뙈기를 사고팔며 경쟁자를 상대로 책략을 꾸미고 그를 속이고 의기양양해한다. 칠십 평생을 소모적이고 하찮은 삶에 낭비해 버린다. 요람에서 무덤까지 해나 달, 그리고 별을 본 적이 거의 없게 된다. 불멸의 바다와 땅은 의식하지 못한다. 미래에 대해 이야기하지만 정작 미래는 오는 대로 낭비해 버린다. 운이 좋다면 돈을 모을 수 있다. 그의 두툼한 지갑은 그가 자기 발로는 갈 수 없는 곳에 그를 데리고 가줄 사람을 고용하는 데 쓰인다. 그는 약해진 위가 더 이상 받아들일 수 없는 기름진 음식과 값비싼 와인을 먹고 마신다. 지쳐서 생기를 잃은 두 눈으로 젊은 시절 가슴 설레게 하던 이국 풍경을 바라본다. 서서히 죽음이 찾아온다. 의사의 힘으로 목숨을 연장하다가 마침내 장의사가 오고 향기로운 시신이 된다. 상냥한 안내인들, 이어서 영구차, 그리고 다시 흙으로.

이것이 인간이다. 저술가이며, 웅변가이며 화가이며 수없이 많은 철학을 만들어낸 존재이다. 사상에 열광하며 다른 작품에 대해서는 비아냥과 조소를 보낸다. 자기 혼자 하나의 길, 참된 길을 발견했다며 다른 것은 모두 거짓이라고 말한다. 하지만 선반 위의 수십억의 책 중 그 어느 한 권도 단 한 번이나마 평화롭고 편안하게 숨 쉴 수 있는 방법을 우리에게 알려주지 못한다. 그는 우주의 역사를 만들고 국가의 운명을 이끈다. 하지만 그는 자신의 역사에 대해서는 모른다. 그는 자신이 운명을 단 10분간만이라도 위엄있게, 또한 지혜롭게 이끌지 못한다.

이것이 인간이다. 대부분 더럽고 비참하며 혐오스러운 존재이다. 부패 덩어리이고 퇴화하는 조직 뭉치이다. 늙어가면서 머리가 빠지고 입에서 냄새가 나는 존재이다. 자기 동족을 증오하는 존재이며 사기꾼, 비아냥꾼, 욕쟁이이다. 떼거리로 어둠 속에서 살인도 저지르고 동료들과 있을 때면 큰 소리로 허풍을 떨지만 혼자 있으면 쥐새끼만큼의 용기도 없는 존재이다. 동전 한 푼 앞에서도 굽신거리다가 등 뒤에서는 날카로운 송곳니를 드러낸다. 몇 푼 안 되는 돈에 사기를 치고 40달러를 위해 살인을 저지르며 동료 악당을 감옥에서 빼내기 위해 법정에서 눈물을 펑펑 흘린다.

이것이 인간이다. 친구의 아내를 빼앗고 식탁 밑으로 자신을 초대한 집주인 아내의 다리를 희롱하며 매춘부에게 재산을 탕진하고 협잡꾼 앞에서 경건하게 허리를 굽힌다. 그러면서 자신 안의 시인은 죽게 내버려 둔다. 이것이 인간이다. 미와 예술과 정신만을 위해 살겠다고 맹세하고는 오로지 유행만을 위하여 사는 존재, 유행에 따라 믿음과 신념을 바꾸는 존재이다. 이것이 인간이다. 흐늘흐늘한 창자를 지닌 위대한 전사, 불모의 허리를 가진 위대한 공상가, 영원한 바보를 삼켜버리는 영원한 악당, 모든 동물 중에서 가장 영광스러운 존재, 두뇌의 대부분을 황소와 여우와 개와 호랑이와 염소 앞에서 악취를 풍기는 데 쓰는 존재이다.

그렇다, 이것이 인간이다. 인간의 가장 나쁜 점이 어떤 건지 꼭 집어 말하는 것은 불가능하다. 인간의 추잡함, 비열함, 육욕, 잔인성, 반역의 기록은 끝없이 무한하기 때문이다. 또한 인간의 삶은 노고와 소란과 고통으로 가득 차 있기도 하다. 인간의 나날들은 주로 수백만 어리석은 행동의 반복으로 이루어져 있다. 뜨거운 거리를 오가며 땀 흘리고 추위에 떨며, 아무런 결실 없는 일들을 무의미하게 쌓아간다. 그러면서 썩어가고 누더기가 되어가고 삶을 가루로 만들면서 형편없는 음식들을 살 수 있게 된다. 그리고 그 형편없는 음식들을 먹으면서 힘들게 배설한다. 인간은 폐허 같은 셋방에 살면서 매번 호흡할 때마다 자신의 불편한 살(肉)이 주는 쓰린 무게를, 그의 몸이 겪는 수많은 질병과 재난을, 자신의 몸이 썩어가고 있다는 악몽을 잊지 못한다. 이것이 인간이다. 그가 살아가면서 맛보았던 기쁨과 행복의 그 황금 순간을 열 번만이라도 기억할 수 있다면, 근심이 없었고 아픔과 가려움증을 앓지 않았던 순간을 열 번만이라도 기억할 수 있다면 그는 숨을 거두는 순간에도 몸을 벌떡 일으키며 "나는 이 땅 위에 살았고 영광을 알았도다!"라고 말할 수 있으리라.

이것이 인간이다. 그렇다면 왜 인간이 그토록 살기를 원하는지 의아할 수밖에 없다. 그는 생애의 3분의 1을 잠으로 잃고 또 다른 3분의 1은 힘든 노동에 바치며 6분의 1은 거리를 오가며 사람들 사이로 뚫고 들어갔다 나오고 밀치고 걷어차는 데 쓴다. 그렇다면 비극적인 별을 바라볼 시간은 얼마나 남아있을까? 영원한 땅을 바라볼 시간은 얼마나 남아있을까? 영광을 위한 시간, 위대한 노래를 작곡할 시간은 얼마나 남아있을까? 모든 것을 집어삼키고 빨아들이는 삶으로부터 겨우 잡아챌 수 있는 아주 짧은 순간만이 남아있을 뿐이다.

그렇다, 여기에 바로 인간이 있다. 시간을 좀먹는 나방 같은 존재, 짧게 헤아릴 수 있는 시간만 의식하는 얼간이. 헛되고 메마른 숨을 쉬는 모조품. 하지만 신이 이 황량하고 폐허 같은 이 땅에 온다면, 인간이 만든 도시의 폐허만 남아있고 부서진 판때기 위에서 인간의 손으로 새겨진 몇 개의 표식들만 보인다면, 황량한 사막에 바퀴 하나만 덜렁 남아 있는 모습이 보인다면 신들의 가슴 속에서 외침이 터져 나오리라. "그들이 살았다. 여기에 있었다!"라는 외침이!

인간이 하는 일을 보라.

인간은 빵을 구하기 위해 말(言)을 필요로 했다. 그래서 예수가 왔다! 인간은 싸움터에서 부를 노래가 필요했다. 그래서 호메로스가 왔다. 인간은 적들을 저주할 말이 필요했다. 그래서 단테가 왔고 볼테르가 왔으며 스위프트가 왔다. 인간은 털 없는 연약한 살을 감싸기 위해 옷이 필요했다. 그래서 솔로몬의 의복을 지었으며 위대한 왕들의 옷을 만들었고 젊은 기사들을 위한 비단옷을 만들었다. 인간은 몸을 숨길만 한 벽과 지붕이 필요했다. 그래서 블루아성을 만들었다. 인간은 신의 비위를 맞추기 위해 사원이 필요했다. 그래서 샤르트르 성당과 파운틴스 수도원을 만들었다. 인간은 땅 위를 기어가도록 만들어졌다. 그래서 바퀴를 만들었고 레일 위를 달리는 거대한 엔진을 만들었으며 큰 날개를 공중에 날리고 성난 바다에 거대한 배를 띄웠다.

전염병은 인간을 쇠약하게 만들었고 잔인한 전쟁은 가장 강한 자식들을 죽였다. 하지만 불, 홍수, 기아는 인간을 소멸시킬 수 없었다. 심지어 그 냉혹한 무덤조차도 그럴 수 없었다. 인간의 아들들은 소리를 외치며 죽어가는 인간의 허리에서 뛰쳐나왔다. 엄청난 근육질의 털북숭이 들소가 평원 위에 죽어서 누워 있다. 선사시대의 전설적인 매머드가 메마르고 비정한 옥토의 거대한 발판이 되어 있다. 퓨마는 조심스럽게 물웅덩이를 향해 키 큰 풀 속을 걸어간다. 그런데 인간은 이 무감각한 우주의 허무 속에서 삶을 이어간다.

그것은 하나의 믿음, 확신이 있기 때문이며 그것이 바로 인간의 영광이요, 승리요, 불멸성이다. 그것은 바로 인간의 삶에 대한 믿음이다. 인간은 삶을 사랑한다. 그리고 삶을 사랑하기에 죽음을 증오한다. 그 때문에 인간은 위대하며 영광스럽고 아름답다. 그리고 그 아름다움은 영속한다. 인간은 무감각한 별들 아래 살면서 별들 안에서의 자신의 의미에 대해 쓴다. 인간은 두려움과 노고와 번뇌와 끊임없는 혼란 속에서 살아간다. 하지만 숨을 내쉴 때마다 상처 입은 폐에서 피가 거품처럼 부글부글 끓어오르더라도 숨이 그쳐 버리는 것보다는 삶을 더 사랑한다. 죽어가면서도 인간의 눈은 아름답게 불타고 그들의 오랜 갈망은 그 눈 속에서 더욱 강렬하게 빛난다. 그토록 힘들고 무의미한 고통을 겪었으면서도 여전히 살기를 원한다.

그러니 이 인간이라는 피조물을 비웃는 것은 불가능하다. 바로 삶을 향한 이 강력한 믿음으로부터 이 하잘것없는 존재가 사랑을 창조해냈기 때문이다. 최선의 경우, 인간은 사랑이다. 인간이 없다면 사랑도 없고 굶주림도 없으며 욕망도 없다.

그렇다, 이것이 인간이다. 최악과 최선이 함께 하는 존재! 다른 동물처럼 주어진 날을 살다가 죽어버리는, 그리고 잊히는 약하고 하찮은 것. 그러나 인간은 동시에 불멸이다. 그가 행한 선과 악은 그가 죽은 후에도 살아남기 때문이다. 그렇다면 왜 살아 있는 인간이 죽음과 결탁해야 한단 말인가? 왜 탐욕에 사로잡혀 맹목적으로 형제의 피를 빨아먹고 살찌워야 한단 말인가?

제25장 미국의 약속

　　브루클린에서 보낸 이 처절한 기간 내내 조지는 혼자 살면서 작품을 썼다. 그동안 그가 실질적으로 유일하게 친하게 지낸 사람은 잡지사 편집인인 폭스홀 에드워즈뿐이었다. 폭스홀은 조지에게 친구이며 아버지와 마찬가지였다. 남부 출신의 다혈질인 조지에 비해 폭스홀은 말이 없는 뉴잉글랜드인이었다. 조지는 브루클린에 칩거하다시피 외로운 삶을 살았지만 그 고독을 참을 수 없을 때마다 폭스홀을 찾아가 이야기를 나누고, 그의 이야기에 귀를 기울이며 위안을 얻었다. 폭스홀은 늘 바빴지만 조지가 찾아가면 하던 일을 제쳐 놓고 그와 함께 외출해서 점심이나 저녁을 사주었다. 그리고 조용히 조지의 이야기에 귀를 기울이며 그의 고민을 헤아렸고 핵심을 짚어냈다. 폭스는 소년처럼 순진하면서 동시에 교활한 사람이었다. 곧고도 교활하고 교활하면서도 곧은 사람이었다. 그는 구부러지기에는 너무 곧았고 남에게 질투심을 느끼기에는 너무 차분한 사람이었으며 맹목적으로 편협해지기에는 너무 공정한 사람이었다. 남을 증오하기에는 너무 바르고 통찰력이 있었으며 강했다. 비열한 뒷거래를 하기에는 너무 정직했고 남을 의심하기에는 너무 고상했으며 악당 무리처럼 그 무언가 은밀히 꾸미기에는 너무 순수했다. 그러면서도 그 어떤 거래에서도 결코 손해를 보거나 속아 넘어가지 않았다. 그는 삶의 소년이었고 삶의 진짜 자식이었다. 폭스란 인물은 삶의 교활성과 순진성 그 자체였다. 그는 결코 삶의 천사도 아니고 삶의 바보도 아니었다.

폭스는 절대로 냉혹하지도 않았고 그렇다고 기분이나 환상에 치우치지도 않았다. 그가 하는 일은 언제나 쉬워 보였고 특별한 일 같지 않았다. 하지만 그는 그 무언가 겨냥을 하면 백발백중이었다. 그러나 그가 그 무언가를 겨냥하더라도 사람들은 그가 겨냥하고 있는 줄 모른다. 그러면서도 그는 백발백중이다. 왜? 그는 그런 인간으로 타고났기 때문이다. 순진하고 단순하게 태어난 천재, 그것이 바로 폭스홀이었다.

그 무언가 겨냥했다가 번번이 놓친 사람들은 그런 폭스홀을 보고 "정말 교활한 폭스(여우)야!"라고 말한다. 그리고는 속으로 '도대체 어떻게 한 거지? 상식도 없고 지식도 없고 경험도 없는 것 같은데 어떻게 저리 쉽게 일을 해내지? 우리가 하는 방식과는 달라. 덫도 쓰지 않고 함정도 쓰지 않아. 일이 어떻게 돌아가는지 아는 것 같지도 않아. 정말 알 수 없어.'

그들은 폭스홀이라는 인물의 정체에 대해 무수한 뒷공론을 쏟아냈지만 아무것도 알아낼 수 없었다. 다만 마흔다섯 살의 폭스가 때로는 전혀 나이답지 않게 소년티를 지니고 있다는 사실을 발견하고 의아하게 생각할 뿐이었다.

폭스홀은 조지에게 고민을 들어주고 고통을 덜어주는 존재임과 동시에 더 먼 곳을 가리키는 스승이기도 했다. 어찌 보면 폭스홀은 조지가 브루클린에서 지낸 고독한 시간 내내 그의 곁에서 용기와 힘을 주었다고 할 수 있다.

조지 웨버는 4년간 브루클린에 살면서 글을 썼다. 그동안 그의 삶은 현대인이라면 누구나 그렇듯이 고독했다. 고독이란 드물거나 진기한 상황과는 거리가 멀다. 고독은 언제나 모든 사람의 핵심에 자리 잡고 있으며 누구나 불가피하게 고독을 경험할 수밖에 없다. 고독은 위대한 시인의 전유물이 아니다. 고독은 위대한 시인이 시를 통하여 천명한 어마어마한 불행 속에만 존재하는 것이 아니다. 조지는 이제 거리에서 떼 지어 돌아다니는 하찮은 이름 없는 사람들도 똑같은 무게와 힘으로 고독에 짓눌리고 있음을 알게 되었다. 사람들이 길거리에서 달갑지 않게 만나서 한결같이 욕설과 불평과 불신과 증오를 나누는 모습을 보면서 조지는 그런 불평을 낳는 원인이 바로 고독이라는 것을 점점 더 확신하게 되었다.

조지처럼 고독하게 살기 위해서는 신에 대한 신뢰가 있어야 하고 수도사와 같은 평온한 믿음이 있어야 하며 지브롤터 요새와 같은 견고함이 있어야 한다. 그런 것이 없다면 모든 것이며 동시에 아무것도 아닌 것이, 가장 사소한 사건들이, 지나가는 하찮은 말 한마디가 순식간에 그의 갑옷을 벗겨버리고 그의 손을 마비시키며 그의 가슴을 공포로 얼어붙게 한다. 그리고 그의 창자를 몸서리쳐지는 무기력과 황량함이라는 잿빛 물질로 채워버리는 경험을 종종 하게 된다. 모든 것을 다 아는 척하는, 문학 예언가를 자처하는 어떤 이가 온통 좌경(左傾)으로 잔뜩 기울어진 잡지 평론란에 쓴 다음과 같은 음흉한 글을 읽고 조지는 충격을 받았다. 아직 그런 글을 읽고 충격을 받지 않을 만큼 단단한 상태가 아니었기 때문이다.

자서전적이면서 폭발적인 소설을 발표한 우리의 친구 조지 웨버는 어떻게 되었는가? 그를 기억하는가? 몇 년 전에 이른바 '소설'이라는 것으로 그가 불러일으켰던 비말(飛沫)을 기억할 수 있는가? 우리의 존경을 받는 몇몇 동료는 그의 작품에서 약속의 표지를 감지해냈다고 생각했다. 우리는 그가 다른 작품을 발표했다면 그의 첫 작품이 그저 우연히 나온 게 아니라는 것을 입증했다며 반겼을 것이다. 그러나 세월은 유수처럼 흘렀다, 조지 웨버는 어디에 있는가? '웨버 씨!'라고 불러본다. 대답이 없다. 아, 불쌍하다고 할 수밖에! 하지만 단 한 권의 책밖에 쓰지 않은 작가들을 어찌 기억해서 손꼽을 수 있겠는가? 그런 작가들은 단 한 권에 모든 것을 쏟아부은 후에 침묵에 빠져 더 이상 소식을 들을 수 없다. 웨버의 작품에 대해 회의적인 시선을 보냈던 우리들의 목소리는 문학계에 신성이 나타났다며 허둥지둥 내지르던 '아!' '오!'라는 감탄사에 묻혀 버렸었다. 하지만 이제 우리가 앞장설 때이다. 이제는 비평가라는 동업자로서의 우애를 접고 겸손하게 "그러게, 우리가 뭐라고 했는가?"라고 말할 때이다.

때로는 그것은 태양 위를 스쳐 지나가는 그림자에 불과할지도 모른다. 때로는 3월 브루클린 거리에 끝없이 적나라하게 펼쳐진 추한 모습 위에 내리비치는 얼음장처럼 차가운 빛에 불과할지도 모른다. 하지만 그것이 무엇이건, 온갖 환희와 노래가 순식간에 사라져버리고 마는 그런 시기에는 웨버의 마음은 납으로 만든 추처럼 덜컹 내려앉았을 것이다. 희망과 자신감과 확신이 그에게서 영원히 사라지는 것 같았을 것이며 그가 발견했고 살았고 알게 된, 드높이 빛나는 진리가 거짓으로 변해 그를 비웃었을 것이다. 그는 스스로 죽은 자들 사이를 걷고 있다고 느꼈을 것이며 이 지상에서 오로지 거짓이 아닌 것은, 3월의 일요일 오후의 불그레한 생기 없는 대기 속을, 그 노곤한 대기 속을, 그 변하지 않는 빛 속을 영원히 걸어가는 산송장 같은 존재밖에 없다고 느꼈을 것이다.

그에게 그런 추한 의혹과 절망과 어두운 영혼의 혼란이 오갔을 것이며 조지는 모든 고독한 인간이 그렇듯 그 모든 것과 친근했다. 조지는 자신이 직접 창조한 이미지 외에는 그 어떤 이미지와도 맺어져 있지 않았기 때문이었다. 그에게는 자신의 삶을 통해 직접 스스로 수집한 지식 외에는 그 어떤 것도 받침대가 없었다. 그는 자신의 눈과 두뇌와 감각이 창조한 비전으로

만 자신의 삶을 보았다. 그는 그 어떤 당파에 의해 지지받거나 격려받지도 않았고 도움을 받지도 않았으며 그 어떤 교의에 의해 위안을 받지도 않았다. 그에게는 자신의 신앙 외에는 그 어떤 신앙도 없었다.

그의 신앙은 비록 수많은 품목으로 이루어져 있었지만 기본적으로는 자신에 대한 신앙이었다. 자신의 삶을 통해 한 조각 진리를 발견할 수만 있다면, 그것을 남들에게 알리고 느낄 수 있게 할 수만 있다면 그것은 자신이 상상할 수 있는 그 어떤 것보다도 찬란한 성취일 수 있다는 믿음이었다. 그리고 그 성취를 이룰 수 있다면—고백하지만—세상이 그에게 감사하리라는 믿음, 그에게 명예라는 월계관을 씌워주리라는 믿음이 그의 신앙에 활력을 부여했고 그 신앙을 유지할 수 있게 해주었다. 그리고 바로 그것이 그가 바라고 있는 보상이었으며 그 보상이 오리라는 믿음 역시 그의 신앙을 유지할 수 있게 해주었다.

명성을 향한 욕망은 인간의 마음속 깊이 뿌리박고 있다. 그것은 인간의 욕망 중에서 가장 강력한 욕망이며 바로 그 때문에, 또한 그 욕망이 하도 깊이 은밀하게 숨어 있기에 사람들은 그 욕망을 인정하기를 가장 꺼린다. 특히 자기 내부에서 명성을 향한 욕망이 강렬하게 작동하고 있음을 날카롭게 느끼는 사람일수록 더욱 그러하다.

예를 들어 정치가는 자신을 움직이는 동력이 관직에 대한 사랑, 높은 자리를 얻어 유명해지고 싶은 욕망이라는 것을 절대로 드러내지 않는다. 정치가인 자신의 마음을 지배하는 것은 공공의 복지를 위한 순수한 헌신이며 사심 없고 고결한 정치가 정신, 이웃을 향한 사랑이라고 우리에게 확언한다. 그는 관직을 강탈하고 민중의 신뢰를 배반하는 자들을 몰아내겠다는 불타는 이상에 의해 행동할 것이며 대중의 신뢰를 영광스럽게, 그리고 헌신적으로 받들어나가겠다고 공언한다.

군인도 마찬가지이다. 군인은 명성을 사랑하기에 이 직업을 택했다고 말하지 않는다. 전투와 전쟁을 사랑하기에, 찬란한 계급과 영웅적 정복자라는 자랑스러운 타이틀을 사랑하기에 군인이 되었다고 말하지 않는다. 절대로 그러지 않는다. 자신을 군인이 되게 해준 것은 의무에 대한 헌신이라고 말한다. 개인적 동기 따위는 없다. 그는 오로지 애국적 극기라는 사심 없는 열정으로 군인이 된 것이다. 그는 조국을 위해 바칠 생명이 하나밖에 없는 것이 유감이라고 말한다.

그것은 비단 정치가와 군인에 국한되지 않는다. 삶의 전 분야에 걸쳐 마찬가지이다. 법률가는 자신이 약자의 보호자이며 억압받는 자의 수호자라고 말한다. 사기당한 과부, 남에게 괴롭힘을 당하는 고아들의 권리를 옹호하는 자이며 정의의 지지자라고 말한다. 어떤 희생을 치르더라도 온갖 종류의 속임수, 사기, 절도, 폭력, 범죄에 맞서 싸우는 투사라고 말한다. 심지어 사업가도 자신이 이기적인 목적에서 돈을 번다는 사실을 절대로 인정하지 않는다. 반대로 자신은 국가의 부를 증대시키는 데 기여한다고 말한다. 자신의 뛰어난 머리로 천재적인 조직력을 발휘했기에 실직 수당이나 받아먹고 있을 수천 명의 사람을 먹여 살리고 있다고 말한다. 그는 미국의 이상인 엄격한 개인주의의 수호자요, 청소년들의 찬란한 모범이 된다. 청소년들은 그를 본보기 삼아 가난한 시골 소년이 절약과 근면이라는 국가적 미덕에 헌신함으로써, 또한 의무에 복종하고 성실하게 일을 함으로써 어떻게 성공할 수 있는지를 배운다. 사업가는 자신이 국가의 동량(棟樑)이며 국가가 제대로 굴러갈 수 있게 하는 사람이라고, 선도(先導) 시민이며 민중의 첫 번째 벗이라고 우리에게 자신 있게 힘주어 말한다.

물론 이들은 모두 거짓말하고 있다. 그들은 자신이 거짓말하고 있다는 것을 안다. 그리고 그들의 말을 듣고 있는 사람들도 그들이 거짓말하고 있다는 것을 안다. 하지만 거짓말은 미국의 삶에서 풍습의 일부가 되었다. 사람들은 거짓말에 참을성 있게 귀를 기울인다. 사람들이 그 거짓말을 듣고 웃음을 흘린다면 그 웃음은 체념의 웃음이며 무심코 흘러나온 피로의 웃음이고 맥없는 웃음이다.

정말 흥미로운 것은 그 거짓말이 창작의 세계, 거짓말이 존재할 권리가 없는 그런 곳에도 침투해 있다는 사실이다. 시인, 화가, 음악가를 비롯해 온갖 분야의 예술가가 명성을 향한 개인적 욕구가 자신의 삶과 일에서 추진력으로 작용했음을 부끄럼 없이 고백하던 때가 있었다. 하지만 그때와 지금은 그 얼마나 변했는가! 오늘날에는 자신이 그 자신 밖의 이상—정치적이건 사회적이건 경제적이건 종교적이건, 혹은 미적이건—이 아닌 그 어떤 다른 것에 헌신하고 있다고 인정하는 예술가를 찾아서 온 세상을 헤매더라도 헛일일 것이다. 오늘날의 예술가는 한결같이 개인적 명성이나 명예 따위는 초개처럼 여기며 경건하게 그리고 사심 없이 개인에게서 벗어난 높은 이상에 이바지하고 있다고 공언한다.

20대의 풋내기들은 명성이나 명예욕은 너무 순진할 정도로 유치한 것이라고, 그것은 케케묵은 '낭만주의적 개인주의'에 대한 숭배가 낳은 결과라고 단정 짓듯 말할 것이다. 이 자신 있는 젊은 신사분들은 자신들은 이런 식의 숭배가 지닌 오류와 자기기만으로부터 자유로운 존재라고 우리에게 말한다. 하지만 그 어떤 기적적인 정화 과정을 거쳐 그런 자유를 획득했는지는 결코 설명하려 하지 않는다. 현대의 가장 위대한 영혼의 하나인 괴테도 그 강인한 정신으로부터 명예욕을 몰아내는 데 무려 83년이나 걸렸다. 50 고개를 넘어 늙고 눈멀고 버림받은 밀턴도 크롬웰 혁명 말기가 되어서야 그 욕망으로부터 자유로워졌다고 한다.—그는 크롬웰에게 봉사하는 동안 시력을 잃었다—그러나 그가 정말로 그럴 수 있었는지는 확신할 수 없다. 『실낙원』이라는 그 장엄한 저작은 영원에 대항하는 인간의 마지막, 그리고 의기양양한 탄원이 아니고 무엇이란 말인가! 오 불쌍한 눈먼 밀턴이여!

명예란 향락을 비웃고 근면한 날들을 장려하도록
깨끗한 정신이 불러일으키는 박차(拍車)이며
고결한 마음이 지닌 최후의 무한대(無限帶)이다.
(……)
명예는 지상의 토양에서 자라는 나무도 아니고

이 세상을 향해 번쩍거리는 금박 속에 들어 있는 것도 아

니며

널리 퍼진 소문 속에 들어 있는 것도 아니다.

명예란 심판자인 제우스 신의 저 순수한 눈에 의해,

그의 완벽한 증언을 통해,

저 드높은 곳에서 살며 그곳에서 퍼져 나간다.

제우스 신이 마지막으로 개별 행동에 대해 심판을 내릴 때

천국에서 얻게 될 명예가 그대의 보상이 되리라.

(밀턴『리시다스』, 70~84행-옮긴이 주)

　　오, 기만당한 사람! 저 부패한 시대의 불쌍한 노예! 우리가 밀턴이나 괴테 같은 사람이 아니라는 것을 알고 있으니 우리는 얼마나 다행인가! 우리는 그들이 살았던 시대보다 훨씬 활기찬 시대에 살고 있으며 우리 시대의 애송이들은 집단적 무아(無我) 상태에서 안전하게 지낸다. 우리는 온갖 타락한 허영에서 해방되었으며 개인적 불멸을 향한 게걸스러운 욕구 따위는 질식시켜 버렸다. 그리고 이제 우리의 조상들이 살았던 땅의 잿더미로부터 집단적인 정화 의식을 치르고 에테르로 승화되었다. 그리고 드디어 문제투성이의 부패한 땅을 깨끗하게 만들었다. 우

리는 땀과 피와 슬픔을 청산했으며 슬픔과 기쁨을 청산했고 희망과 공포와 인간적 고통을 청산했다. 우리 조상들과 우리 앞에 살았던 모든 사람의 육신이 만들어낸 그 모든 것을…… 오, 이 얼마나 찬양받을 일이란 말인가!

그러나, 그렇게 찬란한 해방을 이루었더라도, 하찮은 꿈 따위는 모두 내버렸어도, 그리하여 삶에 대해 다른 방식으로 생각하는 법을 배웠더라도, 그 삶은 나 자신의 삶이 아니라 전체에 의한 삶이다. 삶이 거창해졌는지는 몰라도 나의 삶은 사라졌다. 그 삶은 현재의 삶이 아니라 모든 혁명이 완수된, 모두 피를 흘린 500년 이후의 삶이다. 수십억의 헛되고 이기적이고 하찮은 삶, 개인적이고 낭만적인 호흡에만 관심 있는 삶들을 무자비하게 쓸어버리고 그 대신 집단적인 영광을 모셔오게 될 500년 이후의 삶이다.

그런데 정말로 하룻밤 사이에 개인적인 명예나 허영심을 경멸하는 모범적인 집단 무아 상태를 성취해서 우리가 완전히 새로운 문장을 사용하게 되었더라도 명예라는 단어의 의미는 변하지 않은 채 여전히 똑같다는 것은 이상한 일이 아닌가? 오늘날 조상들의 개인적이고 하찮은 욕망을 청산한 세상을 산다고 하면서도 왜 아직 개인적인 영광을 갈망하는 순진한 사람들을 향해서는 그저 흥미와 연민이 뒤섞인 경멸만 보내는 것일까? 반면에 명예를 성취하는 행운을 누린 사람들을 향해서는 불타는 듯한 증오감을 보이고 자신의 정신과 마음을 괴롭히면서까지 잔인한 적대감을 느끼는 것은 무엇 때문일까? 혹시 자신이 가장 갈망하던 것을 다른 사람이 성취해서가 아닐까?

우리가 잘못 생각하고 있는 것일까? 이 시대에 읽을 수 있는 주요 단어들이 증오, 악의, 질투, 조소, 야유뿐이라는 우리의 생각이 잘못된 것일까? 매주 쏟아져 나오는 붉은빛, 분홍빛 '동무들'의 잡지에 주로 나오는 어휘들, 한 개인의 재능에 대한 냉소로 이루어진 그 어휘들, 한 개인의 작품이 실체와 진지함과 진리, 혹은 현실을 담고 있다는 사실에 대한 맹렬한 공격과 거부로 이루어진 그 사나운 어휘들의 겉모습만 보고 거부감을 느끼는 것이 잘못된 것일까? 그 어휘들 안에는 다른 뜻이 숨겨져 있는 것일까?

글쎄, 우리의 잘못일 수도 있겠지. 오늘날 그들이 말하는 순수 정신을 그들이 말하는 그대로—집단적이고 사심 없으며 신성하다고—받아들이는 것이 더 자비로운 일일지도 모르지. 그들이 사용하는 단어가 겉으로 보이는 의미만 지니는 것이 아니며, 그들에게 생기를 불어넣고 있는 낭만적이고 기만적인 정열을 저버리는 것은 아니라고 봐주는 것이 더 공평한 일인지도 모르지. 정열이 사라진 차가운 어휘들을 그들이 사용하는 것은 집단적 선전 선동을 위해서일 뿐이라고, 미신과 편견과 그릇된 지식으로 오염되어 있는 오늘날의 언어에 외과적 수술을 가해서 미래의 사회를 위해 보다 임상적이고 객관적으로 사용하기 위해서라고 보는 것이 좀 더 너그러운 태도일 수도 있겠지!

그만하자! 정말 그만하자! 이런 해충을 우리의 구둣발로 짓이긴들 무슨 소용이 있겠는가? 메뚜기에는 왕이 없고 이(蝨)는 영원히 번성할 것이다. 시인은 여전히 태어나야 하고 살아야 하며 땀을 흘려야 하고 고통받아야 한다. 변화하면서 성장해야 한다. 그리고 이(蝨)들이 득실거리며 기어다니는 이 유행의 시대 한가운데서 영혼의 고결함이라는 변함없는 자아를 지켜내야 한다. 시인은 살다가 죽지만 불멸이다. 그러나 온갖 모습의 하찮은 것은 결코 죽지 않는다. 영원히 하찮은 것들은 그냥 왔다가 간다. 그것들은 살아 있는 인간의 피를 빨아먹으며 조석으로 변하는 유행을 포식하고 금세 허기를 느낀다. 그것들은 삼키고 뱉어낼 뿐 자양분을 취하는 적이 없다. 그것들 안에는 자양분이라고는 없으며 자신이 먹는 음식으로부터도 자양분을 취하지 못한다. 그것들에게는 마음도, 영혼도, 피도 없으며 자신에 대한 살아 있는 믿음도 없다. 영원히 하찮은 존재들은 단순히 삼키기만 하면서 존재한다.

그렇다면 우리는? 조상의 흙으로 만들어졌으며 조상의 피를 가졌고 조상의 뼈와 살로 만들어졌다. 우리는 우리의 조상처럼 여기에 살면서 노력한다. 우리는 우리 앞에 존재했던 모든 사람처럼 이곳에서 승리하기도 하고 패배하기도 한다. 우리는 우리가 살고 있는 땅에게 멋지거나 고상한 존재가 아니다. 우리는 그냥 그런 존재로 이 땅에서 살고 고생하다 죽는다. 오, 형제들이여, 우리는 우리의 조상들이 그러했듯, 밤에 불타오르고, 불타오르고, 또 불타오르고 있다.

탐구자여, 그럴 뜻이 있다면 이 땅을 두루 돌아보라. 그러면 밤에 우리가 불타오르고 있음을 발견하게 되리니. 로키산맥의 봉우리들이 텅 빈 달빛을 받아 빛을 발하고 있는 곳으로 가서 가장 높은 봉우리에 걸상을 놓고 앉아라. 이제 우리가 보이지 않는가? 우뚝 솟은 평평한 대륙의 벽이 평원에 거대한 검은 그림자를 드리우고 평원은 동쪽을 향해 3천 킬로미터 이상을 널리 뻗어 있다. 그곳에 보이는 거대한 뱀이 미시시피강이다.

한밤중, 초록색 아름다운 동부 평원에 별처럼 총총히 흩어져 있는, 보석 띠 같은 마을과 도시들을 보라. 북쪽으로 뻗어 나간 성좌는 시카고라 불리고 달빛을 받아 거대한 눈으로 윙크를 보내는 것은 그 위에 매달려 있는 호수이다. 그 너머에 마치 움켜쥔 주먹처럼 빽빽하게 도시들이 모여서 보석처럼 빛을 발하고 있다. 그곳에 마치 작은 마을들이 팔찌처럼 둘러싸고 있는 보스턴이 있다. 보스턴을 뉴잉글랜드의 반짝이는 암석이 에워싸고 있다.

그곳에서 남쪽으로 향했다가 약간 서쪽으로 방창을 비끼면 역시 바다와 면해서 마치 빛들이 흩어져 있는 창공 같은 우뚝 높이 솟은 도시가 나온다. 맨해튼이다. 맨해튼 주변으로 마치 낱알이 빽빽하게 뿌려진 듯 백여 개의 마을과 도시들이 빛나고 있다. 이어서 불빛이 길게 이어지면서 목걸이 모양의 롱아일랜드와 저지 해변이 보인다. 남쪽 내륙을 향해 조금만 내려가면 필라델피아의 약간 흐릿한 불빛이 보인다. 남쪽으로 더 내려가면 쌍둥이 성좌가 나타난다. 볼티모어와 워싱턴이다. 더 서쪽으로 향하면 아직 초록색의 아름다운 동부에 속하는 곳에 어두운 불빛, 지옥의 불빛 같은 것이 보인다. 피츠버그이다. 이어서 세인트루이스가 옥수수밭에 도사리고 있는 뱀처럼 모습을 드러낸다. 남쪽으로 천 킬로미터 정도 내려가면 뱀의 아가리 근처에 초승달처럼 빛나는 뉴올리언스가 보인다. 이곳으로부터 서남쪽에 텍사스 근처의 도시들이 보석처럼 빛을 발하고 있다.

탐구자여, 이제 의자를 돌려 다른 쪽 천오백 킬로미터 넘는 곳을 둘러보라. '오색 사막'의 악령 같은 모습이 달빛을 받아 빛나고 있으며 시에라 산맥이 보인다. 산맥 너머 서쪽 불빛들이 마술처럼 무리 지어 빛을 발하고 있는 곳, 아름다운 항구가 마술적인 배경을 이루고 있는 우화적인 도시가 샌프란시스코이다. 그 밑에 로스앤젤레스가 있으며 캘리포니아 해안의 온갖 도시들이 있다. 북쪽과 서쪽으로 천오백 킬로미터 떨어진 곳에 오리건주와 워싱턴주가 있다.

그 모든 것을 관찰하고 마치 들판을 살펴보듯이 살펴보라. 탐구자여, 이 모든 것을 그대의 정원이나 뒷마당으로 삼아라. 그리고 그 안에서 편히 지내라. 그것은 그대 눈앞에 놓인 굴(石花)이다. 그대가 그 입을 열고자 하면 얼마든지 열 수 있다. 놀랄 것 없다. 그대가 로키산맥을 발판으로 삼고 있는 이상 이제 그 전체는 별로 크지 않다. 손을 뻗어 미시간호의 차가운 물을 한 움큼 떠라. 그 물을 마셔 보라. 우리는 이미 마셔 보았다. 물맛이 별로 나쁘지 않을 것이다. 신발을 벗고 미시시피강 바닥의 진흙을 맨발로 밟아보라. 더운 여름밤이면 기분이 맑아진다.

북쪽 뉴욕주에 있는 콩코드 포도를 실컷 맛보아라. 지금 한창 맛이 들어가고 있다. 혹은 조지아에 있는 수박밭을 습격하라. 혹은 그러고 싶다면 이곳 콜로라도에서 로키포드를 팔꿈치로 건드려 볼 수도 있다.

어쨌든 마음 편히 가져라. 지금 네 앞에 너의 목장이 펼쳐져 있으니. 동서로 5천 킬로미터, 남북으로 3천 킬로미터밖에 안 되니 별로 크지는 않지만, 그 안에서 1만의 도시와 마을들을 가려낼 수 있나니, 탐구자여, 그대는 그곳에서 우리가 밤에 불타오르고 있는 것을 발견하게 될 것이다.

이곳에서 30킬로미터 정도 구불구불한 철길을 따라서 사우스 시카고의 빈민가를 지나면 그대는 페인트칠도 하지 않은 어느 판잣집에서 한 흑인 소년을 만날 것이며, 탐구자여, 그대는 그가 불타오르고 있음을 알게 될 것이다. 그 소년의 뒤로는 목화밭의 기억이 있으며 황량한 남부의 서글픈 소나무 황무지가 있다. 그 소나무 숲 가장자리에 하나의 오두막이 있으며 그 안에 흑인 어머니와 열한 명의 아이들이 살고 있다. 그들 뒤에는 노예를 부리는 채찍과 노예선이 있으며 멀리 아프리카 밀림의 애가(哀歌)가 들려온다.

그렇다면 그 소년 앞에는 무엇이 있는가? 로프를 둘러친 링,

눈 부신 불빛, 그리고 맞은편에 앉아 있는 백인 챔피언. 공이 울리고 경기가 시작된다. 주위에서 들려오는 노도와 같은 관중들의 환호 소리. 검은 퓨마의 앞발, 빙글빙글 뜨거운 탐색전, 관중들이 흔드는 신문 물결! 오, 탐구자여, 노예선은 이제 어디에 있는가?

혹은 남부의 굳은 황토 산악지대, 소방서 문 앞에서 친구들에게 둘러싸여 이야기하고 있는 야윈 얼굴의 젊은이를 만나리라. 햇빛에 얼굴이 그을린 그 젊은이는 삐걱거리는 의자에 벌렁 기대앉아, 오늘 동네 야구 시합에서 어떻게 상대방을 영봉(零封)시켰는지 신나게 이야기하고 있다. 밤의 탐구자여, 그는 그 어떤 비전을 불사르고 있으며 어떤 꿈을 간직하고 있는가? 관중이 가득 들어찬 관람석, 뜨거운 햇볕에 땀을 뻘뻘 흘리는 야외 관람석 관중들, 조지아 산악지대의 굳은 황토와는 비교조차 할 수 없는, 벨벳 같은 다이아몬드 내야. 점점 높아지는 8만 관중들의 함성. 마운드 위에 서 있는 야윈 얼굴의 소년. 포수의 신호에 고개를 끄떡하고 이어서 채찍처럼 휘두르는 팔. 불붙은 탄환처럼 달려가는 공! 포수의 미트에 팡, 공이 꽂히는 소리! 이어서 주심의 큰 외침. 스트라이크!

혹은 맨해튼 이스트 사이드 게토(유대인 거주 지역-옮긴이 주)에 옹

기종기 모여 있는 셋집 한 곳에서 한 젊은이가 무더운 방에 틀어박힌 채 비상구 창문을 통해 들어오는 햇빛을 호흡하며 책을 읽고 있다. 그는 온갖 소란스럽고 떠들썩한 삶, 가족과의 말다툼 같은 것에서 벗어나 홀로 책을 읽으며 사생활과 고독 비슷한 것을 맛보고 있다. 셔츠 차림의 젊은이는 매부리코만이 두드러져 보이는 야위고 굶주린 얼굴을 하고 있다. 눈이 몹시 나쁜 젊은이는 높은 도수의 안경을 끼고도 잘 보이지 않는다는 듯 얼굴을 잔뜩 찌푸린 채 눈을 가늘게 뜨고 있다. 고통스럽게 찌푸리고 있는 이마 위를 기름이 번지르르한 머리칼이 덮고 있다.

도대체 무엇 때문에? 무엇 때문에 이토록 고통스럽게 집중하는 것일까? 무엇 때문에 이토록 지독한 노력을 하는 것일까? 무엇 때문에 가난과 더러운 벽돌, 녹슨 비상계단으로부터, 귀에 거슬리는 고함 소리, 폭력, 끊임없는 소음으로부터 이토록 맹렬히 도피하는 것일까? 정말 무엇 때문일까? 그것은, 형제여, 그가 밤에 불타오르고 있기 때문이다. 그는 교실, 강의실, 거대한 실험실의 빛나는 기기(器機)들, 드넓게 트인 학문 분야와 순수 연구, 명확한 지식, 그리고 아인슈타인의 이름 같은 세계적 명성을 눈앞에 보고 있다.

그리고, 모든 사람에게는 자신만의 기회가 있다. 출신에 상관없이 모든 사람에게 빛나는 황금의 기회가 있다. 모든 사람에게는 살고 일하고 자기 자신이 될 권리가 있다. 자신의 인격과 비전이 결합해서 만들어내는 그 무언가가 될 권리가 있다. 탐구자여, 이것이 바로 미국의 약속이다.

제 5 부 유랑과 발견

브루클린에서 4년이라는 긴 세월을 보낸 뒤에 조지 웨버는 황야에서 나와 주변을 둘러보았다. 그리고 이제 이것으로 충분하다고 결론 내렸다. 그동안 그는 자신에 대해서, 그리고 미국에 대해서 많은 것을 깨우쳤다. 그런데 그는 다시 방랑벽에 사로잡혔다. 그의 삶은 언제나 닻을 내린 고독과 발 닿는 대로의 자유로운 여행 양극 사이를 오가는 것 같았다. 말하자면 영원한 방랑과 다시 땅을 밟기 사이를 오가는 것 같았다. 그리고 브루클린에 4년간 못 박혀 있다 보니 다시 '우리는 어디로 가야 하지? 우리는 무엇을 해야 하지?'라는 오래 묵은 충동, 도저히 가라앉힐 수 없는 충동이 솟구쳐 올라 그에게 새로운 답을 요구했다.

새 책 출간 이후 그는 다음 책을 구상하고 그 구성 방법을 모색해 왔다. 이제 그는 그것을 찾았다고 생각했다. 그것을 방법이라고 할 수는 없을지 몰라도 어쨌든 하나의 방법은 방법이었다. 그가 써 내려간 수백, 수천의 연관 없는 별개 노트들이 그의 마음속에서 하나의 형상을 이룬 것이다. 그것들을 하나로 엮고 빈 곳을 채우면 한 권의 책이 될 것이다. 그는 단조로운 삶을 깨버려야 작품의 구성과 수정이라는 마지막 작업이 한결 수월해지리라고 느꼈다. 새로운 장면들, 새로운 얼굴들, 그리고 새로운 분위기를 맛보면 머리가 훨씬 맑아지고 훨씬 날카로운 전망을 갖게 되리라.

게다가 미국을 잠시 떠나 있는 것도 좋으리라. 이곳에서는 너무나 많은 일이 일어났다. 지나칠 정도로 자극적이고 혼란스럽다. 미국 내 모든 것이 그런 유동 상태에 있었고 미래에 대한 예언적인 상황에 처해 있었다. 따라서 그 상황 속에서 똑같이 흥분해 있는 상태로는 지금 눈앞의 일에 집중하기 어려웠다. 삶이 보다 정돈되어 있고 확실한 유럽, 수 세기에 걸친 유산에 의해 틀을 이룬 유럽의 원숙한 문명 속에서라면 자신이 해야 할 일을 방해할 만한 것들이 적을 것이었다. 그는 외국으로 가겠다고 결심했다. 그중에서도 영국으로 가리라. 그 잔잔한 바다에 닻을 내리리라. 그곳에서 작품을 완성하리라.

1934년 늦여름 조지는 뉴욕으로부터 런던으로 직행하는 배에 몸을 실었다. 그는 그곳에 방을 구하고 정착한 뒤 격렬할 정도로 작업에 몰두했다. 그해 가을과 겨울, 그는 런던에 머물면서 스스로 택한 유배 생활을 했다. 그 기간은 그에게 결코 잊을 수 없는 기간이었다. 그 유배 생활 동안 그는—비록 나중에 깨달은 것이긴 하지만—완전히 새로운 세계를 발견한 것이다. 거기서 겪은 사건들, 경험들, 그가 만난 사람들이 그의 삶에 지울 수 없게 각인되었다.

그러한 외국의 공기 속에서 그에게 가장 깊은 영향을 미친 사건은 위대한 미국 작가 로이드 맥하그 씨와의 만남이었다. 모든 것은 그와의 만남이라는 사건 주변으로 운집되는 것 같았다. 맥하그 씨와의 만남이 조지에게 그토록 소중했던 것은 그를 만남으로써 가장 소중하고 내밀한 조지 자신의 꿈이 구현된 인물을 생전 처음으로 만난 것처럼 여겨졌기 때문이었다. 로이드 맥하그 씨가 사이클론처럼 조지의 삶을 관통했을 때 조지는 자신이 처음으로 생생하게 살아 있는 금발의 메두사, 그 금발의 명성의 여신을 만났음을 알았다. 조지는 전에는 그 금발의 여신을 본 적도 없었고 그 달콤한 유혹이 발휘하는 효과를 맛본 적도 없었다. 이제 그는 그 모든 것을 직접 볼 수 있게 된 것이다.

제26장 로이드 맥하그 씨의 등장

조지 웨버가 영국에 머무는 동안, 그해 늦가을과 초겨울이 교차할 무렵 그의 전기(傳記)에서 특이한 경험이라고 일컬을 만한 사건이 일어났다. 그는 몇 주 동안 미국으로부터 편지를 받지 못했다. 그런데 11월에 들어서자 갑자기 친구들에게서 격앙된 편지들이 날아오기 시작했다. 조지의 작가 생활과 직접 연관이 있는 최근의 어느 사건에 대해 알려주는 편지들이었다.

저명한 미국 작가인 로이드 맥하그 씨가 최근 새로운 소설을 출간했다. 책이 출간되자마자 세간에서는 맥하그 씨의 빛나는 작가 경력에서도 최고의 업적이 될 만한 작품일뿐더러 국가적으로도 대단히 중요한 기념비적인 작품이라는 대호평이 줄을 이었다. 조지도 영국 신문에서 그 책이 큰 성공을 거두었다는 짤막한 기사를 읽어서 소식을 알고 있었다. 그런데 지금 고국 친구들로부터 자세한 소식을 듣게 된 것이었다.

그런데 정작 놀라운 소식은 그것이 아니었다. 맥하그 씨는 작품 출간 후 기자들과 인터뷰를 했다. 그런데 그가 자신의 작품에 대해서가 아니라 웨버의 작품에 대해 언급을 해서 모두를 놀라게 했다. 친구들은 그 인터뷰 기사들을 오려서 조지에게 보냈다. 조지는 놀란 가운데 그 기사들을 읽었고 마음속 깊이 진정으로 감사했다.

조지는 로이드 맥하그 씨를 만난 적이 없었을 뿐만 아니라 그와 어떤 식으로건 교류도 없었다. 단지 그의 작품을 통해서만 그에 대해서 알고 있을 뿐이었다. 그는 미국 문단에서 손꼽히는 작가였으며 작가 경력에서 현재 절정을 구가하고 있었다. 그런 그가, 다른 사람이었다면 자화자찬에 사용했을 기회를 달랑 한 권의 소설밖에 발표하지 않은 낯선 무명 청년 작가를 칭찬하는 데 사용한 것이다.

맥하그 씨의 그 행동은 조지가 이제까지 본 행동 중에 가장 도량 있는 행동처럼 여겨졌고, 그런 생각은 이후에도 변함이 없었다. 예기치 않던 소식으로 인한 놀라움과 기쁨이 어느 정도 가라앉자 조지는 책상에 앉아 맥하그 씨에게 편지를 써서 자신의 심정을 전했다. 곧바로 맥하그 씨에게서 답장이 왔다. 뉴욕에서 보낸 짧막한 편지였다. 그 편지에서 맥하그 씨는 웨버의 작품에 대해 자신이 느낀 바를 있는 그대로 말한 것이며, 자신의 느낌을 공표할 기회를 갖게 되어 다행이라고 썼다. 이어서 그는 자신이 대학에서 명예 박사 학위를 받게 되었고 학위 수여식이 끝나는 대로 유럽으로 갈 생각이며, 유럽 대륙 이곳저곳을 방문한 후에 영국으로 갈 것이니 그때 조지를 만났으면 좋겠다고 썼다. 조지는 만나게 될 날을 고대한다는 답장을 보내면서 주소를 밝혔다.

조지가 주소를 밝힌 김에 그가 살고 있는 거처를 잠깐 살펴보기로 하자. 그는 런던의 비교적 쾌적한 주택가인 에버리 스트리트 한구석에 자리 잡은 자그마한 3층 집 꼭대기 층에 매주 2파운드 10실링을 내고 세 들어 지내고 있었다. 그런데 그에게는 황송하게도 집안 뒤치다꺼리를 해주는 하녀 비슷한 여자가 있었다. 남부에서 보낸 소년 시절 흑인 하녀와 하인들이 집에서 일하는 모습을 본 이래로 그가 직접 그 누군가의 시중을 받아본 것은 이번이 처음이었다. 그녀의 이름은 퍼비스 부인이었으며 하녀라기보다는 매일 조지에게 와서 일을 해주는 파출부나 가정부 비슷했다. 이 셋집 주인이 조지에게 특별히 호의를 베풀어 준 것이었다. 약간 뚱뚱한 몸집을 한 40대의 퍼비스 부인은 겸손하고 예의 발랐으며, 주인의 편의를 위해 언제고 봉사심을 발휘할 준비가 되어 있는 여자였다. 그녀는 자존심이 강한 노동 계급 여성이었지만 그녀의 자존심은 주로 상대방을 즐겁게 하는 데 사용되는 것 같았다. 조지는 그녀와 흉금을 터놓을 정도로 금세 친해졌다.

흥분한 조지가 자신이 흥분해 있는 연유를 퍼비스 부인에게 감추지 못한 것은 당연했다. 사연을 알게 된 퍼비스 부인은 자기 일처럼 흥분했다. 조지가 맥하그 씨를 곧 만나리라는 생각에 흥분해 있는 것은 당연했지만 퍼비스 부인도 덩달아 흥분했다. 둘은 맥하그 씨에 관한 신문 기사를 나란히 머리를 맞대고 자세히 읽었다.

어느 날 아침 퍼비스 부인이 맛있는 오발틴 음료를 가지고 와서, 신문지를 펼치며 말했다.

"그분이 이제 오고 계시네요. 벌써 뉴욕을 떠났어요."

며칠 후 조지는 「타임스」를 탁하고 치면서 외쳤다.

"오셨어! 상륙하셨어! 유럽에 오셨어. 이제 멀지 않았어요."

그 후 잊을 수 없는 날 아침이 왔다. 퍼비스 부인이 신문과 함께 우편물을 가지고 왔다. 우편물 중에는 폭스홀 에드워즈의

편지가 있었으며 그 안에는 「뉴욕 타임스」에서 오려낸 긴 기사
가 동봉되어 있었다. 맥하그 씨의 명예 박사 학위 수여식에 관
한 자세한 기사였다. 주요 인사들이 모인 가운데 맥하그 씨가
행한 연설 내용이 그 기사에 고스란히 실려 있었다.

　조지로서는 그런 일이 있으리라고는 전혀 상상도 하지 못했
던 일이었다. 자신의 이름이 활자화된 연설문 가운데서 툭 튀
어나와 그를 저격했고 마치 포탄 파편처럼 그의 눈앞에서 폭발
했다. 가슴이 먹먹해졌으며 숨이 막혀왔다. 심장이 두 방망이질
을 하면서 그의 갈비뼈를 강타했다. 맥하그 씨가 학위 수여 연
설에서 그의 이름을 언급했다! 아니, 언급한 정도가 아니라 자
신에 관한 이야기가 기사의 절반을 차지하고 있었다! 맥하그
씨는 그 젊은이를 장차 미국 정신의 대변자라고, 그 결실의 산
증인으로 출현한 것이라고, 그를 발견한 것은 마치 신대륙을
발견한 것과 같다고 칭찬하고 있었다. 그는 유력 인사들 앞에
서 웨버를 천재라고 불렀고 미국 참모습의 상징이며 나아갈 길
을 제시하고 있다고 칭찬하고 있었다.

　조지는 갑자기 자신이 누구인가를 되돌아보았고 지금까지
삶의 여정을 되짚어 보았다. 20년 전 올드카토바의 로커스트
거리를 회상했고 네브래스카, 랜디, 모 이모와 마크 외삼촌, 아

버지, 그의 유년기, 고향 주변의 산들, 밤에 북쪽에서 마치 세계를 향해 울부짖듯 들려오던 기차 기적 소리를 회상했다. 그리고 지금 그의 이름, 무명이던 그의 이름이 찬란히 빛나고 있었다. 지난날 말없이 남부에서 그 무언가 기다리던 한 소년이 동부의 골든 게이트를 연 것이다.

퍼비스 부인도 조지의 기분에 감염되었다. 조지는 말없이 신문 기사를 그녀에게 가리키며 그녀에게 건네주었다. 그녀는 그 기사를 읽었다. 그녀는 감동한 듯 얼굴이 새빨개지며 기뻐했다.

그날 이후로 조지와 퍼비스 부인은 맥하그 씨가 런던에 도착하기를 애타게 기다렸다. 하지만 세월이 마냥 흘러갔어도 그는 오지 않았다. 아마 유럽을 일주하는 모양이었다. 두 사람은 매일 신문을 샅샅이 뒤져 맥하그 씨의 소식을 찾았다. 그는 가는 곳마다 기자 회견을 하고 향응을 받았으며 유명 인사를 만났다. 코펜하겐에 나타났는가 하면 다음에는 베를린에 일주일을 머물렀다. 그 후에는 바덴바덴으로 가서 온천 요양을 했다. "도대체 얼마나 걸릴 거지?"라며 조지는 한숨을 내쉬었다. 이어서 맥하그 씨는 네덜란드 암스테르담에 모습을 보이는 것 같더니 깜깜무소식이었다. 크리스마스가 지나고 새해가 되었다. 그러나 로이드 맥하그 씨로부터는 아무런 소식이 없었다.

정월 중순 어느 날 아침이었다. 밤새 일을 한 조지는 아침이 되어서야 침대에 들어가 잠을 청하고 있었다. 그때 전화벨이 울렸다. 퍼비스 부인이 거실로 가서 전화를 받았다. 조지는 침대에 누운 채 그녀가 격식을 차려 전화 받는 목소리를 듣고 있었다.

"네, 그런데 누구시지요?" 대답을 듣는 동안 잠시 침묵이 흘렀다. 그런데 그녀가 재빠르게 "잠깐만 기다려주세요"라고 말하고는 상기된 얼굴로 조지의 방으로 뛰어 들어오면서 외쳤다.

"로이드 맥하그 씨예요! 그분에게서 전화가 왔어요!"

마치 대포가 발사되듯 조지가 침대로부터 튕겨 나왔다고 말하더라도 그의 동작을 제대로 표현하기에는 미진할 것이다. 그는 이부자리를 걷어차고 침대에서 나오더니 거실로 뛰어가 수화기를 들었다.

"여, 여보세요." 그는 말을 더듬었다. "저, 누구신지요?"

그러자 전화선을 타고 빠른 목소리가 들렸다. 약간 코맹맹이 소리에 열기가 넘치는 목소리였다.

"여보세요, 아, 조지?" 그는 대번에 조지 웨버의 이름을 친근하게 불렀다. "잘 지내나? 그래, 지낼 만한가?"

"잘 지내고 있습니다, 선생님!" 조지가 고함치듯 말했다. "맥하그 선생님이시지요? 그렇지요? 선생님……."

"아, 좀 진정하게, 진정해." 맥하그 씨가 여전히 열기가 넘치는 목소리로 외쳤다. "그렇게 소리 좀 지르지 말게!" 하지만 정작 맥하그 씨도 고함을 지르고 있었다. "나, 지금 뉴욕에 있는 게 아니라고."

"아, 네, 알고 있습니다!" 조지가 고함쳤다. "그 말씀을 드리려던 참인데……." 조지가 비보처럼 웃으며 말했다. "지, 선생님, 언제쯤 우리가……."

"좀 기다리게. 기다리라고! 내게도 이야기할 기회를 줘야지. 그렇게 흥분하지 말고 내 이야기를 듣게나, 조지!"

그의 말은 마치 전신기 신호처럼 빠르면서 탁탁 끊겼다. 그를 한 번도 보지 못한 사람일지라도 그의 목소리만으로 그가 그 얼마나 혈기가 넘치는 인물이며 활동적인지 금세 알 수 있었다. 그는 계속 고함치듯 말했다.

"자, 내 말을 듣게! 자네를 만나서 이야기를 나누고 싶어. 함께 점심을 들면서 이야기를 나누지."

"좋습니다. 정말 좋아요!" 조지가 감격해서 더듬거렸다. "정말 기쁘게…… 선생님께서 시간만 정해주시면…… 바쁘신 줄 알지만…… 내일도 좋고, 아니면 모레…… 아니면 다음 주 금요일이든지…… 선생님만 괜찮으시다면…….”

"뭐야? 다음 주? 이런 제길! 점심을 그때까지 미루라고? 오늘 점심때까지 이리로 오게나. 자, 서둘러!" 그가 초조한 듯 말했다. "여기까지 오는 데 얼마나 걸리겠나?"

조지는 그가 묵고 있는 곳을 물었다. 맥하그 씨는 피카디리 근처의 호텔 주소를 일러주었다. 택시로 10분이면 닿을 거리였지만 아직 오전 10시였기에 조지는 정오까지 가겠다고 말했다.

그러자 맥하그 씨가 목청을 높여 외쳤다. 노기까지 느껴지는 음성이었다.

"뭐야? 두 시간? 아니, 그걸 말이라고 하는 건가? 자네, 지금 스코틀랜드에 살고 있는 건가? 아니, 점심을 들기 위해 두 시간이나 기다리라고? 그러다간 굶어 죽기 딱 알맞겠군!"

조지는 당황할 수밖에 없었다. 그는 유명한 작가들은 오전 10시에 점심을 드는지 의아하게 생각하며 더듬더듬 말했다.

"아니, 그게 아니라…… 한 20분이나 30분이면…….”

"뭐야? 택시를 타면 10분 거리라고 하지 않았나? 그런데 왜 30분이나 필요한 거야?"

"저, 옷을 입고 면도를 해야 해서…….”

"뭐? 옷? 면도? 그렇다면 자네, 아직 침대에서 꾸물거리고 있었단 말인가? 도대체 뭐 하는 짓인가? 매일 훤한 대낮에 일어난다는 거야? 그래서야 어떻게 일을 하겠나!"

조지는 너무 당황해서 이제야 일어난 게 아니라 이제야 잠자리에 들었다는 진실을 밝힐 수 없었다. 그는 어젯밤 늦게까지 일했다고 우물우물 변명하듯 말했다.

"알았네. 어쨌든 빨리 오게." 맥하그 씨는 조지의 말이 끝나기도 전에 성급하게 말했다. "면도ㅣ 뭐ㅣ 그런 쓸데없는 짓으로 지체하지 말고 냉큼 택시를 잡아타고 오게. 사흘 동안 네덜란드 놈과 있었더니 배가 고파 죽겠어."

그는 알쏭달쏭한 말을 던지고 전화를 끊었다. 네덜란드인과 사흘 동안 함께 있어서 배가 고파 죽겠다니 도대체 그게 무슨 뜻인지 조지는 감조차 잡을 수 없었다.

방으로 돌아오자 퍼비스 부인은 어느새 깨끗한 셔츠와 가장 좋은 양복을 준비해 놓고 있었다. 그가 옷을 입는 동안 그녀는 제일 좋은 구두를 가져와 닦았다. 옷을 입고 구두를 신으니 맥하그 씨와 통화한 지 벌써 10분이 지나 있었다. 그가 거리로 나와 택시를 잡으려 서 있자니 퍼비스 부인이 손수건을 흔들며 집에서 달려 나오는 모습이 보였다. 그는 손수건을 받아 맵시

있게 저고리 윗주머니에 꽂고 다시 택시를 열심히 불렀다.

뉴욕시의 화려한 택시들에 익숙해 있는 사람들에게 런던의 택시는 마치 빅토리아 왕조의 유물처럼 보인다. 조지는 그 유물 택시 한 대를 잡아타고 맥하그 씨가 묵고 있는 호텔로 갔다. 택시는 생김새 그대로 시속 30킬로미터 속도로 천천히 굴러갔다.

맥하그 씨가 묵고 있는 호텔은 영국에서 흔히 볼 수 있는 조용하고 아늑해 보이는 호텔로서 주로 독신자들이 묵는 곳이었다. 돈만 있다면 편하기 그지없는 호텔이었다. 호텔로 들어간 조지는 맥하그 씨를 찾아왔다고 말한 후 제복을 입은 사환의 안내로 엘리베이터를 타고 맥하그 씨가 묵고 있는 방으로 갔다. 사환은 방문을 가볍게 노크한 후 안에서 들어오라는 소리가 들리자 문을 열고 안으로 들어가서 공손히 말했다.

"웨버 씨께서 오셨습니다."

방안에는 세 사람이 있었다. 하지만 첫눈에 보이는 맥하그 씨의 모습이 너무 놀라워서 조지는 다른 두 사람의 모습은 미처 눈에 들어오지도 않았다. 맥하그 씨는 한 손에는 술잔을 다른 한 손에는 위스키병을 들고 방 한가운데 서 있었다. 그는 막 술을 따르려던 참이었다. 맥하그 씨는 조지의 모습을 보자 술

병을 내려놓더니 두 팔을 벌리고 조지에게 다가왔다. 그의 모습에는 어딘가 무서운 면이 있었다. 조지는 즉시 그의 모습을 알아볼 수 있었다. 이미 여러 번 그의 사진을 보았기 때문이었다. 하지만 사진은 그 얼마나 실물과 다른가 하는 점을 조지는 새삼 깨달았다. 맥하그 씨는 사진에서 보던 것과는 달리 엄청나게 추한 얼굴이었다. 게다가 형편없이 피폐한 모습이었다. 전화 목소리를 듣고 떠올리던 모습과는 그 얼마나 달랐던지!

소시가 맥하그 씨에게시 받은 가장 강렬한 첫 번째 인상은 그가 온통 새빨갛다는 것이었다. 정말로 모든 것이 새빨갰다. 머리카락뿐 아니라 삐죽 솟은 큼지막한 귀, 눈썹, 속눈썹, 심지어 뼈만 앙상한 주근깨투성이의 손도 새빨갰다. 그의 새빨간 얼굴에서는 열이 발산되는 것 같았다. 그의 콧구멍에서도 연기가 나오고 그의 몸이 불꽃으로 화하더라도 별로 놀라지 않을 것 같았다.

그의 얼굴은 술을 너무 오랫동안 많이 마신 사람에게서 흔히 볼 수 있는 살집이 두툼하고 붉게 상기된 모습과는 거리가 멀었다. 맥하그 씨는 초췌하다 싶을 정도로 야윈 모습이었다. 거의 190센티미터가 넘는 장신이었으며 몸이 하도 야위어서 키가 더 커 보였다. 조지에게는 그가 지치고 병든 사람처럼 보였다. 찌푸린 그의 얼굴은 잔뜩 일그러져 있는 것 같았지만 자세히 보면 호전적이면서도 매력적이었으며 끔찍해 보이면서도 장난꾸러기의 유머 같은 것이 깃들어 있었다. 또한 주근깨투성이의 소박하고 양키 같은 겸손함이 깃들어 있어 사람들에게 호감을 주었다. 맥하그 씨는 그런 특색 있는 얼굴 가운데에서도 이 세상에서 가장 주목할 만한 부분인 두 눈으로 조지를 응시하고 있었다. 본래 연한 푸른빛이었을 두 눈은 마치 끓는 물에 데친 것처럼 바래 있었다.

맥하그 씨는 뼈만 앙상한 두 손을 내밀고 빠른 걸음으로 조지에게 다가왔다. 그는 조지의 두 손을 잡고 거세게 흔들었다. 마치 아이들이 막 싸움을 시작하기 전에 '어디 한번 해볼래! 어디 한번 쳐 봐! 내가 맛을 보여주지!'라고 말하는 것 같은 몸짓이었다. 하지만 그의 입에서는 몸짓과는 전혀 다른 말이 나왔다.

"오호라, 이 원숭이 같은 친구! 정말 원숭이 같군 그래! 이보게들, 여길 좀 보라고!" 그가 갑자기 방에 있던 동료들을 향해 큰 소리로 외쳤다. "아니, 자네가 글을 쓸 수 있을 거라고 말한 친구가 도대체 누구야! 글하고는 거리가 먼 친구 같구먼!" 이어서 그가 다시 상냥한 목소리로 말했다. "조지, 반가워. 자, 어서 들어오게."

맥하그 씨는 조지의 손을 잡고 손님들이 있는 쪽으로 조지를 데려갔다. 그리고 갑자기 웅변가의 자세를 취하더니 일장 연설을 시작했다. 마치 만찬회가 끝난 후의 연설처럼 화려한 어조였다.

"신사 숙녀 여러분, 저는 '텅 빈 돼지머리 부인 문학예술협회'의 고명하신 회원분들과 내빈 여러분 앞에서 우리가 존경하는 명예로운 손님을 소개하는 특권을 누리게 된 것을 무한한 영광으로 생각하는 바입니다. 우리의 명예로운 손님이란 빌어머을 정도로 긴 작품을 써서 그 작품을 사 읽는 사람이 별로 없는 작가입니다. 아름다운 영어를 구사하는, 뛰어난 문체를 자랑하는 작품입니다. 네 개 정도의 형용사면 충분할 곳에 스물한 개 미만의 형용사를 사용하는 적이 거의 없는 유별난 작가입니다."

맥하그 씨는 갑자기 웅변가의 태도를 바꾸더니 큰 웃음을 터뜨리며 뼈만 앙상한 손가락으로 웨버의 옆구리를 찔렀다.

"내 연설이 어땠어, 조지?" 그가 다정한 목소리로 말했다. "마음을 끄는 연설 아니야? 별로 나쁘지 않았지?" 그는 분명 자기가 한 말에 만족하는 모양이었다.

그가 자연스러운 어조로 다시 말을 이었다.

"조지, 내 두 친구를 소개하겠네. 이분은 암스테르담의 벤딘 씨."

그는 손으로 붉은 혈색의 땅딸막한 중년의 네덜란드인을 가리켰다. 그의 옆에는 네덜란드 진 술병이 놓여 있었는데 혈색을 보니 이미 상당히 마신 모양이었다.

맥하그 씨가 다시 태도를 돌변해 웅변가의 어조로 연설을 시작했다.

"신사 숙녀 여러분, 여러분들의 간담을 서늘하게 해드릴 곡예, 수 세기 동안 사람들을 전율케 한 곡예, 유럽의 왕관을 쓰신 분들과 암스테르담의 무료 입장자들의 등골을 오싹하게 만든 대곡예를 이곳에서 보여드리게 된 점 영광으로 생각합니다. 신사 숙녀 여러분, 네덜란드의 대 곡예사 민히어 코르넬리우스 벤딘 씨를 소개합니다. 이 곡예의 장인이 이제 여러분에게 수입 네덜란드 진을 갈색 큰 컵으로 연거푸 석 잔 들이켜면서 코끝에 뱀장어를 올려놓고 떨어뜨리지 않는 묘기를 보여드리겠습니다. 자, 이쪽은 벤딘 씨, 이쪽은 웨버 씨…… 조지, 내 소개가 어때?" 맥하그 씨는 다시 웃음을 터뜨리며 조지의 옆구리를 쿡쿡 찔렀다.

이어서 그는 약간 퉁명스럽게 말을 이었다.

"도날드 스토트 씨는 전에 만난 적이 있을 걸세. 자네를 안다고 하더군."

또 다른 사내는 짙은 눈썹 아래의 눈으로 조지를 바라보더니 요란하게 고개를 끄덕이며 말했다.

"암, 웨버 씨를 본 적이 있고말고."

조지도 그가 기억났다. 한두 번밖에 만난 적이 없었고 그것도 몇 년 전이었지만 분명히 기억났다. 맥하그 씨는 도날드에 대해서는 더 이상 아무 말도 없었다. 마치 그가 그곳에 함께 있는 것이 화가 난다는 듯한 태도였다. 그런 태도에는 아랑곳하지 않고 도날드 스토트 씨가 입을 열었다.

"솔직히 말해서 아직 이 젊은 작가의 작품을 읽지 못했어요." 그는 부드러운 어조로 말을 시작했지만 곧 비꼬는 투로 바뀌었다. "아마 우리 시대 몇몇 감정가에게 걸작으로 찬양을 받은 것 같은데…… 그런데 요즘 신문을 보면 젊은 작가들의 불후의 명작이 우후죽순 격으로 쏟아져 나온단 말씀이야." 여기까지 말한 후 그는 잠시 곁눈질을 하더니 눈썹을 찡긋하며 말을 이어나갔다. "그런데 여기 젊은 작가분께 해줄 충고가 있어요. 우리 젊은 친구가 요즘 사람들이 열광하는 이른바 대가들에게 너무 열광하지 않았으면 해. 나는 그들을 '악취미파'라고 부를 수밖에 없거든."

"자네 지금 무슨 이야기를 하는 건가?" 방안을 서성이던 맥하그 씨가 갑자기 발걸음을 멈추더니 몸을 홱 돌리며 말했다. "무슨 급진주의자들 이야기를 하는 건가?"

"아닙니다." 스토트 씨가 단호한 어조로 말했다. "그들 이야기를 하는 게 아니에요. 아무리 읽어도 무슨 소리인지 모를 소리만 늘어놓은 책을 두고 사람들이 걸작이니 뭐니 찬양하는 작가를 말하는 겁니다."

이어서 그는 제임스 조이스의 『율리시스』와 조지 무어의 작품에 대해 독설을 퍼부었다. 『율리시스』를 너무나 좋아하는 조지 웨버는 아연할 수밖에 없었다. 다행히 맥하그 씨가 노골적으로 경멸하는 표정을 짓자 벤딘 씨와 스토트 씨는 제대로 인사도 나누지 않고 밖으로 나갔다. 그들의 뒷모습을 바라보며 맥하그 씨가 조지에게 속삭였다.

"저, 스토트라는 친구, 출판사를 하면서 저런 말도 안 되는 소리를 지껄이고 다니다니! 저런 놈들이 문제야!"

제27장 예기치 않게 나선 여행길

벤딘과 스토트 두 사람이 나가버리자 조지는 흥분해서 자리에서 일어났다. 하지만 어떻게 처신해야 할지 몰라서 어정쩡한 모습이었다. 맥하그는 피곤한 표정으로 그를 바라보았다.

"자, 앉아, 앉아."

계속 서 있던 맥하그는 숨을 헐떡이듯 말하더니 의자에 털썩 주저앉았다.

"제길!" 그가 큰 한숨을 내쉬며 말했다. "피곤해. 고기 분쇄기 속을 지나와서 너덜너덜해진 기분이야. 저 빌어먹을 네덜란드 놈! 암스테르담을 함께 떠나서 내내 같이 있었어. 제길, 쾰른을 떠난 이후로는 뭘 먹은 기억이 없어. 그게 벌써 나흘 전이었다니까."

실제로 그는 그래 보였다. 조지는 그가 비유적으로 표현한 것이 아니라 문자 그대로 사실을 말하는 것이라고, 실제로 그는 며칠간 먹은 것이 없다고 확신했다. 신경이 극도로 날카로워져 있는 것 같았고 극도로 지쳐있는 것 같았다. 뼈처럼 앙상한 두 다리를 포개고 앉아 있는 모습을 보자니 마치 그의 몸 전체가 허리 부분에서 둘로 꺾여 있는 것 같았다. 남의 도움이 없이는 의자에서 다시 일어나지 못할 것만 같았다. 하지만 그 순간 전화벨이 울리자 맥하그는 마치 전기충격이라도 받은 듯 의자에서 벌떡 일어났다.

그는 전화기로 달려가 수화기를 번쩍 들고 고함을 질렀다.

"여보세요, 게 누구요?"

이어서 그의 목소리가 조금 공손하게 바뀌었다.

"아, 릭, 자네로군. 아니, 그동안 도대체 어디 있던 거야? 매일 아침 연락하려 했다니까…… 아니야, 어젯밤에 이곳에 왔어…… 물론 만나러 가야지. 그래서 여기 온 건데…… 아니야, 여기 올 필요 없어. 차를 빌려 놓았거든. 내가 가지. 누구 한 사람 함께 갈 거네…… 누구냐고?" 그가 짐짓 꾸민 목소리로 말했다. "만나보면 알겠지. 그럼, 만나보면 알 거야. 우리가 갈 때까지 기다려. 뭐, 저녁 시간에 늦지 말라고? 좋아, 맞춰서 갈게. 얼마나 걸릴까……? 두 시간 반? 일곱 시? 좋아. 넉넉해. 잠깐, 잠깐, 거기 찾아가려면 어떻게 하지? 받아 적을 테니 좀 기다려."

그는 펜과 종이를 찾아 조지에게 건네며 자신이 부르는 대로 받아 적으라고 말했다. 그 주소는 서리주(州)의 작은 도시에서 몇 킬로미터 떨어진 시골길의 어느 농가였다. 몇 번이나 우회로와 교차로를 지나야 하는 복잡한 길이었다. 조지는 열심히 정확하게 주소와 가는 길을 받아 적었다. 맥하그는 저녁 식사 전까지는 충분히 도착할 수 있으리라고 장담한 후 전화를 끊었다.

"자, 이제," 그가 성급하게 벌떡 일어나며 말했다. 마치 그의 내부에서 항상 불타오르고 있는 활력이 다시 밖으로 나타난 것 같았다. "자, 조지, 기운을 내자고! 우리, 어서 가야 해!"

"우, 우, 우리라니요?" 조지가 더듬거렸다. "그, 그, 그러니까, 선생님, 저도 함께……?"

"물론이지! 릭이 우리가 저녁 먹으러 오기를 기다리고 있어. 기다리게 할 수는 없잖아. 자, 자! 런던에서 벗어나는 거야! 여기저기 가보는 거야!"

"여, 여, 여기저기라고요?" 조지가 아연해서 다시 말을 더듬었다. "그런데 어, 어, 어디를 간단 말씀인가요, 선생님?"

"잉글랜드 서부." 그가 곧바로 고함쳤다. "릭에게 가서 하룻

밤 지내는 거야. 그리고 내일은…… 내일은……." 그는 방안을 오락가락하며 마치 무슨 불길한 결정이라도 내리듯 더듬거리 며 말했다. "길을 떠나는 거야. 잉글랜드 서부로. 대성당이 있는 도시로. 바스, 브리스틀, 웰스, 엑시터, 솔즈베리, 데번셔, 콘월 해안…… 요컨대 도시에서 벗어나는 거야. 호사스러운 호텔이 나 이런 집에서 벗어나는 거야. 난 이런 데가 싫어. 몽땅 다 싫 어. 시골이 좋아. 영국의 시골!" 그는 기분이 좋은 듯 말했다.

조지의 가슴이 철렁 내려앉았다. 그는 이런 식의 일 처리는 경험한 적이 없었다. 그는 새로운 책을 끝내기 위해 영국으로 왔다. 작업은 잘 진행되는 중이었다. 매일 집필 시간을 정확하 게 정해놓고 지키고 있었으며 그 리듬이 깨지는 것을 무엇보 다 두려워했다. 게다가 맥하그가 말하는 이 소풍이 언제 끝나 게 될 것인지 아무런 기약도 없었다. 하지만 맥하그는 조지의 심정은 아랑곳하지 않은 채 방안을 오락가락하며 이야기를 계 속했다. 갑자기 머릿속에 그리기 시작한 전원 풍경에 고무되어 기운이 솟은 것 같았다.

"그래, 영국 시골, 그거 일품이야. 밤에 길가에 멈춰 서서 직 접 요리를 해 먹는 거야. 낡은 여인숙에 여장을 풀고. 진짜 시골 영국의 여인숙 말이야. 곰팡내 나는 맥주를 벌컥벌컥 마시고.

화덕에 잘 구운 고기를 먹고 오래 묵은 포도주를 마시는 거야. 조지, 어때? 진짜 시골을 맛볼 수 있다니까. 유일한 방법이지."

그가 옛 경험을 들먹이며 계속 말했지만 조지는 묵묵히 있었다. 그 순간 조지는 아무 말도 할 수 없었다. 그는 맥하그와 만나기를 수 주일간 학수고대했다. 그는 맥하그가 당장 침대에서 나와 점심을 들러 오라고 했을 때 그의 말에 즉각 응했다. 하지만 그는 며칠, 혹은 몇 주가 걸릴지 모르는 탐험, 어디서 끝날지도 모르는 담혐에 맥하그의 여행 동반자, 이야기 동반자로 유괴되리라고는 꿈에도 생각하지 못했다. 그는 맥하그와 함께 갈 욕구도 의향도 없었다. 피할 수만 있다면 피하고 싶었다. 하지만 아무리 빠져나갈 방법을 열심히 찾긴 했어도 그가 어찌할 도리가 있었겠는가? 그는 맥하그의 기분을 상하게 하고 싶지 않았다. 고의적이건 아니건 그의 기분을 상하게 하거나 그의 감정에 상처를 줄 수 있는 행동을 하기에는 그는 너무나 맥하그를 흠모하고 있었고 존경하고 있었다. 게다가 그토록 너그럽게, 그리고 이타적인 마음으로, 아직 보잘것없는 위치에 있는 조지를 끌어올리기 위해 드높은 위치에서 자신이 지닌 힘을 그토록 열정적으로 사용한 사람의 초대를 어찌 거절할 수 있단 말인가?

비록 알게 된 기간이 아주 짧았음에도 불구하고 조지는 이미 맥하그가 얼마나 선량하고 고결한 사람인가를 분명하게 알 수 있었다. 분노와 갈기갈기 찢긴 상처로 이루어진 그의 고통스러운 겉모습 속에 얼마나 큰 고결함과 용기와 정직이 숨겨져 있는지 그는 알 수 있었다. 그의 겉모습에만 취해 있지 않으면 그는 이 세상에서 그 누구보다 선량하고 고결하며 위대한 사람이라는 것은 너무 분명했다. 맥하그의 삐쩍 마른 몸매, 벌겋게 달아오른 얼굴, 흐려진 푸른 눈, 신경질적으로 떨리는 손을 바라보면서 조지에게는 한 사람의 이미지가 떠올랐다. 그리고 그 이미지야말로 맥하그의 본질인 것처럼 느껴졌다. 신기한 일이었지만 그 이미지는 바로 에이브러햄 링컨의 이미지였다. 사실 키가 크고 야위었다는 점 빼고는 맥하그와 링컨 사이에는 육체적으로 비슷한 점이 없었다. 그들 사이의 유사점은 둘 다 기괴하다고 할 수 있을 정도로 못생겼으면서도 그 추함이 결코 기괴하게 느껴지지 않는 데 있다고 조지는 생각했다. 맥하그가 제아무리 요란한 몸짓과 말투, 태도를 통해 추한 겉모습을 한껏 드러내더라도 그 안에 숨겨져 있는 위엄은 결코 손상되지 않았고 바로 그 점에서 맥하그는 링컨과 유사하다고 조지는 생각했다.

마치 폭발하듯 격렬한 결정을 황급히 내린 맥하그는 이제 조용히 의자에 앉아 외투 주머니를 뒤져 수표책과 지갑을 꺼냈다. 그는 지갑과 수표책을 무릎 위에 놓고 천천히 안경을 꺼냈다. 조지가 이제껏 본 안경 중에서 가장 특이한 안경이었다. 그 안경은 조지 워싱턴이나 벤자민 프랭클린, 혹은 링컨이 끼었던 안경인 것만 같았다. 안경테, 코걸이, 손잡이는 평범하고 색 바랜 은이었다. 맥하그는 조심스럽게 안경을 펼치고는 주근깨가 있는 큰 귀에 걸었다. 그 단순한 행동이 일으킨 변화는 놀라울 정도였다. 초조하게 안달하고 지나치게 긴장해 있던 사람은 어디론가 사라져버렸다. 은테 안경을 쓴 채 고개를 숙이고 신중하게 지갑을 헤아리는 이 사람, 이 마르고 못생긴 사람의 모습은 영리한 양키, 소박한 힘, 평범한 위엄, 그리고 무엇보다 확고한 능력을 지닌 존재의 이미지 바로 그것이었다. 그리고 바로 그 점에서 그는 또다시 링컨과 닮아 있었다. 그의 말투도 바뀌어 있었다. 그는 돈을 세면서 고개를 들지도 않은 채 조지에게 조용히 말했다.

"조지, 벨 좀 눌러주게나. 돈이 좀 더 필요하겠어. 보이를 은행에 심부름 보내야겠어."

조지는 벨을 눌렀다. 곧이어 사환 복장의 젊은이가 문을 두

드린 후 안으로 들어왔다. 맥하그는 그를 올려다보더니 수표책을 열어 만년필을 꺼낸 다음 조용히 말했다.

"존, 돈이 좀 필요해. 이 수표를 은행에 갖고 가서 현금으로 바꿔다 주겠나?"

존이 수표를 받고 밖으로 나가자 맥하그가 한 손을 의자 팔걸이에 멋지게 올려놓고 지금껏 보인 모습보다 한결 조용하고 상냥하고 다정한 말투로 조지에게 물었다.

"그래, 조지, 요즘 뭘 하고 있나? 다른 책을 쓰고 있나?"

웨버가 그렇다고 대답했다.

"좋은 작품이 되겠지?" 맥하그가 물었다.

웨버는 그렇게 되기를 바란다고 말했다.

"첫 작품처럼 대작인가? 내용도 풍부하고? 등장인물도 많고?"

웨버는 그럴 것이라고 대답했다.

"맞아, 그래야 해. 계속 밀고 나가게. 사람들도 많이 등장시키고." 그가 조용하게 말했다. "자네는 실감 나게 사람을 묘사할 줄 알아. 생동감을 부여하는 법을 알고 있어. 계속 그렇게 해. 이러쿵저러쿵 말 같지 않은 소리를 하는 자들도 많을 거야. 아마 이미 실컷 들었을지도 모르지. 자네에게 글 쓰는 법을 가르쳐주겠다는 둥, 자네가 지금 잘못된 길로 가고 있다는 둥 떠들어대는 똑똑한 젊은 친구들이 많을 거야. 평론가 행세하는 젊은이들 말이야. 자네에게 문체도 없고 형식에 대한 감각도 없다고 말하기도 할 거야. 자네는 버지니아 울프처럼 쓸 줄 모른다고, 마르셀 프루스트나 혹은 다른 작가들 이름을 들먹이며 그들처럼 쓰지 않는다고 말할 거야. 그런 말들을 배척할 필요는 없어. 받아들일 건 받아들여. 자네가 믿을 수 있는 한 그들 말을 믿어도 돼. 도움을 받을 수 있다면 받아도 돼. 하지만 진실이 아닌 이야기에는 별로 신경 쓸 필요가 없어."

"하지만 그것이 진실인지 아닌지 알 수 있나요?" 웨버가 물었다.

"그럼." 맥하그가 조용히 말했다. "진실이라면 언제나 알 수 있어. 이봐, 자네는 작가이지 똑똑한 젊은이가 아니야. 만일 자네가 단순히 똑똑한 젊은이일 뿐이라면 그게 진실인지 아닌지 알 수 없을 걸세. 말로만 안다고 떠드는 거지. 하지만 작가라면 언제나 알 수 있어. 똑똑한 젊은이는 작가가 알 것이라고 생각하지 않아. 그러니까 그 친구들은 그저 똑똑한 젊은이일 뿐이야. 그들은 작가란 너무 둔하거나 돌대가리라서 자기들이 하는 이야기를 알아듣지 못한다고 생각해. 하지만 실은 작가는 그들이 생각하는 것보다 훨씬 더 많이 알고 있어. 그 젊은이들이 어쩌다 정곡을 찌르는 말을 할 때도 있어. 하지만 그런 건 천 번에 한 번 있을까 말까야. 그런 말을 들으면 기분이 상하지만 귀를 기울일 가치가 있어. 실은 자네가 이미 알고 있던 것일 수도 있어. 자네가 주의해야겠다고 생각했던 것일 수도 있어. 다만 어떻게든 회피하려고 애쓰면서 다른 사람이 발견하지 않았으면 좋겠다고 바라온 거지. 어쨌든 누군가 자네의 아픈 곳을 찌르면 비록 감정이 상하더라도 그들의 말에 귀를 기울이게. 하지만 대부분 경우 자네가 이미 알고 있는 것을 되풀이할 뿐이야. 그들이 중요하다고 떠들어대는 게 발가락 때만도 못할 때가 많아."

"구체적으로 어떻게 해야 하나요?" 웨버가 말했다. "스스로 자신에 대한 의사가 되란 말씀 아닌가요? 답은 스스로 찾아내야 한다는 말씀으로 들리는데요."

"맞아, 나는 다른 방법은 발견하지 못했어. 자네도 분명 그럴 거야. 그러니 계속 써. 바삐 써. 제길, 절대로 얼어붙지 마. 오도 가도 못한 채 얼어붙지 마. 나는 첫 책을 낸 후에 얼어붙은 젊은 작가들을 많이 봤네. 그 책을 쓸 능력밖에 없어서 그렇게 된 게 아니야. 그런 건 젊은 비평가들이나 할 만한 생각이지. 이봐,

자네 안에는 백 권 이상의 책이 있어! 자네가 살아 있는 한 계속해 쓸 수 있단 말이야. 자신이 고갈되어버릴 위험은 없어. 유일한 위험은 얼어붙는 거야."

"무슨 말씀이신가요? 왜 얼어붙는다는 거지요?"

맥하그가 대답했다.

"일반적으로 기가 죽기 때문이야. 똑똑한 젊은 목소리에 너무 귀를 기울여서 그렇게 되는 거야. 첫 번째 책이 좋은 평판을 얻었다고 치세. 작가는 그걸 너무 심각하게 받아들여. 그리고 그 칭찬 속에 들어 있는 사소한 비판에 대해 너무 노심초사(勞心焦思)하는 거야. 그리고는 자기가 다시 소설을 쓸 수 있을까, 의심하기 시작해. 실은 두 번째 작품도 첫 작품 못지않을 수 있고 더 좋아질 수도 있는데 말이야. 그저 상대방의 사소한 펀치를 피하고 맞받아칠 기술만 요리조리 익히다가 타고난 살인적 펀치 쓰는 법을 잊어버린 권투 선수 꼴이 되고 마는 거지. 제발 그런 일이 자네에게 일어나면 안 돼. 물론 가능한 한 많은 것을 배워. 잽도 배우고, 훅도 연습하고, 스트레이트도 배워. 가능한 한 실력을 향상시켜. 소화할 수 있는 가르침은 다 받아들여. 하지만 그 어떤 기술이나 가르침도 자네가 타고난 주먹 한 방을 대신할 수 없다는 것을 잊지 마. 다른 사람들이 이미 익힌 권투

기술을 익히면서 타고난 특유의 강점은 잊어버리면 안 돼. 그러면 작가로서 끝장이 나는 걸세. 그러니 제발 계속 이 길을 가면서 써야 해. 조금도 느슨해지면 안 돼. 실수할 수도 있고 기회를 잡을 수도 있고 어리석게 보일 수도 있어. 하지만 계속 가야해. 얼어붙지 마."

"그런 일이 있을 수 있나요? 정말로 재능이 있다면 과연 얼어붙을 수 있나요?"

"물론이지." 맥하그가 조용히 말했다. "얼마든지 그럴 수 있어. 그런 경우를 많이 봤어. 어쨌든 계속 써나가다 보면 자네가 주변에서 접하는 경고나 주의들이 근거가 없다는 것을 알게 될 거야. 예를 들어보지. 자네에게 재능을 팔아먹고 있다고 경고하는 자들이 있게 될 거야. 돈을 벌기 위해 글을 쓰지 말라고 충고할 거란 말이지. 자네 영혼을 할리우드에 팔아먹지 말라는 거지. 자네나 자네의 삶과 아무 관련 없는 다른 수많은 일을 들이대면서 자네에게 경고할 거야. 하지만 내 분명히 말하지. 자네는 절대로 자기 자신을 팔아넘기지 않을 거야. 한 인간이 타고난 재능은 누군가 눈앞에서 큰 액수의 수표를 흔들어댄다고해서 쉽게 팔려 가는 게 아니야. 그러니 자네 같은 사람은 그런 경고에 신경 쓸 필요 없어. 그냥 계속 타고난 재능으로 쓰는 거야. 만일 자네가 자네의 재능을 팔아넘긴다면 그건 재능을 팔라는 유혹에 넘어가서가 아니라 자네 핏줄 속에 매춘부 기질이 있었기 때문이야. 세상에는 위스키를 홀짝이며 만일 자신의 재능을 할리우드나 「새터데이 이브닝 포스트」지 같은 데 팔아먹지 않았으면 대작을 썼을 것이라고 말하는 작가들이 놀랄 만큼 많아. 순 거짓말이야. 만일 토마스 하디가 「새터데이 이브닝 포스트」지의 청탁을 받아 소설을 썼다면 토마스 하디 답지 않은 소설을 썼을까? 절대 아니야. 어디 기고를 했건 하디 디 오 소설을 썼을 거야. 위대한 작가는 어쩔 수 없이 자기 자신이야. 그렇기에 자기 재능을 팔아넘길 수 없어. 아무리 그러려고 해도 그렇게 될 수가 없어. 하지만 젊은 작가는 어쨌든 얼어붙을 우려가 있어. 똑똑한 젊은 비평가들에게 지나치게 귀를 기울일 우려가 있어. 다시 말하지만 그들에게 대응하는 기술을 익히다가 타고난 원 펀치를 잃어버리면 안 돼. 그러니 뭘 하건 절대로 얼어붙지는 말게."

그가 거기까지 말했을 때 노크 소리가 들렸다. 맥하그가 들어오라고 말하자 존이 빳빳한 영국 지폐 한 다발을 들고 들어왔다.

"맞을 겁니다. 제가 직접 세어 봤습니다. 일백 파운드입니다." 존이 말했다.

"존, 짐 좀 꾸려 주겠나? 조지, 자, 이제 떠나세." 맥하그가 지폐를 받아서 반으로 접더니 호주머니에 아무렇게나 쑤셔 넣으며 말했다. 그는 본래의 열정적인 태도로 돌변해 있었다.

"자, 조지, 어서 외투를 입게. 이제 떠나야겠어."

"하, 하지만……." 조지가 우물쭈물하며 말했다. "선생님, 출발하기 전에 점심이라도 드시는 게…… 그렇게 오랫동안 식사를 하지 않으셨으니 뭐라도 드시는 게…… 자, 우선 어디 가서 식사 먼저 하시지요."

조지는 최대한 간곡하게 말했다. 그도 몹시 시장했다. 또한 그는 식사하는 동안 맥하그의 그 터무니없는 계획을 취소시킬 수도 있으리라 생각했다. 하지만 맥하그는 조금이라도 지체하다가는 자신의 얼마 남지 않은 에너지가 소진되어 버릴지도 모른다는 듯, 단호하게 끊어 말했다.

"아니, 가다가 아무 데서나 먹으면 돼. 어서 당장 이 도시를 떠나자니까."

조지는 더 이상 왈가왈부해봤자 소용없다는 것을 알고 입을 닫았다. 그는 외투를 입고 맥하그와 함께 엘리베이터를 타고 내려와 호텔 밖으로 나왔다.

맥하그는 롤스로이스 자동차를 전세 내고 있었다. 조지는 이 화려한 차를 보자 웃음이 터져 나올 것만 같았다. 이 멋진 자동차를 타고 영국 시골길을 달리며 길가에서 프라이팬으로 요리를 하고 밤에 노숙한다면 아마 유사 이래 가장 호화로우면서 기괴한 여행이 될 것이라고 그는 생각했다. 존은 이미 뒷좌석 옆에 작은 가방을 실어 놓았다. 그들을 보자 제복 차림의 땅딸막한 운전기사가 거수경례를 했다. 맥하그는 차에 오르자마자 온몸의 기력이 다 빠진 듯 쓰러지듯 주저앉아 의자 옆 손잡이를 잡고 눈을 감았다.

그들이 출발했을 때는 이미 오후 1시가 지나 있었다. 약 10분 후, 여러 거리를 지난 롤스로이스는 조지가 하숙하고 있는 지역을 지나고 있었다. 롤스로이스가 조지의 하숙집에 가까워지자 조지는 맥하그의 팔을 흔들며 잠깐 집에 들러 칫솔과 면도기를 가져오면 안 되겠느냐고 물었다. 하지만 맥하그는 온몸의 기운이 다 빠진 듯 대답조차 하지 못했다. 조지가 맥하그에게 간곡한 어조로 말했다.

"선생님, 잠깐 제집에 들르셔서 점심을 드세요. 가정부가 금세 차려줄 겁니다. 길어야 20분 정도만 지체하면 바로 떠날 수 있을 겁니다."

맥하그는 의심스러운 눈초리로 조지를 쳐다보더니 마지못한 듯 말했다.

"식사는 필요 없네. 하지만 차라도 한 잔 마시면 기운이 좀 날지도 모르지."

조지는 맥하그를 부축해서 차에서 내려준 뒤 기사에게 30분 정도 있다가 내려올 테니 기다리라고 말했다.

그러나 조지는 실없는 사람이 되고 말았다. 맥하그가 조지의 집으로 들어가 소파에 앉자마자 그대로 꾸벅꾸벅 졸더니 비틀거리며 침대로 가서 그대로 엎어져 잠이 들어버린 것이다. 맥하그가 잠든 사이 조지는 퍼비스 부인이 차려준 점심을 맛있게 먹은 후 소파에 누워 늘어지게 잠을 잤다.

조지가 잠에서 깨었을 때는 이미 밖은 어두워져 있었다. 맥하그도 잠에서 깨어나 침대 위에서 꼼지락거리고 있었다. 전등을 찾고 있는 모양이었다. 조지가 일어나서 거실의 불을 켰다.

맥하그는 또다시 놀라운 변신을 하고 있었다. 잠깐 눈을 붙인 덕분에 활력을 되찾은 것 같았다. 하지만 그가 되찾은 활력은 조지가 원하는 방향으로 사용되지 않았다. 조지는 기력을 되찾은 맥하그가 이런 무모한 여행을 계속하는 대신 푹 쉬어야 겠다는 지혜를 발휘하기를 바랐다. 하지만 기력을 되찾은 맥하그의 모습은 성난 사자 바로 그것이었다. 그는 마치 우리에 갇힌 짐승처럼 으르렁거리며 출발이 늦었다고 투덜거렸고 조지에게 어서 출발 준비를 하라고 재촉했다.

"갈 거야, 말 거야? 도대체 어쩔 셈이야?"

조지는 아직 잠이 덜 깬 상태였다. 그는 현관 초인종 벨이 울리고 있으며, 일나 전부터 세벅 울리고 있었음을 깨달았다. 그 초인종 소리가 두 사람을 깨운 것 같았다. 조지는 계단을 뛰어 내려가 문을 열었다. 아직 잠이 덜 깬 조지는 문 앞에 서 있는 사람이 누구인지 처음에는 알아보지 못했다. 그는 바로 자동차 운전기사였다. 조지는 흥분과 피로 때문에 그에 대해서는 까맣게 잊고 있었다. 그 딱한 친구는 차 안에서 여태 기다리고 있었던 것이다. 끊임없이 밀려드는 안개와 가랑비로 인해 겨울의 런던은 밤이 일찍 찾아왔기에 밖은 이미 어두웠다. 상점의 불빛이 안개 속에서 몽롱한 빛을 내고 있었다.

운전기사는 걱정스러운 표정을 감추지 못한 채 입을 열었다.

"저, 선생님, 죄송하지만 혹시 맥하그 씨의 계획이 바뀌셨는지요?"

"계획? 계획이라뇨?" 아직 잠에서 덜 깬 조지가 더듬거리며 마치 물에서 헤엄쳐 나온 개처럼 머리를 흔들었다. "무슨 계획 말입니까?"

"서리주(州)로 가신다는 계획 말입니다." 땅딸막한 기사가 가까스로 마음을 가라앉히며 부드럽게 말했다. 의혹에 가득 차 있는 그의 눈초리는 자신이 꼼짝 못 한 채 위험한 두 미치광이의 지휘하에 놓이게 되었다는 고통스러운 현실을 그대로 반영하고 있었다. 그가 다시 한번 조지를 일깨워 주었다.

"저, 선생님, 오늘 오후에 그곳으로 가기 위해 길을 나선 것 아닌가요?"

"아, 맞아. 이제 생각나네." 조지는 머리를 긁적이며 괴로운 듯 말했다.

"아시다시피 길가에 이렇게 차를 오래 세워둘 수는 없는 노릇 아닙니까? 순경이 와서 당장 떠나라고 하기에 이렇게 벨을 누른 겁니다."

조지는 문을 닫고 위층으로 올라가 맥하그에게 말했다.

"운전기사였습니다. 우리가 어떻게 할 것인지 묻더군요." 조지는 맥하그의 마음이 바뀌었으면 하는 실낱같은 희망을 품고 말했다.

그러자 맥하그가 곧장 받아쳤다.

"뭘 어떻게 해? 출발해야지. 젠장, 네 시간이나 늦었잖아. 자, 가세, 조지. 어서 떠나자고."

조지는 맥하그의 마음을 바꾼다는 것은 부질없는 희망임을 알고 세면도구와 잠옷 등을 챙겼다. 그들은 아래로 내려와 롤스로이스에 몸을 실었다. 차는 비에 젖은 도로를 쾌속으로 날렸다. 차는 첼시를 지나 템스강 둑을 따라 달렸고 배터시 다리를 긴너 광활한 린든 교외를 향해 남서쪽을 향해 날리기 시삭했다.

그것은 훗날 웨버가 악몽처럼 생생하게 기억하게 될 여행의 시작이었다. 맥하그는 템스강을 건너기 전부터 다시 무너지기 시작했다. 당연한 일이었다! 위대한 성공에 뒤따른 실망과 공허함 속에서 그는 자기도 모르는 그 무언가를 찾아 이곳에서 저곳으로 옮겨 다니고 사람들을 만나고 새로운 모험에 자신을 몰아넣으며 몇 주에 걸쳐 미친 듯 날뛴 것이었다. 그는 이 불가능한 탐색을 잠시도 중단하지 않았고 도중에 휴식을 취하지도 않았다. 그리고 그 결과 찾은 것은 아무것도 없었다. 그리고 그는 지금도 탐색 중이었다. 도박으로 치자면 그는 매 순간 '올인'하고 있었다. 그러니 그가 낮잠으로 찾은 약간의 활력은 순식간에 소진해 버렸다.

롤스로이스는 끝없이 이어지는 신경절(神經節)과도 같은 런던을 빠져나와 드디어 탁 트인 들판에 나섰다. 어둠에 잠긴 들판에서는 축축한 냄새가 풍겼으며 바람이 불어와 차 옆구리에 부딪히며 소리를 냈다. 바람이 안개를 몰아냈으며 하늘이 높아졌다. 낮게 드리운 축축하고 황량한 구름 천장에 거대한 빛, 타락하고 부패한 빛이 반사되었다. 마치 무한한 생명력을 지닌 런던의 흥분과 연기와 분노가 그곳에 집약된 것 같았다. 자동차 바퀴가 굴러갈 때마다 불빛이 그들 뒤로 멀어져갔다.

이제 외로운 시골 풍경에 둘러싸인 조지는 밤이 빚어내는 신비로운 건축물을 의식하기 시작했다. 그는 대지의 영속적인 힘과 영원성을 느끼면서 흥분과 안도감을 동시에 느꼈다. 그것은 광대한 도시에서 몇 달간이라도 지냈던 사람이라면 거미줄처럼 얽힌 도시의 끝자락을 벗어나면서 누구나 느낄 만한 감정이었다. 땀과 소음과 폭력으로 얼룩진 몇 달, 더러운 벽돌과 돌에 둘러싸여 지낸 몇 달, 끊임없이 밀려오는 군중들 속에서 밀고 밀리고 휩쓸리며 지낸 몇 달, 오염된 공기, 오염된 삶, 배반, 두려움, 적의, 비방, 공갈, 질투, 증오, 싸움, 분노, 사기에 얼룩진 몇 달, 광기와 팽팽하게 긴장된 신경에 사로잡힌 몇 달, 변함없는 변화에 예민하게 사로잡힌 몇 달을 지낸 사람이라면, 그 도시로부터 멀어질 때 느끼기 마련인 감정을 조지는 느끼고 있었다. 새도 울지 않고 풀도 자라지 않는, 회반죽 벽돌과 돌로 이루어진 정글만 알던 그가 다시 대지를 발견한 것이다. 그는 마치 이전 생활 속의 온갖 속박과 악덕과 욕망, 추악함과 잔인함, 그 뿌리 깊은 오염이 모두 씻기는 것 같았다. 하지만 그는 동시에 야릇한 고독감이 엄습하는 것을 느꼈다. 정말 이상하게도 떠나온 삶의 경이와 신비, 그 아름다움과 마력, 그 풍요로움과 환희가 뒤에서 잡아끄는 듯이 느껴진 것이다. 조지는 구름에 반사된 재앙의 불빛을 뒤돌아보면서 고독감과 함께 상실감을 느꼈다. 마치 대지를 얻은 대신 삶을 포기한 것과 같은 느낌이었다.

차는 앞으로, 앞으로 계속 달렸고 마침내 런던 교외를 완전히 벗어났다. 이제 구름에 비친 불빛도 보이지 않았다. 맥하그는 한마디 말도 없었다. 온몸의 기력이 다 빠진 듯 차가 요동치는 대로 몸이 흔들렸다. 조지는 이렇게 기력이 쇠진한 모습의 맥하그를 몇 년 동안 만나지 못한 그의 친구에게 데리고 가는 것이 과연 온당한 짓인지 의심이 들기 시작했다. 마침내 그는 기사에게 차를 멈추게 하고 맥하그를 설득하기 시작했다.

그는 머리 위의 실내등을 켜고 맥하그를 흔들어 깨웠다. 놀

랍게도 맥하그는 즉시 눈을 번쩍 떴다. 그의 반응으로 보아 정
신은 말짱하다는 것을 알 수 있었다. 조지는 그에게 이렇게 지
쳐 빠진 상태로는 친구를 반갑게 만날 수 없으리라고 말했다.
조지는 지금이라도 차를 돌려 런던으로 돌아가 밤을 보내자고,
가까운 마을에서 친구에게 전화를 걸어 늦어서 갈 수 없으니
하루나 이틀 뒤에 가겠다고 말하자고, 맥하그의 몸이 좋아진
다음에 다시 떠나자고 그에게 말했다. 하지만 맥하그의 마음이
요지부동인 것을 충분히 알고 있었기에 열심히 설득하면서도
성공하리라는 기대는 전혀 하지 않았다. 그런데 놀라운 일이
벌어졌다. 맥하그가 조지의 말에 동의한 것이다. 맥하그는 자기
도 오늘 밤 친구를 만나지 않는 게 좋으리라고 생각한다고 말
했다. 그는 런던으로 되돌아가는 것만 제외한다면—그는 그것
만은 단호하게 딱 잘라 거부했다—조지가 어떤 제안을 하더라
도 받아들이겠다고 말했다. 맥하그가 거의 강박 관념처럼 무슨
일이 있어도 런던을 떠나겠다는 집념에 사로잡혀 있었음을 알
고 있었기에 조지는 더 이상 고집하지 않았다. 그는 런던에 돌
아가지 않겠다고 동의한 다음 맥하그에게 서리주(州)의 친구 집
대신에 어디로 가고 싶냐고 물었다. 맥하그는 처음에는 어디건
상관없다고 말했다. 그런데 잠시 생각에 잠기더니 바다로 갔으

면 좋겠다고 느닷없이 말했다.

당시 조지는 맥하그의 그 말이 별로 놀랍지 않았다. 나중에 다시 생각해보고 터무니없을 정도로 놀라운 제안이었음을 알게 되었을 뿐이다. 그는 뉴욕 주민이 5번가에서 버스를 타고 그랜트 장군 묘지에 가자는 제안을 받았을 때처럼 선선히 그 제안을 받아들였다. 설혹 맥하그가 리버풀이나 맨체스터, 혹은 에든버러로 가자고 했더라도 조지는 마찬가지로 전혀 놀라지 않았을 것이다. 이 두 명의 미국인은 일단 런던에서 벗어나자 거의 무의식적으로 영국 땅의 크기가 반 에이커 정도에 불과한 듯 착각에 빠져 있었다. 맥하그가 바다를 보고 싶다고 했을 때 조지는 '그래, 아주 좋아. 이 섬 반대쪽으로 가서 바다를 바라보자'라고 생각했다.

조지는 맥하그의 제안이 아주 멋지다고 생각하고 신이 나서 받아들였다. 그는 바닷가 공기와 파도 소리를 맛본 후 단잠을 자면 그들 몸에 대단히 좋으리라고, 내일 아침 더 멀리 모험을 떠날 힘을 얻으리라고 생각했다. 맥하그 역시 자신의 계획이 대견한 듯 열의를 보이기 시작했다. 조지는 맥하그에게 어디 염두에 둔 곳이라도 있느냐고 물어보았다. 맥하그는 그런 곳은 없다고, 해변이면 무조건 좋다고 대답했다. 그들은 곧이어 가보았거나 들어본 적이 있는 도시 이름들—도버, 포크스톤, 부너머스, 이스트본, 블랙풀, 토키, 플리머스 등등—을 되는 대로 주워섬기기 시작했다.

"플리머스! 그래 플리머스!" 맥하그가 열광적으로 외쳤다. "그래, 바로 거기야! 배를 타고 수없이 가봤어. 하지만 정작 배에서 내린 적은 없었다고. 늘 아주 멋진 작은 도시 같았어. 자, 오늘 밤 거기 가서 지내자고."

"그런데, 나리," 이제껏 운전석에 앉아 이 두 명의 미치광이가 영국 국토를 제멋대로 분해하는 것을 얌전히 듣고 있던 기사가 입을 열었다. 경고하는 투가 역력했다. "그건 불가능한덥쇼. 오늘 밤은 안 됩니다요. 오늘 밤에 플리머스까지 갈 수 없습니다요."

"왜? 뭣 때문에?" 맥하그가 공격적인 어조로 물었다.

"그건 말입니다요, 예서 400킬로미터나 떨어져 있기 때문입지요. 게다가 이런 날씨에는…… 비가 오는 데다 언제 다시 안개가 낄지 모릅니다요. 아무리 빨라도 여덟 시간은 걸립니다요. 내일 아침에나 도착할 수 있을걸요."

"그래, 알았어!" 맥하그가 초조한 듯 소리쳤다. "그러면 다른데로 가지. 블랙풀은 어때? 어이, 조지, 불랙풀로 갈까? 거긴

안 가봤거든. 구경해보고 싶어."

그러자 기사가 다시 끼어들었다.

"하지만, 나리, 블랙풀은…… 블랙풀은 잉글랜드 북부에 있습니다요. 플리머스보다 더 멉니다. 줄잡아 500킬로는 될 겁니다요."

그의 음성에는 잔뜩 두려움이 섞여 있었다. 필라델피아로부터 태평양 해안까지 하룻밤에 달려가자고 했더라도 그보다 더 크게 두려워하지는 않았을 것이다.

"제길, 그렇다면, 조지, 자네가 정해 봐." 맥하그가 말했다.

웨버는 꽤 오랫동안 열심히 머리를 굴렸다. 그는 윌리엄 새커리와 찰스 디킨스의 소설에 나오는 지명들을 머리에 떠올리더니 희망에 찬 목소리로 말했다.

"브라이턴, 브라이턴이 어때요?"

그는 자기 생각이 적중했음을 알았다. 운전기사의 떨리는 음성이 이루 말할 수 없을 정도로 안도했음을 여실히 보여주고 있었다. 그는 운전석에서 고개를 돌리고 거의 아첨에 가까운 어조로 열심히 말했다.

"좋습니다요! 나리, 좋아요! 브라이턴이라면 아무 문제없이 갈 수 있습니다."

"몇 시간이나 걸리겠소?" 맥하그가 물었다.

"글쎄요, 어림잡아 두 시간 반 정도요? 저녁 식사를 드시기에는 좀 늦을지 몰라도 그래도 갈 수 있습니다요."

"좋아, 갑시다." 맥하그가 고개를 끄덕이고는 다시 시트에 몸을 묻었다.

그들은 다시 출발했다. 그리고 다음번 교차로에서 브라이턴으로 향하는 도로로 진로를 바꾸었다.

그때부터 그들의 여행은 정지와 되돌리기, 수시로 방향을 바꾸기의 연속이었다. 작은 키의 운전기사는 브라이턴을 향해 가고 있다고 확신하는 듯했다. 하지만 사실은 브라이턴으로 가는 길을 발견하지 못했다. 자동차는 이 길, 저 길, 수시로 방향을 바꾸었으며 여러 마을과 도시를 지나쳤고, 그러다가는 다시 들판에 나서곤 했지만 길을 찾지는 못했다. 마침내 자동차가 어느 복잡하고 황량한 교차로에 이르자 기사는 차에서 내려 이정표를 살펴보았다. 하지만 브라이턴행(行) 표지는 보이지 않았다. 기사는 자신이 길을 잃었다고 솔직히 고백했다. 기사의 말을 듣고 잠에서 깬 맥하그는 어둠에 잠긴 밖을 내다보더니 조지에게 어떻게 해야 할지 물었다. 하지만 그들 두 사람은 길을 잃은 운전기사보다 훨씬 더 무지했다. 그들은 완벽하게 무기력했다. 그래도 어디론가 가기는 가야 했다. 조지는 순전히 짐작에 맞춰 기사에게 왼쪽으로 가자고 했다. 기사는 순순히 그쪽 길을 잡았고 맥하그는 다시 시트에 등을 기대고 눈을 감았다. 이후 교차로가 나타날 때마다 맥하그나 조지가 기사에게 방향을 일러주었고, 이 키 작은 런던 사람은 충실하게 그들의 지시에 따랐다. 하지만 지금 자신이 서리주(州)의 황야에서 길을 잃고 헤매고 있으며 낯선 미국인들의 예측할 수 없는 변덕에 지배되고 있다는 불안감이 그의 표정에 역력히 나타나 있었다. 무슨 이유에서인지 그들 누구도 차를 멈추고 사람들에게 길을 물어보겠다는 생각은 하지 않았다. 그 결과 그들은 점점 더 길을 잃는 데 성공했을 뿐이었다. 같은 길을 수도 없이 반복해서 오갔고 이쪽, 저쪽 되는 대로 방향을 바꾸었다. 조지는 마치 차가 런던 남부의 복잡한 길을 모두 섭렵하는 것 같은 기분이었다.

운전기사는 이제 공포감에 질려 정신 분열이라도 일으킬 것 같았다. 그런데 이상하게도 불안감이 점점 더 커질수록 이 미치광이 같은 미국인들의 터무니없는 지시에 더욱 고분고분 응했다. 만일 뒤에 앉은 두 명의 미치광이 중 한 명이 피가 얼어붙을 정도로 무서운 고함이라도 질렀다면 이 불쌍한 사나이는 놀라자빠질 정도가 아니라 그 자리에서 절명해 버렸을 것이다.

이런 특수 상황에서 한밤중의 시골길은 음산하기 그지없었을 뿐 아니라 점점 더 공포감을 조장했다. 시간이 흐름에 따라 밤은 점점 더 거칠어졌다. 영국의 겨울에 종종 볼 수 있는 폭풍우가 이는 미친 듯한 밤이 되어 간 것이다. 악마를 연상시키는 광풍이 울부짖듯 포효했다. 주위의 나뭇가지들을 흔들고 지나가는 무서운 바람 소리가 들렸다. 광풍과 함께 비도 몰아쳤다. 범죄행위가 일어나기에 딱 알맞은 밤이었다. 운전기사는 최악의 경우를 예상하고 두려워하고 있는 것이 분명했다.

어딘지도 모를 길 위에서 이리저리 오가면서 몇 시간을 헤매고 다니자 약간이나마 남아있던 맥하그의 기력이 완전히 소진돼 버렸다. 머리를 젖힌 채 힘없이 기대앉아 있던 그가 소경처럼 조지의 손을 더듬거리며 말했다.

"이제 기진맥진했어, 조지! 차를 세워! 더 이상 갈 수 없어."

조지는 기사에게 말해 당장 차를 세웠다. 어둠 속, 폭풍우가 불어오는 가운데 그들의 차가 섰다. 이따금 창백하게 빛나는 달빛에 비친 맥하그의 모습은 마치 유령 같았다. 창백한 그의 얼굴은 시체나 다름없었다. 겁이 난 조지는 맥하그에게 차에서 내려 바람이라도 쐬면 좀 나아질 것이라고 넌지시 말했다.

맥하그는 완전히 절망에 빠진 듯 나지막이 말했다.

"아니야, 차라리 죽는 게 낫겠어. 날 좀 내버려 둬." 그는 시트 한구석에 쓰러지면서 눈을 감았다. 몸을 완전히 조지에게 내맡긴 것 같았다. 이후 그는 이 무서운 여행이 끝날 때까지 한마디도 하지 않았다.

무시무시한 달빛이 간간이 비치기 시작했다. 운전기사가 마른 입술을 혀로 핥으며 조지에게 낮게 속삭였다.

"이제 어떻게 할까요? 어디로 갈까요?"

조지는 잠시 생각에 잠겼다가 대답했다.

"다시 이분 친구 집으로 돌아가는 게 좋겠소. 맥하그 씨 몸이 몹시 불편한 것 같아요. 자, 빨리 차를 돌려 가능한 한 빨리 그 집으로 갑시다."

"네, 잘 알겠습니다. 그렇게 하겠습니다." 기사가 속삭였다. 그는 차를 돌렸다.

그 지점으로부터의 여정은 그야말로 악몽 그 자체였다. 조지가 맥하그의 친구로부터 애당초 전해 들은 길 자체가 너무 복잡해서 처음부터 그쪽 길을 잡았다 하더라도 길을 찾기가 쉽지 않았을 것이다. 그런데 지금은 아예 길을 잃은 상태였고 그렇게 길에서 벗어난 상태에서 돌아갈 길을 찾아야만 했다. 조지에게는 기적으로밖에 보이지 않았지만 어쨌든 그 길을 찾았다. 그들은 길을 하염없이 헤매다가 우연히 어느 마을에 이르렀고 운전기사는 그곳에서 사람에게 물어 목적지로 가는 방향을 정확하게 알아낼 수 있었다. 그들이 목적지로 향하는 작은 길을 발견한 것은 차를 되돌린 지 정확히 30분 뒤였다.

목적지로 가는 길로 정확히 접어들었지만 길은 이전 길보다 더 음산하고 처량했다. 조지는 그곳이 바로 영국의 서리주(州)라는 사실을 믿을 수 없었다. 그는 서리주를 유쾌하고 조용하며 한적한 런던 교외로 상상하고 있었다. 서리주라는 명칭은 그에게 상쾌한 녹색 초원 여기저기 한적한 마을이 산재해 있는 아름다운 그림을 연상시켰다. 그의 그림 속에서 그곳은 런던에서 한 시간밖에 떨어지지 않은 곳이었고 런던의 편리함과 목가적인 쾌적함이 공존하는 곳이었다. 하지만 막상 그들이 마주치고 있는 현실은 전혀 그렇지 않았다. 온통 숲이 우거져 있었으며 지금껏 폭풍우를 맞으며 뚫고 온 어느 지역보다 더 황량했다. 차가 구불구불한 길을 돌 때마다 조지는 마치 악몽 속에서 악마의 비탈길을 올라가는 것 같았다. 달이 구름 속에서 빠져나오면 곧 들판이 나타날 것이며, 그 들판에서는 마녀들이 '발푸르기스의 밤'의 축제(독일 및 북유럽 등지에서 전해 내려오는, 봄의 민속

축제, 괴테의 『파우스트』에도 나오며 악마의 축제로 불림-옮긴이 주)를 벌이고 있을 것만 같았다. 바람이 미친 사람 웃음소리처럼 포효하면서 나무들을 마구 흔들고 지나갔다. 구름 조각들이 도망치는 유령처럼 하늘을 이리저리 내달렸다. 차는 보수 공사를 한 번도 하지 않은 것 같은 길을 덜컹거리며 달려갔다. 인가 한 채 보이지 않았고 불빛 하나 없었다.

조지는 다시 길을 잃었다고 생각했다. 이런 황량한 곳에 사람이 살고 있으리라고는 믿을 수 없었다. 그는 포기하고 기사에게 돌아가자고 말하려 했다. 그때였다. 차가 길모퉁이를 돌아 나오는 순간 오른쪽 100미터쯤 떨어진 약간 높은 지대에 집이 한 채 서 있는 것이 보였다. 집 창문을 통해 불빛이, 안도와 따뜻함의 불빛이 새어 나오고 있었다.

제28장 시골집

운전기사는 차를 덜컹하고 세웠다.

"나리, 저 집이 틀림없을 겁니다." 그가 속삭였다. "이 근처에는 저 집뿐입니다." 그의 말투에서는 안도감보다는 극도의 긴장감이 더 묻어났다.

조지도 그곳이 그들이 찾던 바로 그곳이라는 데 동의했다.

언덕을 올라가는 동안 맥하그에게서는 생명을 부지하고 있는 흔적이라고는 조금도 보이지 않았다. 조지는 너무나 걱정이되어 그에게 말을 걸었지만 그는 대답하지 않았다. 차가 멈춰서자 조지는 차에서 내려 그 집을 향해 좁은 길을 걸어가면서자신이 엄청난 곤경에 빠져 있다고 생각했다. 우선 그는 자신이 어떤 사람을 만나게 될 것인지 짐작조차 할 수 없었다. 맥하그가 그를 '릭'이라고 부른다는 것만 알았을 뿐 이름조차 모르는 상태였다. 게다가 그 사람이 이곳에 살고 있다는 확신도 없었다. 그뿐인가. 그런 미지의 인물을 만나서 지금 미국의 유명작가가 죽어가고 있으니 어서 내려와서 아는 사람인지 확인해달라고 말해야만 했다.

그는 길을 따라 올라가 개조한 것이 분명한 농가 앞에서 문을 두드렸다. 곧이어 문이 열리고 한 사내가 조지 앞에 나타났다. 조지는 한 눈에도 그가 하인이 아니라 이 집 주인인 것을 알 수 있었다. 단정한 사내의 모습을 보자 자신의 흉한 몰골이 부끄러워서 조지는 잠시 당황했다. 면도도 하지 못했을 뿐 아니라 오후에 잠깐 눈을 붙인 것 외에는 지난 서른여섯 시간 동안 잠을 자지 못해 눈은 벌겋게 충혈되어 있었다. 그뿐이 아니었다. 신에는 진흙이 잔뜩 묻어 있었고 비에 젖은 모자에서는 물방울이 뚝뚝 떨어지고 있었다. 육신뿐 아니라 정신적으로도 완전히 지친 상태였다. 영국인은 그를 수상한 사람으로 생각할 것이 분명했다. 주인은 몸을 꼿꼿이 세운 채 한마디 말도 없이 조지를 노려보고 있었다.

"저……." 조지가 입을 열었다. "그러니까, 제가 찾고 있던 분이신지……."

"뭐요?" 사내가 놀란 목소리로 말했다. "뭐라고요?"

"저, 맥하그 씨라고…… 혹시 아시는 분인지…….

"뭐요?" 그가 같은 말을 반복하더니 거의 동시에 "오!"라고 감탄사를 발한 후 조용히 물었다.

"그래, 어디 있습니까?"

"저기 차 안에 계십니다." 조지는 크게 안도하며 말했다.

"오!" 영국인은 다시 감탄사를 발하더니 조급하게 물었다.

"아니, 그렇다면 왜 올라오지 않는 거요? 그 친구를 기다리고 있었소."

"직접 내려가서서 말씀해 주시는 게……." 조지가 더듬거렸다.

"아!" 영국 신사가 다시 감탄사를 발하면서 엄숙한 표정으로 조지를 바라보았다. "그러니까…… 그 친구가…… 으흠…….

그는 갑자기 좋은 생각이라도 떠오른 듯 단호한 목소리로 말했다.

"으흠, 좋아요. 같이 내려가 보도록 합시다."

그런 후 그는 문을 닫고 앞장서서 걸어갔다.

이윽고 차에 도달하자 영국 신사는 차 문을 열고 안을 들여다보았다. 그는 형편없이 구겨진 몰골의 맥하그를 내려다보며 그의 별명을 불렀다.

"넉! 이봐, 나야, 넉!"

맥하그는 거의 코를 골 듯 거친 숨만 몰아쉴 뿐 아무 말이 없었다.

"이봐, 넉, 나야. 뭐라고 말 좀 해 봐!" 영국인이 재차 소리를 지르자 맥하그는 눈조차 뜨지 않은 채 길게 쭉 뻗은 다리를 약간 움직이면서 "아, 릭!"이라고 신음처럼 말하고는 다시 코를 골았다.

"이봐, 닉!" 영국인이 나시 십요하게 외쳤다. "일어나지 않을 거야? 집에서 기다리고 있어."

하지만 맥하그는 가쁜 숨만 몰아쉴 뿐 아무 대답도 하지 않았다. 영국인은 이제 포기했는지 머리를 차 밖으로 빼내고 조지에게 말했다.

"우리 함께 차 안으로 들어가 부축하는 게 낫겠소. 진이 다 빠진 모양이오."

"그렇습니다." 조지가 근심 어린 표정으로 말했다. "큰 병에 걸린 것 같습니다. 육체적으로나 정신적으로나 너무 쇠약해지신 것 같습니다. 의사라도 부르는 게 낫지 않을까요?"

"아니, 그럴 필요 없소." 영국인이 의외로 밝은 목소리로 말했다. "나는 넉을 안 지 오래됐어요. 전에도 긴장하거나 흥분하면 이렇게 기진맥진하는 경우를 많이 봤어요. 너무 자신을 몰아붙인단 말이야. 쉬지도 않고 먹지도 않고…… 자기 몸을 전혀 돌보지 않아요. 누구든 저런 식으로 살다가는 목숨을 부지하기 힘들 겁니다. 하지만 넉은 달라요. 정말 걱정할 것 없어요. 두고 봐요. 곧 괜찮아질 겁니다."

안심이 된 조지는 영국인과 함께 맥하그를 차 밖으로 끄집어내서 두 발로 서게 했다. 맥하그는 찬 공기를 마시자 약간 기운을 차린 것 같았다. 그는 깊은숨을 몰아쉬더니 주변을 둘러보았다.

"됐어." 영국인은 신이 나서 말했다. "자, 이제 정신이 좀 드나?"

"죽겠어. 기운이 없어." 맥하그가 말했다. "어서 눕고 싶어."

"암, 누워야지." 영국인이 말했다. "하지만 우선 요기부터 하세. 저녁을 준비한 채 기다리고 있었네. 준비가 다 됐어."

"아니, 식사는 됐어." 맥하그가 무뚝뚝하게 말했다. "자야 해. 내일 먹을래."

"좋아." 영국인이 상냥하게 말했다. "자네 좋을 대로 하게. 하지만 자네 친구는 몹시 시장하겠어. 자, 어서 들어가세."

영국인과 조지가 맥하그를 양쪽에서 부축한 채 셋은 좁은 길을 올라가기 시작했다.

"저, 나리……." 조지의 어깨너머로 애처로운 목소리가 들렸다. 자기네들 생각에만 몰입해 있었기에 그들은 운전기사를 깜빡한 것이다. 기사가 창밖으로 몸을 내밀고 속삭이듯 말했다. "차를 어떻게 할까요? 오늘 밤에 또 필요하실지……."

영국인은 당장 그 문제를 해결했다. 그가 분명한 어조로 말했다.

"아니, 필요 없을 거요. 차를 집 뒤쪽에 올려다 놔요."

"네, 집 뒤에요. 잘 알겠습니다요. 그리구……." 그가 마른 입을 다시 혀로 축였다.

"아, 그렇지." 영국인이 큰 소리로 말했다. "그런 다음 부엌으로 가요. 하인이 요깃거리를 줄 거고 잠자리도 봐줄 거요."

그는 다시 맥하그의 팔을 잡고 길을 걸어 올라갔다. 그 뒤에서 운전기사가 미친 듯이 불어오는 바람과 질주하는 달에게 "아, 예, 예"라고 대답하고 있었다.

폭풍우 속에서 거친 황야를 지나온 뒤라서 집 안으로 들어가니 유난히 밝고 따뜻해 보였다. 천장이 낮은 아름다운 목조 가옥이었다. 남편보다 훨씬 젊은 매력적이고 아름다운 여주인이 그들을 반갑게 맞았다. 맥하그는 부인에게 중얼중얼 몇 마디 인사하고는 잠을 자게 해달라고 계속 간청했다. 부인은 세 사람을 위층의 객실로 안내하고 방 밖으로 나갔다. 침구가 완벽하게 준비된 방이었다. 조지와 영국인은 맥하그의 옷을 벗긴 후 그를 조심스럽게 침대에 눕혔다. 그들이 방 밖으로 나갈 때 맥하그는 이미 평화로운 잠에 깊이 빠져 있었다.

두 사람은 아래층으로 내려왔다. 그제야 두 사람은 경황 중에 서로 정식으로 인사도 나누지 못했다는 사실을 깨달았다. 조지는 자기의 이름을 밝혔다. 그런데 주인은 이미 그의 이름을 알고 있었으며 황송하게도 자신의 책을 이미 읽었음을 조지는 알았다. 주인의 이름은 리켄바흐 리드였다. 조지는 이름이 좀 특이하다고 생각했다. 그날 주인과 이야기를 나누면서 알게 된 사실이지만 주인은 반은 독일인의 피가 섞인 사람이었다. 하지만 그는 영국에서 태어나 영국에서 자랐기에 태도나 말투나 외모는 순수한 영국 사람이었다.

너무나 야릇하고 비정상적인 만남이었기에 주인과 조지는 약간 서먹서먹했다. 주인은 조지에게 몸을 좀 씻으라며 화장실로 안내했다. 조지가 세수하고 머리를 빗은 후 상쾌한 기분으로 화장실에서 나오자 주인은 그를 식당으로 안내했다. 영국인

부부와 조지는 식탁에 앉았다.

아주 쾌적한 방이었다. 낮은 천장에 나무 벽으로 둘러싸인 따듯한 방이었다. 부인은 방에 어울리게 아름다웠다. 차려 놓은 지 몇 시간이 지났지만 식탁에 차려진 음식은 훌륭했다. 주인이 권해준 셰리주를 마시자 하인이 수프를 가져왔다. 큼직하게 썬 토마토가 들어 있는 맛있는 수프였다. 조지는 게걸스럽게 수프를 먹었다. 그가 식욕이 왕성하다는 것을 증명해 보임으로써 주인과 객 사이의 서먹서먹함이 스러져버렸다.

이어서 하인이 어마어마하게 큰 로스트비프와 삶은 감자, 양배추를 가져왔다. 주인은 로스트비프를 큼지막하게 썰어서 조지의 접시에 덜어주었고 부인은 야채를 수북이 담아 주었다. 주인 부부도 함께 식사했지만 그들은 금세 식사를 끝내고 먹는 시늉만 냈다. 조지의 접시에서 고기가 순식간에 없어졌다. 주인은 고기를 더 썰어주었고 조지는 주는 대로 다 먹었다.

집사가 고운 빛깔의 부르고뉴 포도주를 가져왔고 그들은 금세 술을 다 마셨다. 디저트로 바삭바삭한 사과 푸딩과 큼지막하게 썬 치즈가 나왔다. 조지는 눈앞에 보이는 음식은 다 먹어 치웠다. 식사를 끝낸 후 조지는 비로소 고개를 들어 앞쪽을 쳐다보았다. 그들의 눈이 마주쳤다. 그들은 일제히 의자 등받이에

등을 기대며 큰 소리로 웃었다. 좀처럼 보기 힘든 자발적인 웃음이었으며 흉금을 터놓은 너털웃음이었다. 그토록 자연스러운 웃음은 인위적으로 멈추기 어려운 법이어서 웃음은 한참 동안 계속되었다.

식사가 끝나자 그들은 거실로 갔다. 이어서 하인이 쟁반에 커피를 가져왔다. 그들은 쾌적한 불가에 둘러앉아 커피를 마셨고 이어서 브랜디를 마셨다. 따뜻한 방안에 앉아 바깥에서 불어오는 사나운 폭풍우 소리를 듣고 있자니 방안은 더 안락했다. 폭풍우 소리에 무슨 마력이라도 들어 있는 듯 그들은 마치 오래된 친구처럼 가깝게 느껴졌다. 그들은 거리낌 없이 웃으며 이야기를 나누었다. 조지가 여전히 맥허그 걱정을 하는 것을 보고 리드는 그의 걱정을 덜어주었다.

그가 말했다.

"선생, 내가 넉을 안 지는 꽤 오래됐소. 완전히 기진맥진해질 때까지 자신을 혹사한 적이 한두 번이 아니었지. 하지만 그때마다 결국 회복되곤 했어요. 어떻게 그럴 수 있는지 놀라울 따름이오. 나라면 절대로 못 할 거요. 다른 그 누구도 못 할 거요. 하지만 그는 할 수 있어요. 저러다 영영 기운을 못 차리겠다 싶다가도 벌떡 일어나 정상으로 되돌아오는 것을 보면 정말 놀라운 일이오."

조지는 그의 말이 사실임을 이미 알고 있었다.

그들은 담배를 피우고 브랜디를 마시며 훈훈한 분위기에서 시간 가는 줄 모르고 몇 시간이나 이야기를 주고받았다. 부자연스러운 체면 따위는 멀리한 자연스러운 대화였다. 리드는 마치 아름다운 동화 속 세계인 양 시골 전원생활을 예찬했다. 조지는 그의 이야기를 들으면서 자신의 눈앞에 전개되는 상상 속 이미지에 매료되었다. 하지만 그는 동시에 리드가 그려 보이는 그림 뒤에는 뭔가 보이지 않는 게 숨어 있다는 의혹과 불안감을 씻어버리기 어려웠다.

조지가 보기에 리드가 그려 보이는 아름다운 삶은 그의 진정한 삶이라기보다는 일종의 도피였다. 조지는 미국에서도 그런 사람들을 많이 보았다. 그들은 한마디로 현실을 직시하기 어려워서, 혹은 직면할 능력이 없어서 도피한 것이었다. 그들에게 재능이 있다 하더라도 그들이 원하는 성공을 이뤄줄 만한 재능은 되지 못했다. 그렇다면 그 모자란 부분은 용기와 열정이 채워주는 것이 옳았다. 하지만 대부분 경우 그들은 자신이 간절히 원하던 것, 이루지 못한 것을 경멸하는 쪽을 택했다. 그들에게는 세계가 눈앞에서 빙빙 돌아가고 혀가 입속에서 말라붙고 맥박이 관자놀이에서 쾅쾅 뛸 때까지 일하려는 의욕이 없었다. 더 이상 할 일이 남지 않게 될 때까지, 더 이상 휴식이나 중단은 없을 때까지, 더 이상 잠을 잘 수 없을 때까지, 더 이상 아무 일도 할 수 없게 될 때까지 일하고, 그렇게 기진맥진한 상태에서 새롭게 다시 일을 시작하려는 의욕이 없었다. 반쪽짜리 재능을 타고난 그들은 차라리 전혀 재능이 없는 사람들보다 더 황폐하고 더 저주받은 셈이었고 결핍의 정도가 더 심한 사람들이었다. 재능뿐 아니라 그들이 지닌 목표 역시 반쪽이었기에 그들은 자신이 감당할 수 없는 일로부터 쉽게 도피해 빈둥거리며 집을 손질하고 정원을 가꾸고, 술을 마시며 지낼 수 있었다.

조지가 리드에 대해 그런 의혹을 가진 것은 가혹할 수도 있었다. 하지만 어느 정도 조지의 짐작이 맞았음을 리드는 그날 밤 대화를 통해 고백했다. 그는 전기 작가였다. 그는 이미 열두 권의 책을 낸 사람이었다. 하지만 그가 쓴 책들은 그 책의 대상이 된 사람들의 삶과 동화되어 쓴 책이 아니라 일종의 폭로 문학 비슷한 것이었다. 리드가 보여준 책들을 슬쩍 들여다본 조지는 한 눈에도 그 책들은 하나 같이 패배, 공격, 불신으로 이루어져 있음을 알 수 있었다. 리드는 대상이 된 사람들의 삶을 구축하는 책을 썼다기보다는 그들의 껍질을 벗기는 데 온 힘을 다 기울였다. 그가 쓴 책들은 한마디로 책이 인쇄되어 나올 때부터 이미 죽어 있는 책들이었다. 아무도 그 책을 사서 읽지 않았으며, 아무도 주목하지 않았다.

그렇다면 그는 자신의 패배, 실패를 어떻게 스스로 합리화했을까? 아주 쉬우면서도 필연적인 방법이었다. 리드는 조지에게 야유가 뒤섞인 쓴웃음을 지으면서 자기가 너무 경솔했다고 말했다. 너무 성급하게 대중들이 숭배하는 인물의 이면을 폭로하고 그 인물들의 이면에 숨어 있는 거짓을 타파하는 데 열중했기에 배척을 받을 수밖에 없었다는 것이었다. 그 결과 자신은 평론가들의 저주, 욕설, 증오의 대상이 되었고 대중의 미움을 받게 되었으며 처음부터 시작하지 아니함만 못한 결과를 얻었다는 것이었다. 그는 이 변덕스럽고 우상 숭배에 물든 세상, 온갖 편견과 편협함과 어리석음과 위선으로 가득 찬 세상으로부터 등을 돌리는 길을 택했다. 그리고 고독하고 격리된 삶을 찾아 시골로 왔다. 그는 더 이상 글을 쓸 생각이 없는 것 같았다.

그리고 이런 선택은 확실히 보상이 있었다. 리드가 구입해서 개조한 이 집은 매력적임에 틀림이 없었다. 그의 젊은 부인은 우아하고 아름다웠으며 남편을 극진히 돌보고 있었다. 리드 자신

도, 그의 삶을 황폐하게 만든 문학적 허위의식들만 벗어버린다
면 결코 나쁜 사람이 아니었다. 그가 지닌 환상과 그로 인한 패
배를 용납할 수만 있다면 그는 호감이 가는 선량한 사람이었다.

밤이 점점 깊어가고 있었다. 하지만 그들은 이야기꽃을 피우
느라 시간 가는 줄 몰랐다. 시계가 두 시를 치자 그들은 놀랐다.
그들은 몇 마디 더 이야기를 나눈 후에 마지막 잔의 브랜디를
비우고 밤 인사를 나누었다. 조지는 2층 방으로 올라갔다. 얼마
후 리드 부부가 계단을 올라와서 자기네 침실로 들어가는 소리
가 들렸다.

맥하그는 눕혔던 모습 그대로 꼼짝 않고 있었다. 어린아이
처럼 깊은 잠에 빠진 것 같았다. 조지는 담요 한 장을 덮어주고
나서 옷을 벗고 자신의 침대에 누웠다.

조지는 몹시 피곤했지만 오늘 저녁에 일어났던 온갖 기이한
사건이 머리에 떠올라 쉽게 잠을 이루지 못했다. 그는 창밖의
바람 소리를 들으며 오늘 하루 동안에 일어난 일들을 되씹어
보았다. 세찬 바람이 귀신 같은 소리를 내며 불어와 창문을 흔
들고 집 모퉁이를 획 돌아나가곤 했다. 어디선가 덧문이 삐
걱거리고 통탕거리기도 했다. 잠깐 바람이 잦아지면 멀리서 개
짖는 소리가 들려왔다. 아래층 거실에서 시계가 세 시를 알리

고 있었다.

얼마 뒤 그는 잠에 빠져들었다. 폭풍우는 여전히 집 주변을 휘몰아치고 있었지만 조지는 전혀 의식하지 못했다.

제29장 다음 날 아침

조지는 마치 묵직한 곤봉에 맞고 정신을 잃은 듯 녹아떨어져 꿈도 꾸지 않고 단잠을 잤다. 누가 갑자기 그의 어깨를 흔들어 잠을 깨웠을 때 그는 막 잠든 지 5분밖에 안 된 것만 같았다. 그는 눈을 뜨고 벌떡 일어나 앉았다. 맥하그였다. 맥하그는 출발 총성을 초조하게 기다리고 있는 단거리 선수처럼 황새 다리같이 가느다란 다리를 동동 구르고 있었다.

"일어나게, 조지! 어서 일어나!" 그가 날카롭게 외쳤다. "아니, 온종일 잠만 자고 있을 거야?"

조지는 어리벙벙한 표정으로 그를 바라보며 겨우 입을 떼었다.

"지, 지금, 몇 시나 되었나요?"

"여덟 시가 지났어. 나는 벌써 한 시간 전에 일어났다니까.

벌써 목욕하고 면도도 마쳤다고. 한 시간이나 자네가 일어나길 기다렸다고!" 이어서 그는 코를 킁킁거리며 말을 이었다. "저, 냄새 좀 맡아 봐. 말고기라도 먹어 치울 수 있겠어. 오트밀에 달걀, 베이컨, 토마토구이, 토스트와 마멀레이드 잼, 거기다 커피, 영국의 아침 식사는 정말 훌륭하단 말씀이야. 자, 일어나, 조지! 어서 일어나라고!"

조지는 신음 소리를 내며 힘없이 침대에서 내려와 비틀거리며 걸음을 옮겼다. 그는 한 이틀 동안 쭉 잤으면 좋겠다는 생각뿐이었다. 하지만 버럭버럭 재촉하는 소리를 듣고야 일어나서 옷을 입지 않을 도리가 없었다. 그는 몽유병 환자처럼 더듬더듬 옷을 주워 입었다. 맥하그는 그깟 옷을 입는 데 무슨 시간이 그렇게 걸리냐는 듯 연방 재촉하면서 초조한 듯 방안을 서성거렸다.

함께 아래층으로 내려가자 리드 부부는 이미 식탁에 앉아 그들을 기다리고 있었다. 맥하그는 마치 늘어났던 고무공처럼 식당으로 뛰어들더니 그들에게 아침 인사를 하고는 곧바로 음식으로 달려들었다. 맥하그는 엄청난 양의 식사를 하면서 내내 유쾌하게 이야기를 쉬지 않았다. 그의 에너지는 놀라울 정도였다. 정말로 믿을 수 없었다. 몇 시간 전만 해도 완전히 지쳐 떨어졌던 사람이 마치 기적인 양 이렇게 활력이 넘친다는 것은 도저히 상상하기 어려울 정도였다. 그는 활기차게 온갖 이야기와 일화를 늘어놓았다. 학위 수여식장에서 있었던 일, 그곳에서 만났던 사람들 이야기를 했으며 베를린과 독일에 대해서, 네덜란드에 대해서 이야기했다. 민히어 벤딘을 만난 이야기, 그가 정신병원 수용소에서 탈출한 포복절도할 이야기도 했다. 조지가 벤딘을 만났을 때 듣지 못한 이야기였다. 이어서 그는 자신의 계획과 목적에 대해서도 이야기했고, 영국 내 지인들의 근황을 리드에게 묻기도 했다. 그는 마치 반짝이는 천 개의 면을 지닌 존재 같았다. 그는 삶의 모든 부분을 화제로 삼는 것 같았으며 그가 건드리는 화제마다 그의 천부적인 에너지와 민첩성에 의해 반짝반짝 빛을 냈다. 조지는 맥하그가 지금 최선의 상태에 있으며 그런 상태에서의 그는 더없이 훌륭하고 멋지다는 것을 충분히 깨달을 수 있었다.

　아침 식사 후에 그들은 모두 함께 산책을 했다. 드물게 보는 거친 아침이었다. 밤새 기온이 뚝 떨어져 있었고 추적추적 내리던 비는 눈으로 변해 있었다. 쉬지 않고 내린 눈은 바람에 날리면서 솜털처럼 소복소복 쌓였다. 머리 위로는 헐벗은 나무들이 서로 스치며 신음 소리를 내고 있었다. 이루 말할 수 없이 거칠면서도 아름다운 시골 풍경이었다. 그들은 모두 흥분해서 꽤 멀리까지 산책하고 돌아왔다.

집으로 돌아온 그들은 불 가에 앉아 이야기를 나누었다. 아침에 그토록 넘쳐흐르던 맥하그의 즐거움은 이제 가라앉고 그 대신 무언의 힘,—조지가 전날 그에게서 발견했던 링컨과 비슷한 그런 침착성과 위엄의 힘이 그 자리를 차지하고 있었다. 그는 주머니에서 편지를 꺼내어 읽기도 하고 오랜 친구인 리드에게 이야기를 하기도 했다. 그 편지 내용이나 이야기 내용 자체는 하등 중요할 것이 없었다. 중요한 것, 그래서 조지가 오랫동안 기억할 수밖에 없던 것은 그 내용이 아니라 맥하그의 표정, 그가 앉아 있는 모습, 그가 하는 말에 무의식적인 힘과 위엄과 지혜와 깊은 지식을 더해주는 듯한 그의 자세였다. 여기 자신 안에 위대함을 간직하고 있는 한 인간이 있다. 지금 자신의 잠재적인 힘의 원천을 보여주고 있는 한 인간이 있다. 그의 말에는 온통 오랜 친구를 향한 애정이 듬뿍 담겨 있었다. 그에게서는 확고부동하며 영원한 그 무엇이 느껴졌다. 결코 변하지 않은 채 같은 모습으로 존재할, 설혹 친구를 20년 이상 못 만나게 되더라도 변치 않을 충심 같은 것.

그들은 맛있는 점심을 함께 들었다. 포도주가 나왔지만 맥하그는 별로 마시지 않았다. 점심 식사 후 맥하그가 런던으로 돌아가자고 말했다. 조지에게는 천만다행이었다. 전날 그가 그토록 열심히 다채롭게 그려 보이던 영국 시골 여행 계획에 대해서는 한마디도 하지 않았다. 그저 지나치는 변덕이었는지 아니면 조지가 별로 탐탁하게 여기지 않는 것을 눈치챘기 때문이었는지는 분명하지 않았다. 맥하그는 그에 대해서는 일체 언급하지 않았다. 그는 런던으로 돌아간다는 것을 기정사실인 양 선언했고 그것으로 그만이었다.

그런데 마치 도시로 다시 돌아간다는 것이 참을 수 없는 일인 듯 그는 또다시 놀라운 모습으로 변신했다. 갑자기 그는 다시 흥분에 휩싸였고 초조해졌다. 세 시쯤 출발할 때가 되자 그는 엄청나게 흥분했고 불안한 모습을 보였다. 그는 마치 기분 나쁜 일을 얼른 해치워야만 하는 사람처럼 신경이 날카로워져 있었다.

부부와 작별 인사를 나누고 그 안락한 집을 뒤에 두고 떠나면서 다시는 그들 부부를 보지 못하리라는 생각에 조지에게 참을 수 없는 슬픔이 밀려왔다. 아름다운 부인은 문가에 서서 그들이 떠나는 모습을 지켜보고 있었고 리드는 벨벳 재킷 주머니에 두 손을 찌른 채 그녀 옆에 서 있었다. 이윽고 차가 출발했다. 차가 길모퉁이를 돌아설 때 맥하그와 조지는 뒤를 돌아다 보았다. 리드 부부가 손을 흔들었고 두 사람도 손을 흔들었다. 조지는 목이 메었다. 마침내 그들이 보이지 않게 되었고 조지 와 맥하그 둘만 남았다.

차는 곧 큰길로 나섰고 북쪽으로 방향을 잡고 곧바로 런던을 향해 달렸다. 둘 다 말없이 자기만의 생각에 몰두해 있었다. 다 시 어둠이 다가왔고 둘은 여전히 말이 없었다.

얼마 후 차는 다시 도시의 거대한 밀림 속을 뚫고 지나갔다. 이윽고 차가 에버리 스트리트에 멈춰 섰다. 차에서 내린 조지 는 맥하그와 악수하며 몇 마디 말을 건넸다. 운전기사가 차에 서 내려서 짐을 꺼내 준 후 다시 차에 올랐다. 차는 부르릉 소 리를 내며 어둠 속으로 미끄러져 내려갔다.

조지는 차가 시야에서 사라질 때까지 보도에 서서 뒷모습을 바라보았다. 그는 자기와 맥하그가 다시 만나 이야기를 나누며 시간을 보낼 수도 있으리라고 생각했다. 하지만 그 만남은 이번 의 첫 만남과는 전혀 다른 만남이 될 것이다. 그 무언가가 시작 되었고 그것이 끝났기 때문이었다. 앞으로 두 사람은 각자의 길 을 갈 것이다. 조지는 조지 나름의 길을, 맥하그는 맥하그 나름의 길을……. 어느 길이 더 나은 길일지는 아무도 알 수 없으리라.

제 6 부

당신에게 할 말이 있다

봄이 되어 다시 뉴욕으로 돌아왔을 때 조지는 새 작품이 거의 마무리되었다고 생각했다. 그는 스티브잔트 광장 근처에 작은 방을 하나 얻고 열심히 글쓰기에 몰입했다. 두 달 정도면 원고가 끝나리라고 생각했지만 언제나 그렇듯 그는 시간에 속았다. 6개월이 지나고야 겨우 출판사에 넘겨줄 정도의 원고가 끝난 것이다. 그렇다고 해서 그 원고가 자신에게 흡족한 것은 아니었다. 그는 단 한 번도 자신의 원고에 대해 진정으로 만족했던 적이 없었다. 자신이 애당초 구상했던 작품과 실제로 눈앞에 놓인 작품 사이에는 메울 수 없는 심연이 존재하는 것 같았다. 실제로 자신의 작품을 출판사에 넘겨주면서 '이 책은 내가 의도했던 바를 정확히 반영하고 있다. 더 이상 손볼 곳도, 더 이상 덧붙일 것도 없다'라고 생각하는 작가가 있을까? 더 이상 원고를 갖고 씨름할 수 없을 정도로 탈진한 상태에서 그냥 넘기는 것이 아닐까?

그러나 조지는 원고를 넘기면서 조금도 부끄럽지 않았다. 그는 작품의 결함과 미진한 부분이 무엇인지 속속들이 알고 있었다. 하지만 현재 자신의 상황과 능력으로는 모든 것을 다 그 작품에 쏟아부었다는 사실도 알고 있었다. 그는 상당한 분량의 원고를 폭스홀 에드워즈에게 갖고 갔다. 조지는 그에게 원고를 전하면서 몇 년간 자신을 짓누르던 마음의 짐이 덜어지는 듯 느꼈다. 이제 그 책을 끝낸 것이다! 이제 그 책에 대해서 완전히 잊고 단 한 줄이라도 다시 보게 되지 않기를 그는 진심으로 빌었다.

하지만 그것은 너무나 큰 소망이었다. 원고를 읽은 폭스는 아주 조심스럽게, 하지만 단도직입적으로 아주 좋은 작품이라고 말했다. 하지만 그는 동시에 몇 가지 조언을 했다. 어느 부분은 빼버리고 어느 부분은 좀 더 보태고 어느 부분은 수정하라는 것이었다. 조지는 폭스와 맹렬히 논쟁을 벌였다. 하지만 그는 결국 원고를 집으로 가져와서 폭스가 원하는 대로 고쳤다. 아니, 폭스가 원했기 때문에 고친 것이 아니라 폭스의 말이 모두 옳았기에 고친 것이었다. 그는 다시 두 달 동안 그 일에 매달렸다. 이어서 교정을 보는 데 또 6주가 흘렀다. 그가 영국에서 돌아온 지 1년이 지났을 때였다. 마침내 두 번째 책에 관련된 모든 일이 끝나고 그는 해방되었다.

책은 1936년 봄 출간 예정이었다. 출간일이 다가올수록 조지는 점점 더 불안해졌다. 첫 번째 책이 출간되었을 때는 제 아무리 사나운 말(馬)이라 해도 그를 뉴욕 밖으로 몰아낼 수는 없었을 것이다. 그는 온갖 반응이 궁금했고 그 어떤 것도 놓치고 싶지 않았다. 그는 자신의 책에 대한 평을 모두 읽었다. 하지만 그가 기다리던 것은 오지 않았다. '사자 사냥꾼'들의 먹이가 되었을 뿐이고 리비아 힐에서 온갖 험한 욕을 담은 편지가 왔을 뿐이었다. 그런 일을 한 번 겪고 보니 이번에는 모든 것이 두려웠다. 그는 멀리 떠날 결심을 했다. 똑같은 일을 겪고 싶지 않았기 때문이며 최악의 경우에 대비하기 위해 뉴욕에 있지 않겠다고 결심한 것이다.

갑자기 그에게 독일이 생각났다. 그러자 독일이 미칠 듯이 그리워졌다. 그가 본 모든 나라 중에서 미국 다음으로 손을 꼽는 나라가 바로 독일이었다. 독일에 있으면 그는 마음이 편했으며 독일 사람들과는 자연스럽고 본능적인 공감과 이해를 나눌 수 있었다. 다른 그 어느 나라보다도 독일의 신비와 마력에 그는 사로잡혀 있었다. 독일에 벌써 여러 번 가보았지만 언제나 그를 매혹하기는 마찬가지였다. 이제 이렇게 힘들여 작업하고 기운이 소진되다 보니 독일 생각만 해도 영혼이 평화로워졌고 마음이 놓였으며 해방감을 느꼈다.

출간을 2주일 앞둔 3월 어느 날 그는 다시 유럽으로 떠났다. 폭스홀이 선창까지 나와 배웅하며 모든 일이 잘될 것이라고 말해서 그를 안심시켰다.

제30장 검은 메시아

1928년 말부터 이듬해 초까지 머물렀던 이후 처음 방문하는 독일이었다. 그때 그는 맥줏집에서 다른 젊은이들과 격투를 벌여 다치는 바람에 몇 주 동안 병상 신세를 졌었다. 당시 독일은 정치적 격변기에 놓여 있었고 공산당이 놀랄 만큼 부상하고 있었음을 조지는 상기했다.

하지만 이번에는 모든 것이 달랐다. 독일은 변해 있었다.

1933년부터 일어난 변화를 신문에서 보고 조지는 놀랐고 충격을 받았으며 의혹에 빠졌다. 이어서 그는 절망했고 가슴이 내려앉는 것 같았다. 그는 독일에 관한 신문 기사를 빼놓지 않고 읽었다. 어떤 기사는 도저히 믿어지지 않기도 했다. 물론 독일에도 다른 나라와 마찬가지로 무책임한 극단주의자들이 있었다. 그리고 위기 시에는 그들이 돌출해 나오기 마련이다. 하지만 그는 자신이 독일과 독일 국민을 잘 안다고 자부하고 있었으며 그 나라 사태가 과장되어 있고 신문 지상에 묘사되고 있는 만큼 나쁠 리는 없으리라고 생각하고 있었다.

그는 파리에 5주간 머물다가 1936년 5월 초순 독일에 도착했다. 독일행 기차에서 만난 독일 사람들은 그를 안심시켜주기에 충분했다. 그들은 독일 정치와 정부에 더 이상 혼란이나 혼돈은 없으며 국민들은 불안감은 조금도 못 느끼고 모두 행복하다고 조지에게 말했다. 게다가 지금 독일행 기차에 몸을 싣고 있는 조지만큼 순조롭고 행복한 상태에서 외국 땅을 밟는 경우는 거의 없었을 것이다.

바이런은 스물네 살이던 어느 날 아침 잠에서 깨어보니 자신이 유명해졌음을 알았다고 했다. 조지는 바이런보다는 11년을 더 기다려야 했다. 그가 베를린에 도착했을 때는 서른다섯 살이었다. 좀 늦은 나이이긴 했지만 바이런에게 일어났던 기적이 그에게도 일어났다. 실제로는 그가 대단히 유명해진 것이 아닌지도 모른다. 하지만 조지에게는 상관없었다. 그는 생전 처음이자 마지막으로 자신이 유명해졌다고 느꼈다.

그가 파리를 떠나기 전에 폭스홀 에드워즈가 편지를 보냈다.

그의 두 번째 책이 미국에서 대성공을 거두었다는 내용이었다. 그리고 그의 첫 번째 책이 독일에서 1년 전에 번역, 출간되었다는 소식도 전하고 있었다. 독일 비평계가 엄청난 호평을 해서 독일에서 많이 팔렸고 그의 이름이 널리 알려졌다는 소식도 전하고 있었다. 그가 베를린에 도착했을 때 사람들이 그를 기다리고 있었던 것이다.

5월은 그 어느 곳이건 멋진 계절이다. 그해 베를린은 유난히 멋졌다. 가로변, 베를린 중심부의 티에르가르텐 공원, 온갖 큰 정원 안은 물론이고 슈프레 운하를 따라서도 마로니에꽃들이 만발해 있었다. 사람들은 나무 밑을 거닐었고 테라스마다 사람들이 빼곡하게 앉아 있었다. 지난번 독일에 왔을 때는 라인주 (州) 등 남부를 방문했을 뿐이었는데 지금 보니 북부는 더 매력적이었다.

그는 여름 내내 베를린에 머물기로 계획을 세웠다. 직접 와서 보니 자신의 작품에 대해 평론가들이 정말로 어마어마한 칭찬을 늘어놓고 있었다. 어느 비평가는 그를 '위대한 미국의 서사 작가'라고 불렀으며 어떤 비평가는 그것만으로 부족하다는 듯 그를 '미국의 호메로스'라고 칭송했다. 그는 이제 어디서나 자신의 작품을 아는 사람을 만날 수 있었다. 그의 이름은 엄청난 조명을 받아 빛나고 있었다. 그는 유명 인사가 된 것이다. 명성의 여신이 그를 찾아와 자신의 아름다움의 일부를 온통 조지 주변에 쏟아놓았다. 조지는 이제 과거에 그를 괴롭히던 혼란과 피로와 의심과 절망을 느끼지 않고 새로운 밝은 눈으로 세상을 보았다. 그것은 이전과는 또 다른 종류의 날카로운 감각이었다. 그는 마치 인생의 주인이 된 것 같았다.

조지에게는 젊은 시절, 사람들이 모두 자신을 비웃는다고 느꼈던 적이 있었다. 따라서 그는 낯선 사람을 만나기가 늘 두려웠고 어깨에 힘을 잔뜩 줄 수밖에 없었다. 하지만 이제 그는 삶을 강력하게, 그리고 가벼운 마음으로 지배할 수 있는 존재가되었다. 그가 만나서 이야기를 나누는 모든 사람,—웨이터, 택시 기사, 호텔 사환, 엘리베이터 보이, 전차나 기차에서 혹은 길에서 우연히 만난 사람 등 모든 사람이 마치 밝게 빛나는 태양을 반기듯 그를 반겼다. 그를 만나는 남자들 눈에서는 존경과 애정이 깃든 선망의 표정을 읽을 수 있었고 여인들의 눈길에서는 솔직한 애모의 표정을 읽을 수 있었다. 여자들은 마치 명성의 성전에 예배를 드리는 것 같았다. 여자들은 그를 따라다녔다.

조지는 베를린에 머무는 동안 온갖 수많은 모임에 초대를 받았다. 하지만 그는 '사자 사냥꾼'이란 세상 어디나 똑같다는 것을 알았기에 이번에는 아주 신중했다. 그는 여자들에게 약간 친절을 베풀어 자신에게 끌리게 하고는 그녀들이 자기를 낚았다고 생각하는 순간 교묘하게 낚싯바늘에서 빠져나와 그녀들을 당황하게 만들었다. 물론 예외도 있었다. 엘제라는 여인이었다. 그녀는 '사자 사냥꾼'에 속하는 여자가 아니었다. 어느 파티에서 만난 둘은 한눈에 서로에게 끌렸다. 그녀는 서른 살의 미망인이었고 금발의 키가 큰 미녀였다. 그는 그녀와 열정적인 사랑을 나누었다. 그리고 그는 행복했다. 이제 쓰리고 힘들었던 날은 지나가고 행복한 날이 왔다는 느낌에 사로잡혀 지내는 나날들이었다.

당시는 올림픽이 열리는 기간이었다. 조지는 거의 매일 엘제와 만나 경기장으로 갔다. 조지는 경기장으로 갈 때마다 독일 민족의 천재적 조직력이 무시무시할 정도로 과시되고 있는 모습을 매일 두 눈으로 볼 수 있었다. 역사상 전례도 없는 일이었고 어느 나라도 흉내 낼 수 없는 모습이었다. 모든 게 너무 압도적으로 화려해서 짓눌리는 느낌이 들 정도였다. 그 안에 무슨 불길한 징조가 숨어 있는 것만 같았다. 나라 전체가 한 가지 목표로 엄청나게 집중되어 있는 것 같았고 거대한 집단적인 힘이 질서 있게 작용하고 움직이는 것 같았다. 무엇보다 올림픽 대회로서 요구되는 것 이상으로 지나치게 조직적이었고, 바로 그 사실이 대회 자체를 더 불길하게 만들었다. 전례가 없을 정도로 완벽한 경기장들도, 프로그램에 따라 질서 있게 움직이는 관중들도 마찬가지였다. 뉴욕이었다면 교통 혼잡 등 대혼란에 빠졌음에 분명할 관중들도 질서정연하게 통제되었고 일사불란하게 움직였다.

베를린이라는 도시 자체가 올림픽 경기의 부속 건물 같았고 아침부터 온종일 경기장에 가락을 맞추고 정신을 집중하는 거대한 귀가 되었다. 베를린 전역의 공기는 단 하나의 목소리로 채워졌다. 거리의 푸른 나무들도 일제히 말을 하기 시작했다. 가지 안에 숨겨진 확성기를 통해 경기장 아나운서는 시 전체를 상대로 말을 걸었다.

조지와 엘제는 거의 매일 만났지만 나치에 관한 이야기, 정치에 관한 이야기는 한마디도 나누지 않았다. 그것은 둘 사이에 금기였으며 불문율이었다. 그러는 동안 조지에게는 몇몇 믿을 수 없는 소문이 들리기 시작했다. 그동안 친해진 친구에게 만찬 석상이나 파티에서 조지가 독일과 독일 국민을 자신이 정말로 좋아한다고 말하면 그는 조지를 한옆으로 데리고 가서 주위를 조심스럽게 살핀 후에—물론 얼큰히 취했을 때였다—이렇게 속삭였다.

"자네 이런 이야기 못 들었어……? 또 이런 이야기는……?"

조지는 그들이 조심스럽게 속삭이는 그런 불미스러운 일들을 한 번도 직접 목격하지 못했다. 그는 누군가가 구타당하는 것을 보지 못했다. 누군가 아는 사람이 투옥되거나 처형되는 것을 보지 못했다. 그는 누군가 집단 수용소로 끌려가는 것을 보지 못했다. 그 어느 곳에서도 잔인하고 혐오스러운 물리적 공권력이 공공연히 행사되는 것을 보지 못했다.

어디에 가든 갈색 제복을 입은 사람들, 검은 제복의 사람들, 연초록 제복을 입은 사람들이 눈에 띄는 것은 사실이었다. 거리 어느 곳에서나 가죽 장화 저벅거리는 소리가 끊이지 않았고 나팔 소리와 피리 소리가 들리는 것이 사실이었으며 젊은이들을 가득 실은 군용 트럭이 자주 눈에 띄는 것도 사실이었다. 하지만 조지는 자신의 성공에 대한 기쁨에 가득 차 있었고 엘제를 향한 행복한 감정에 젖어 있었기에 그 모습이 별로 좋게 보이지는 않았더라도 그렇다고 별로 불길하거나 나쁘게만 보이지는 않았다.

그런데 무슨 일인가가 일어났다. 갑자기 일어난 일이 아니었다. 그 일은 마치 구름이 모이듯이, 안개가 끼듯이, 비가 내리기 시작하듯이 천천히, 은밀하게 일어났다.

어느 친구가 조지를 위해 파티를 열어주겠다며 누구 함께 초청하고 싶은 사람이 없느냐고 조지에게 물었다. 조지가 한 친구 이름을 댔다. 그러자 파티를 주최한 사람이 잠시 말없이 난처한 표정을 지었다. 조지가 언급한 친구는 어느 출판사의 편집장이었다. 주인은 그 출판사가 탄압 대상이라며 그 탄압을 주도했던 사람이 파티에 초대되었다고, 그러니 그 사람은 초대하지 않는 것이 낫겠다고 말했다.

조지는 다른 사람의 이름을 댔다. 조지가 뮌헨에서 전에 만난 적이 있으며 지금은 베를린에 살고 있는 프란츠 하일리히라는 친구였다. 조지는 그 친구를 무척 좋아했고 둘은 친했다. 파티 주인은 난처한 표정을 짓더니 자기도 아는 사람이다, 그 사람은 파티에 초대를 받아도 오지 않을 사람이니 초대하지 않는 게 좋겠다, 라고 말했다.

조지는 이번에는 엘제의 이름을 댔다. 하지만 반응은 마찬가지였다. 주인은 모든 사람이 아는 사람들이 모인 파티라야 즐거운 파티가 될 수 있다며 역시 난색을 표했다. 조지는 어리둥절할 수밖에 없었다.

그뿐 아니었다. 조지를 좋아하는 어느 친구가 그에게 어느 날 은밀하게 말했다.

"며칠 후에 어떤 사람으로부터 전화를 받게 될 거야. 할 이야기가 있다며 자네를 만나고 싶다고 할 거야. 하지만 적당한 핑계를 대고 만나지 않는 게 좋을걸."

조지는 그 사람이 누구며, 왜 자기를 만나자고 하는지, 또 왜 그를 피해야 하는지 친구에게 물었다. 친구는 즉각적인 대답은 피했다. 그러나 조지가 거듭 재촉하자 신중하게 말했다.

"내 말 잘 듣게. 그는 ***야. 정부의 고관이지. 그 사람을 멀리하게. 자네를 위해서 하는 소리야." 그는 어떻게 말해야 할지 모르겠다는 듯 잠시 말을 멈추었다. 이윽고 그가 다시 입을 열었다. "자네 로엠 대위 이야기 들은 적 있나? 그에게 무슨 일이 일어났는지 알고 있나?" 조지는 고개를 끄덕였다. 그러자 친구가 불안한 목소리로 말을 이었다. "총살까지는 당하지 않았더라도 숙청당한 친구들이 그 외에도 많아. 자네를 보자고 하는 놈은 정말로 나쁜 놈이야. 우리가 뭐라고 부르는지 아나? '어둠의 왕자'라고 불러."

조지는 이 사실을 어떻게 받아들여야 할지 알 수 없었다. 그는 그 수수께끼를 풀려고 애썼지만 풀 수 없었다. 그는 아예 그 사실을 생각조차 하지 않기로 했다. 그런데 정말로 며칠 후 그 고관에게서 전화가 와서 만나자고 청했다. 조지는 적당한 구실을 만들어 그 사람과 만나는 것을 피했다.

이 당혹스러운 두 가지 경험에는 분명히 희극적인 요소와 멜로드라마적인 요소가 들어 있었다. 하지만 표면적으로만 희극적이고 멜로드라마적일 뿐이었다. 조지는 그 일들 밑에 깔린 비극을 깨닫기 시작했다. 그 비극은 단순히 정치적인 것이 아니었다. 그것은 정치니 민족적 편견보다 더 불길했고 더 뿌리가 깊었으며 더 사악했다. 조지는 생전 처음으로 이전에 결코 경험하지 못했던 공포를 느꼈다. 그에 비하면 미국에서의 폭력과 격정, 갱단의 서약, 돌발적인 살인, 미국 사업계와 공무원들 사이에서 횡행하고 있는 독직(瀆職)과 부패 같은 건 오히려 결백하고 순진해 보일 정도였다. 조지는 독일 땅에서 벌어지고 있는 일에서, 한 위대한 국민이 무시무시한 영혼의 병을 앓으면서 정신적으로 상처 입고 절망적으로 병상에 누워 있는 모습을 보았다. 이제 그는 이 나라 전체가 전염병과도 같은 공포, 인간 사회에, 아니 인간의 마음속에 늘 존재해 왔고 영원히 존재하는 그 공포에 오염되어 있음을 깨달았다. 그것은 일종의 서서히 진행되는 마비 증상과 같았으며 모든 인간관계를 비틀고 황폐화시키는 것이었다. 끊임없이 수치스럽게 그 무언가를 강요하고 압박하면서 국민 전체가 식은땀 흐르는 악성 비밀주의에 빠져들어 침묵을 지켰다. 그리고 스스로 자신 내부의 독을 증류하면서 정신적으로 부패해 갔다. 그 병에는 의사도 없었고 약도 없었다.

그런 식으로 몇 주, 몇 달이 흘렀고 여름이 지나갔다. 조지는 이제 자기 곁 어디서나 영혼이 분해되고 난파되는 모습을 볼 수 있었다. 탄압, 박해, 공포에서 나온 독극물들이 대기에 충만해서 독기를 내뿜었으며 마치 전염병에 오염된 증기(蒸氣)처럼 조지가 만나는 모든 사람의 삶을 오염시키고 병들게 하고 황폐화시켰다. 그것은 정신적인 질병, 마치 죽음처럼 눈에 보이지는 않지만 너무나도 분명한 그런 질병이었다. 조지가 온통 황금빛 노래에 취해 있던 그해 여름, 그 질병은 조금씩 조금씩 조지 속으로 스며들어 마침내 조지 자신이 그것을 느끼고, 그것을 호흡하고, 그것을 살고, 있는 그대로의 그 실상을 알게 된 것이다.

제31장 한 명의 큰 바보

조지가 이제 독일을 떠날 때가 되었다. 그는 어서 떠나야 한다는 것을 알고 있었지만 차일피일 미루고 있었다. 그는 두 번이나 미국으로 돌아갈 배편을 예약하고 출발 준비를 완료했다가 정작 날짜가 다가오자 취소했다.

그는 독일을 떠난다는 사실 자체가 싫었다. 그가 그토록 사랑하는 이 땅에 다시는 올 수 없을 것 같았기 때문이었다. 그리고 엘제……. 어느 이국 하늘 아래에서 그녀를 다시 만나리라고 기약할 수 있겠는가? 그녀의 뿌리는 바로 이곳이고 자신의 뿌리는 다른 곳이다. 아마 이것이 마지막 작별이 되리라.

그는 그렇게 미루고 미루다가 9월 중순경 베를린을 떠나기로 굳게 결심하고 표를 예약했다. 두려운 순간을 연기하다 보면 오히려 그 순간이 더욱 고통스러워질 뿐이다. 이 이상 더 연기하는 것은 정말 바보 같은 짓이 될 것이다. 이번에는 정말 떠나리라. 게다가 출국 절차가 까다롭기 그지없었다. 출국 시 자신이 소지할 현금을 미리 신고해서 확인을 받아야 했다. 허가받을 수 있는 액수는 아주 작았다. 신고한 금액 이상의 돈을 소지했다가는 국경 근처에서 경찰에게 압수당하게 되어 있었다. 그리고 무엇보다 자신이 유대인이 아니라는 것을 분명히 증명해야만 했다. 세 번이나 그 절차를 겨우 밟았는데 또다시 취소할 수는 없었다.

드디어 운명의 날 아침이 밝아왔다.

침대 옆 전화벨이 얌전히 울렸다. 멍한 기분으로 그는 전화기를 들었다. 아침에 일찍 일어나야 한다는 것을 알면서도 어제 밤늦게야 잠을 이룬 것이다. 수위였다. 낮고 조용한 수위의 목소리에서 묘한 권위가 느껴졌다.

"일곱 시입니다." 수위가 말했다.

"알았습니다." 조지가 대답했다. "고맙소. 일어났어요."

조지는 자리에서 일어났다. 기차는 8시 반에 도착할 것이며 역까지는 택시로 3분 거리였다. 기차를 타고 벨기에로 가서 그곳에서 파리행 기차로 갈아탄 다음, 파리에서 배로 뉴욕으로 가는 여정이었다. 그는 면도한 다음 옷을 입고 짐을 꾸렸다. 준비가 완료되었을 때는 7시 20분이었다.

준비를 끝낸 조지가 수위를 부르기 위해 벨을 눌렀을 때 프란츠 하일리히가 방으로 들어왔다. 앞서 말했듯 뮌헨 시절부터 친하게 지내던 놀라울 정도로 뛰어난 친구였다. 조지는 그 친구를 무척이나 좋아했다. 그는 지금 베를린의 어느 공립 도서관에서 일하고 있었다. 말하자면 공무원이었으며 비록 느리긴 하더라도 세월이 흐르면 착실하게 승진할 수 있는 자리였다. 물론 수입은 적고 생활은 보통 이하였다. 하지만 그는 그런 것은 전혀 개의치 않았다. 그는 12개국 언어에 능통한 학자였다. 조지가 보기에 하일리히는 그가 이제까지 만난 사람 중에 가장 박식했다.

방으로 들어온 하일리히가 조지에게 말했다.

"준비됐나? 정말 떠날 건가?"

조지가 고개를 끄덕이며 말했다.

"응, 준비 다 됐어. 그래, 자네 기분은 어떤가, 프란츠?"

하일리히가 웃음을 터뜨리며 안경을 벗고 닦기 시작했다. 안경을 벗으니 피곤한 모습이 더욱 분명하게 드러났다.

"제길!" 그는 필사적으로 유쾌한 표정을 지으며 대답했다. "완벽하게 개떡이지! 솔직히 말하지만…… 정말 지옥에 있는 기분이야. 이놈의 제3 제국에서 우리는 모두 행복해. 모든 게 너무 훌륭하고 건강하고, 완벽하지. 제길! 그래서 정말 개똥이야! 잠을 잘 수가 없어."

이어서 하일리히는 완벽을 기한답시고 세세한 것까지 일일이 규제하는 지금의 법이라는 게 그 얼마나 허점투성이이며 현실과 유리된 것인지, 얼마나 삶을 불편하게 하는지 몇 가지 예를 들어 불평을 늘어놓았다. 조지는 하일리히의 불평이 단순한 불평이 아닌 것처럼 여겼다. 그것은 하일리히도 이곳 이 시대의 병을 함께 앓고 있다는 신호였고, 그 병에서 벗어나고 싶은 몸부림이기도 했다. 조지는 그에게 아무 말도 해줄 수 없었다.

그들이 이야기를 나누는 사이 수위가 안으로 들어와 지시를 기다리고 있었다. 그는 조지에게 트렁크에 모든 물건을 챙겨 넣었느냐고 물었다. 조지가 그렇다고 대답하자 수위는 트렁크를 닫고 자물쇠를 채웠다. 수위는 트렁크와 가죽 가방을 들고 나가며 밑에서 기다리겠다고 말했다.

조지가 시계를 보니 기차가 도착하려면 아직 45분이 남아 있었다. 조지는 하일리히에게 당장 역으로 갈지, 아니면 호텔에서 기다리다 가는 게 나을지 물었다.

"여기서 기다리지." 하일리히가 말했다. "그게 나을 것 같아. 여기서 30분 정도 더 있다가 나가도 충분할 거야."

그가 조지에게 담배를 권하고 불을 붙여 주었다. 이어서 조지는 탁자 앞에 하일리히는 벽에 기대어 놓은 소파에 앉았다. 둘은 잠시 말없이 담배만 피웠다.

이윽고 하일리히가 조용히 말했다.

"이제 작별이로군. 이번에는 정말 떠나는 건가?"

"그렇다네, 프란츠. 이번에는 정말 가야 해. 벌써 두 번이나 배를 놓쳤어. 또 놓칠 수는 없어."

그들은 다시 담배를 빨았다. 하일리히가 갑자기 걱정스러운 표정으로 진지하게 말했다.

"진심을 말할까? 난 섭섭해."

"나도 그렇다네, 프란츠."

그들은 다시 담배를 피웠다. 어색한 침묵이 흘렀다.

"물론 자네는 다시 돌아올 테지." 하일리히가 말했다. "그래, 돌아와야 해. 우리는 자네를 좋아해. 자네를 사랑한다는 걸 자네도 알지?"

조지는 가슴이 북받쳐서 아무 말도 할 수 없었다. 그러자 하일리히가 조지를 바라보며 빠르게 다시 말했다.

"자네 이곳이 좋은가? 우리를 좋아해?" 그는 자신의 질문에 스스로 답했다. "물론 좋아하겠지!"

"물론이지." 조지가 말했다.

"그렇다면 다시 돌아와야 해." 하일리히가 나지막이 말했다. "자네가 돌아오지 않는다면 끔찍할 거야." 그는 조지의 마음을 살피려는 듯 조지를 바라보았다. 하지만 조지는 아무 말도 하지 않았다. 그러자 하일리히가 다시 말했다.

"우리가 다시 만날 수 있기를 바라."

"나도 마찬가지야, 프란츠."

"하지만 그렇게 되리라고 확신할 수가 없어." 하일리히가 조용히 말했다. "내가 여기 없을지도 모르거든."

"자네가!" 조지가 농담 말라는 듯 웃었다. "그런 이야기는 왜 하는 건가? 자네는 다른 곳에서는 행복할 수 없는 사람이야. 게다가 자네에게는 자네의 일이 있어. 자네가 늘 원하던 일이고 지금 그 일을 하고 있지 않은가? 장래도 보장되는 자리 아닌가? 자네 윗사람들이 죽거나 은퇴할 때까지 버티고 있으면 승진도 보장되는 자리 아닌가? 자네는 언제까지나 이곳에 있을 거야!"

"그게 그렇게 확실하지 않아." 하일리히가 담배를 끄면서 말했다. 이어서 그는 좀 망설이듯 말을 이었다. "이곳에 바보들이 있지 않은가! 그 어리석은 놈들이!" 그는 담배를 재떨이에 비비면서 분연히 말했다. "나 자신 때문에 그러는 게 아니야. 나 따위는 어떻게 되어도 상관없어! 나는 내 작은 삶, 내 작은 직업, 내 작은 여자, 내 작은 방을 이제껏 갖고 있었고 지금도 갖고 있어. 그놈들! 그 어리석은 놈들!" 그는 고함쳤다. "나는 그 놈들을 눈여겨보지두 않아! 아니, 아예 눈길도 주지 않아. 그러니까 괴로울 것도 없어!" 소리를 지르는 동안 그의 얼굴이 이상하게 일그러졌다. 그가 계속 말했다. "나는 잘 지낼 수 있어! 제길, 놈들이 나를 추방해도 아무 상관 없어! 다른 곳으로 가면 되지 뭐! 영국이건 스웨덴이건 갈 수 있어. 놈들이 내 자리나 내 여자를 빼앗아도 말이야!" 그는 조롱하듯 말하면서 초조한 듯 손을 흔들었다. "그런 건 상관없어. 나는 잘 지낼 거야. 놈들이, 그 바보 같은 놈들이 내 목숨을 빼앗더라도 별로 무서울 것 없어. 어때, 조지, 자네는 그렇게 생각하지 않나?"

조지는 하일리히가 왜 그렇게 극단적인 말을 하는지 영문을 알 수 없었지만 솔직하게 대답했다.

"아니, 난 무서울 것 같아, 프란츠. 나는 죽고 싶지 않거든."

"그래, 조지." 하일리히가 조용히 말했다. "자네는 입장이 다르니까. 자네는 미국인이니까. 하지만 우리는 달라. 나는 뮌헨에서도, 빈에서도 사람들이 총살당하는 걸 봤어. 별로 대단하다고는 생각하지 않아." 하일리히는 다시 한번 탐색하듯 조지를 바라보았다. "그래, 별거 아니야."

"아니, 무슨 바보 같은 소리를 하는 건가?" 조지가 말했다. "아무도 자네에게 총을 들이대지 않아. 아무도 자네 일자리와 여자를 빼앗아 가지 않아. 이보게, 자네 일자리는 안전해. 정치와는 아무런 상관없는 자리이지 않은가. 게다가 자네처럼 뛰어난 학자를 어디서 다시 구한단 말인가. 자네는 그들에게 꼭 필요한 사람이야."

프란츠는 냉소를 띠며 어깨를 으쓱했다.

"글쎄, 알 수 없는 일이지. 꼭 그래야만 한다면 아무나 대신할 수 있게 될 테니까. 그리고 꼭 그래야만 하는 일이 벌어질지도 몰라."

"꼭 그래야만 한다고? 프란츠, 그게 도대체 무슨 말인가?"

하일리히는 잠시 말이 없었다. 얼마 뒤 그가 불쑥 말했다.

"자네에게 해줄 말이 있어. 작년에 여기서 그 바보 같은 놈들이 무서운 짓을 저질렀어. 유대인들의 직장을 모두 빼앗고 아무 일도 할 수 없게 만들었어. 그자들, 제복을 입은 자들이 직장마다 돌아다니며 뭐라고 했는지 아나?" 그의 표정이 경멸조로 바뀌었다. "모든 사람이 아리안족이 아니면 안 된다는 거야. 1820년 이래 계속 순수 아리안족 혈통을 유지하고 있는 푸른 눈의 키 큰 사내가 아니면 안 된다는 거야. 조금이라도 유대인 피가 섞여 있으면 가련한 신세가 됐지. 더 이상 독일 정신이 아니라는 거야."

그는 잠시 말을 멈추고 담배에 불을 붙였다. 그는 담배를 뻘아들이면서 말을 이었다.

"작년부터 그 큰 바보들이 내 주변을 어슬렁거리기 시작했다네. 내가 누구인지, 어디 출신인지, 출생은 제대로 되어 있는지 조사하기 시작한 거야. 내가 아리안족이라는 걸 증명하라는 거야. 그러지 못하면 도서관에서 물러나야 한다는 거였어."

"아니, 그게 무슨 말인가, 프란츠!" 조지가 소리치며 아연한 얼굴로 하일리히를 바라보았다. "자네는 유대인이 아니잖은가? 맞지?"

"절대로 아니지." 하일리히는 자포자기와 즐거움이 교차하는 묘한 표정으로 말했다. "이보게, 나는 염병할 독일인이야! 영락없는 독일인이지."

"아니, 그렇다면……." 조지가 당황해서 물었다. "도대체 뭐가 문제라는 건가? 그들이 왜 자네를 괴롭히는 건가? 자네가 독일인이라면 걱정할 게 뭐 있나?"

하일리히는 잠시 말이 없다가 이마에 주름살을 지으며 말했다. "그래, 말해주지. 나는 완벽한 독일인이야. 그건 진실이야. 다만 불쌍한 우리 어머니가,—나는 어머니를 정말 사랑한다네. 정말이야—우리 어머니가…… 정말이지!"

그는 입을 닫은 채 웃음을 흘렸다. 얼굴에 비통하면서도 재미있다는 듯한 표정이 떠올라 있었다.

"제길! 어머니는 너무 어리석었어! 불쌍한 분. 아버지를 정말 사랑하셨지. 정말로…… 너무 사랑하기에 구태여 결혼 절차를 밟으려 하지 않으셨어. 그래서 놈들이 내게 와서 이러쿵저러쿵 캐묻는 거야. '당신 아버지는 어디 있냐!'라면서…… 물론 나는 놈들에게 대답해줄 수 없었지. 제길, 나는 사생아니까 말이야." 그는 큰 소리로 외쳤다. 그는 눈을 가늘게 떴으며 입가에 쓴 웃음을 지었다. "모든 게 정말 어처구니없고, 지독하게 웃기는 일이지!"

"하지만 프란츠, 자네는 자네 부친이 어디 계신지 알고 있지 않아? 부친 이름은 들어보았지?"

"물론이지! 그래서 더 웃긴다 이거야."

"부친을 안다 이건가? 살아계신가?"

"그럼. 베를린에 살고 있지." 하일리히가 대답했다.

"부친을 만난 적이 있나?"

"그럼, 매주 만나. 우리는 아주 친해."

"아니, 그렇다면 뭐가 문제란 말인가? 자네가 사생아라고 자네 자리를 빼앗을 리가 있나. 자네나 자네 부친에게는 좀 난처한 일이겠지만 말일세. 그 이야기를 그들에게 못할 이유가 없지 않은가? 설명해주면 될 것 아닌가? 부친이 거들어주면 될 것 아닌가? 어쨌든 자네가 독일인이라는 건 밝혀질 것 아닌가?"

"물론 이 일을 아버지에게 다 밝히면 아버지가 도와주시겠지. 하지만 문제는 내가 말할 수 없다는 사실에 있어." 그가 조용히 말했다. "아버지와 나는 너무 가까운 사이야. 그래서 오히려 아버지는 자신의 사생활 같은 것에 대해서는 내게 한마디도 하지 않아. 어머니와의 관계 같은 이야기 말이야. 그래서 나도 그런 걸 말하고 싶지 않아. 내가 곤란한 처지에 있다는 걸 털어놓고 도움을 구하고 싶지 않아. 아버지를 이용하는 것처럼 보이고 싶지 않아. 그러면 둘 사이의 모든 관계는 망가지는 거야."

조지는 하일리히의 논리가 이해가 되는 듯하면서도 납득할 수 없었다. 그가 다시 물었다.

"이곳 사람들이 자네 부친을 알고 있나? 자네가 그 이름을 대면 사람들이 누군지 아는 사람인가?"

"물론이지!" 하일리히가 목청을 높였다. "그래서 상황이 더 끔찍한 거야. 오싹할 정도로 재미있는 거야. 아버지 이름을 대면 대번에 알지! 그 양반이 나의 아버지라고 말하면 놈들이 나를 독일인이 아니라 유대인이라며 당장 내동댕이칠걸."

하일리히는 숨이 막히는 듯 코를 훌쩍거리며 잠시 입을 다물더니 비통하면서도 비웃음이 섞인 어조로 말을 이었다.

"아버지는 고결한 독일인이고 나치당의 거물이거든! 당에서도 가장 중요한 인물이거든!"

조지는 잠시 친구의 모습을 바라보았다. 그는 하일리히에게 아무 말도 해줄 수 없었다. 하일리히라는 이름은 역설적이게도 '신성한 자'라는 뜻이었다. 심금을 울리는 야릇한 그의 내력에 대해 듣고 보니 조금은 수수께끼 같던 평상시 그의 모습이 충분히 이해가 되었다. 그가 모든 일과 모든 사람에 대해 점점 더 신랄하고 경멸적인 태도를 보이는 까닭, 그가 자주 권태와 체념의 모습을 보이는 까닭, 거의 항상 얼굴을 찡그리면서 미소를 짓는 이유, 유머에 늘 날카로움이 감도는 이유를 이해할 수 있었다. 그런 가운데도 그는 순수함을 유지하고 있었다. 하지만 그 순수함은 일종의 비통한 순수함이었다.

"유감이네, 프란츠." 마침내 조지가 입을 열었다. "정말 유감이야. 정말 몰랐어."

하일리히가 무심한 투로 대답했다.

"아냐, 별 상관없어. 정말 상관없어. 그리고 잘될 거야. 유능한 변호사를 고용했거든. 내 처지에 걸맞은 부모를 만들어줄 거야. 놈들이 그걸 안 믿으면 실직하겠지. 하지만 상관없어. 외국으로 가버리면 그만이니까. 어쨌든 정말 지독한 놈들이야." 그는 깊은 혐오감을 드러내며 말했다. "조지, 언젠가 신랄한 책을 써야 하네. 이놈들이 얼마나 끔찍한 놈들인지 온 세상 사람에게 알려야 해. 나는 재주가 없어서 책을 쓸 수 없어. 다른 사람이 쓴 책을 평가하고 감상할 줄만 알아. 이 끔찍한 자식들에게 자신의 정체를 똑바로 볼 수 있게 해 줘."

그는 갑자기 개구쟁이 같은 웃음을 띠면서 말을 이었다.

"이보게, 조지, 난 가끔 공상에 잠기곤 한다네. 기관총을 들고 다니는 공상이야. 그리고 거리나 식당에서 놈들을 만나면 드르륵 갈겨버리는 거야." 그는 어린아이 같은 표정으로 기관총 방아쇠 당기는 시늉을 했다. 이어서 그는 황홀해서 소리쳤다.

"이 기관총으로 그 바보 같은 놈들을 다 해치울 수만 있다면! 하지만 나는 그럴 수 없어. 내 기관총은 그저 공상 속의 기관총일 뿐이니까. 하지만 자네는 달라. 자네에게는 진짜로 사용할 수 있는 기관총이 있어. 자네는 그 총을 사용해야 해." 그의 목소리가 진지해졌다. "자네, 언젠가 아주 신랄한 책을 써야 해. 이 바보 같은 놈들에게 자신들이 지금 어디 속해있는지 알려 줘야 해. 다만……." 그는 조지를 응시하며 재빨리 덧붙였다. "지금 당장 쓰지는 마. 쓰더라도 지금 이곳 사람들을 자극하는 내용은 담지 마."

"무슨 내용을 말하는 건가, 프란츠?"

"그러니까……." 그가 목소리를 낮추며 흘낏 문으로 눈길을 주었다. "정치 이야기, 당 이야기 말일세. 단 한 줄도 쓰면 안 돼. 자네를 공격하게 만들 내용을 쓰면 안 돼. 만일 그렇게 되면 끔찍한 일이 벌어질 거야."

"내가 그런 것에 대해 언급한다고 해서 그 사람들이 신경이 나 쓸까? 더욱이 난 미국인이 아닌가?"

"모르는 소리. 자네는 이곳에서 이미 명성이 자자해. 아주 큰 존재야. 그 멍청이 녀석들 사이에서 그렇다는 게 아니라 일반 국민 사이에서 그렇다는 말이야. 그런데 자네가 그런 내용을 담은 책을 쓰면 당장 금서 목록에 올라갈 거야. 자네를 좋아하는 사람들이 자네 작품을 못 읽게 된다 이거지. 그건 억울한 일이야. 우리는 자네 작품이 우리 곁에 있기를 원해. 자네도 들었겠지만 자네를 '미국의 호메로스' '미국의 대서사 작가'라고 말하는 사람들도 있어. 지나는 길에 말하네만 자네 책은 번역도 정말 잘 돼 있어. 번역물이 아니라 원래 독일어로 쓰인 작품 같아. 암튼, 자네 책은 미국에서보다 이곳에서 더 인기가 있으니까, 놈들 눈 밖에 나는 책을 써서 판매 금지가 되면 자네도 손해고 우리도 손해야."

조지는 잠시 허공을 바라보더니 입을 열었다.

"누구나 자기가 써야 하는 것을 써야 하는 법이라네. 누구나 자신이 해야 할 일을 해야만 하는 거야."

"그러니까 자네가 정치나 이 멍청한 놈들에 대해서 써야만 하겠다고 느낀다면……."

"그리고, 삶과 사람들에 대해서도……." 조지가 도중에 말을 끊었다.

"그래, 쓰겠다 이거지?"

"쓸 거야."

"그 때문에 손해를 입어도? 자네 책이 판금이 되더라도? 자네 책을 우리가 못 읽게 되더라도?"

"그래, 쓸 거야, 프란츠."

하일리히는 잠시 침묵을 지켰다. 이어서 그가 주저주저하면서 말했다.

"자네가 그런 것을 써서 이 나라 입국이 금지되어도?"

이번에는 조지가 침묵을 지켰다. 생각할 것이 많았다. 하지만 마침내 그가 말했다.

"그래, 그런 일이 벌어지더라도 쓸 거야."

하일리히가 참을 수 없다는 듯 화를 내며 몸을 일으켰다. 그가 거친 목소리로 말했다.

"그렇다면 자네는 바보야! 큰 바보!" 그는 담배를 물고 방 안을 서성거렸다. 그가 말을 이었다.

"스스로 자신을 망치는 일을 하겠다 이거지? 이 나라에 다시 오지 못할 걸 뻔히 알면서도 쓰겠다 이거지? 이 나라를 그토록 사랑하면서! 길에서 자네를 만나면 반가워하는 사람들, 자네가 그토록 사랑하는 사람들을 영영 못 보게 될 줄 뻔히 알면서! 자네는 정치인도 아니고 정치 평론가도 아니잖은가! 자네는 뉴욕에서 기승을 부리고 있는 그 망할 놈의 공산주의자도 아니잖은가 말일세. 자넨 작가 아닌가?"

"자네 말이 맞아. 나는 작가야. 그러니까 써야 하는 거야. 내가 이 세상과 사람들에 대해 쓰다가 당과 갈등을 일으킬 수밖에 없는 글이 되더라도 써야 해. 그들과 갈등을 일으키지 않으려고 하고 싶은 말, 해야만 할 말을 못 하는 거, 그게 더 정치적이야."

"자네는 정말 큰 바보로군. 더 이상 왈가왈부하지 않겠네. 하지만 한마디만 더 할게. 자네, 지금 이곳 상황이 정말로 나쁘다고 생각하지? 니치당과 그 이리석은 자들의 진흙은 정말 두고 볼 수 없을 정도지? 미국처럼 그들을 견제할 당이 하나 있었으면 하지?" 하일리히는 대답을 기다리지 않고 말을 이었다. "하지만 잘못 생각하는 거야. 여기는 물론 아주 잘못되고 있어. 하지만 미국도 곧 여기보다 나을 게 없게 될걸. 그런 어리석은 자들은 어디에나 존재하기 때문이야. 미국만 아니라 다른 나라도 마찬가지야. 다만 그 방법만 다를 뿐이지."

하일리히는 갑자기 말을 끊고 조지를 유심히 바라보았다. 그가 다시 진지한 표정으로 입을 열었다.

"자네는 미국에 자유가 있다고 생각하지? 그렇지 않은가?" 그가 고개를 가로젓더니 말을 이었다. "나는 그렇게 생각하지 않아. 자유로운 자들은 그 무시무시한 자들뿐이야. 이 나라에서 그자들은 사람들에게 어떤 책을 읽어라, 어떤 책은 읽지 말아라, 어떤 것을 믿어라, 아주 자유롭게 말해. 미국에서도 마찬가지일 거라고 나는 생각해. 미국도 그렇게 사람들의 행동과 생각과 믿음을 좌지우지하는 자들이 있어. 사람들은 그들이 느끼는 대로 느껴야 하고 그들이 원하는 것을 말해야 해. 안 그러면 그를 죽일 거야. 다만 이곳에는 그들이 자신들의 생각을 강제할 힘을 갖고 있는 데 반해 미국에서는 아직 그런 힘을 갖고 있지 못하다는 점만이 다를 뿐이야. 하지만 두고 봐. 미국에서도 그런 작자들이 그런 힘을 갖게 될 날이 올 거야. 우리 독일이 그 방법을 가르쳐줬어. 그런 때가 오면 아마 자네는 뉴욕보다 여기가 더 자유로울걸. 미국에서보다 이곳에서 더 명성을 얻고 있으니까. 역설일지 모르지만 자네는 지금도 여기서 더 자유롭게 글을 쓸 수 있을걸. 나치당에 공공연히 반대하고 그들을 비난하는 글만 쓰지 않는다면 말일세. 왜 그런지 알아? 나치는 정직하니까. 사람들이 그들을 나치라고 부르고, 그들은 정체를 숨기지 않으니까. 하지만 미국은 달라. 뉴욕에 있는 놈들은 '나치당'이라는 명칭보다 훨씬 듣기 좋은 이름을 내걸고 있어. 그들은 살롱 공산주의, 혁명의 딸, 재향 군인회, 사업가, 상공 회의소 등등의 이름을 내걸고 있어. 이름이야 제각각이지만 다 마찬가지로 하나인 셈이야. 나는 그들도 나치라고 생각해. 그렇게 피를 좋아하고 피를 흘리는 놈들은 어디에건 있어. 그들은 자네 편이 아니고, 자네는 그들의 선전원이 아니야."

다시 침묵이 흘렀다. 하일리히는 조지가 무슨 말이라도 하기를 기다렸다. 하지만 그는 아무 말이 없었다. 담배를 피우며 방 안을 서성이던 하일리히가 담배를 재떨이에 비벼 끄며 마침내 말했다. 슬픈 어조였다.

"그래, 자네는 자네가 해야 할 일을 해야 해. 하지만 자네는 하나의 큰 바보야."

하일리히는 시계를 들여다보고는 조지의 팔을 잡았다.

"자, 이제 떠날 시간이 되었군."

조지가 몸을 일으켰다. 잠시 그들은 서로의 얼굴을 마주 보며 서 있었다. 이어서 그들은 서로의 손을 굳게 부여잡았다.

"잘 있게, 프란츠." 조지가 말했다.

"잘 가게, 조지." 하일리히가 조용히 말했다. "자네가 너무 그리울 거야."

"나도 마찬가지일세." 조지가 대답했다.

두 사람은 밖으로 나갔다.

조지는 그렇게 독일 땅을 떠났다. 그는 이 나라가 품고 있는 경이로움을 알았고 진실과 마법을 알았으며 슬픔과 고독과 고통을 알았다. 이 나라 안의 사랑을 알았고 생전 처음으로 빛나는, 매혹적인 명예의 세례를 받았다. 따라서 독일은 그에게 이국땅이 아니었다. 그곳은 그의 마음의 고향의 한 부분이었으며 은밀한 욕망을 부추기는 곳이었고 성취감을 느끼게 해주는 마술적인 곳이었다. 그곳은 그의 핏속에서 언제나 타오르고 있던, 잃어버린 헬레나(스파르타 왕 메넬라우스의 왕비; 트로이의 왕자 파리스에게 납치되어 트로이 전쟁의 발단이 됨-옮긴이 주)였으며 되찾은 헬레나였다.

그런데 이제 그는 그렇게 되찾은 헬레나를 잃은 것이다. 그리고 그는 값을 매길 수 없을 정도로 소중한 것을 잃었음을 알았다. 전에는 결코 맛보지 못한 상실감이었다. 그에게 영원히 닫힌 길, 돌아갈 수 없는 길이 되었기 때문이었다. 그는 그곳에서 나왔다. 그곳에서 나오면서 그는 이제 다른 길을, 자기 앞에 놓인 새로운 길을 찾기 시작했다. 그는 이제 '그대 다시는 고향에 가지 못하리'라는 것을, 영원히 가지 못하리라는 것을 알았다. 되돌아갈 길은 없었다. 문이 날카로운 소리를 내며 닫히는 순간 그에게는 마치 화분에 심어진 식물처럼 그 어두운 뿌리를 자신 안으로 뻗쳐 양분을 취하던 시기는 끝났다. 자기도취적인 기획으로 먹고살던 시기는 끝났다. 이제 그 뿌리는 밖으로 뻗어 나가야 한다. 인간의 정신을 가두는 은밀한 과거, 그 깊이를 알 수 없는 과거로부터 멀어져 전 인류라는 드넓은 세계 속에서 '새로운 자유'라는 비옥한 토양, 우리의 영혼에 생명을 부여하는 그 토양을 향해 나아가야 한다. 그러자 이곳, 그리고 지금이라는 불길한 지평선, 구름에 뒤덮인 그 지평선 너머로 푸르고 희망에 찬, 미래라는 미지의 처녀지가 인간의 진정한 고향의 모습으로 떠올랐다. 독일을 떠나면서 주지는 생각했다.

　'그러니, 늙은 스승, 마술사 파우스트여! 저 고대로부터의 인간 속에 우글거리는 온갖 마음의 나이 드신 아버지여! 늙은 땅이여! 진실과 영광과 아름다움과 마술을, 그리고 파멸까지 지닌 독일 땅이여! 우리의 핏줄 속에 타오르는 어두운 헬레나여! 위대한 여왕이며 정부(情婦)이고 마녀인 어두운 헬레나여! 어두운 땅, 오, 어두운 땅, 내가 사랑하는 늙은 고대의 땅이여, 잘 있거라!'

제7부 바람은 일고 강물은 흐른다

그해 여름 독일에서의 경험은 조지 웨버에게 깊은 영향을 미쳤다. 전에는 결코 알지 못했던 인간 정신 속의 순수 악(惡) 같은 것과 직면했던 것이고, 그 경험이 그를 뿌리째 뒤흔들어 놓았다. 물론 그의 사고 방향에 갑작스럽게 변화가 찾아온 것은 아니었다. 세계란 무엇인가라는 질문과 함께 드러난 '세계에 대한 개념', 그 세계 속에서 자신의 위치는 무엇인가 하는 생각은 몇 해 동안 서서히 변해 왔고 독일에서의 경험은 그 변화의 클라이맥스를 의미할 뿐이었다. 그 경험은 조지가 그 시대의 온갖 특성이나 기질 내에서 관찰하고 발견한 수많은 다른 현상을 한층 날카롭게 부각시켰으며, 인간이 어두운 과거로부터 물려받은 격세 유전적 충동 속에 잠복해있는 위험을 단번에 분명하게 인식할 수 있게 해주었다.

그가 보기에 히틀러주의는 오래된 야만성이 재발한 것이었다. 히틀러주의의 토대를 이루는 것들—민족에 대한 터무니없는 편견과 잔인함, 야만적인 힘에 대한 맹목적 숭배, 진리에 대한 탄압, 거짓과 신화에의 의존, 개인에 대한 무자비한 경멸, 단 한 명이 모든 판결권과 결정권을 쥐고 다른 사람들은 모두 그의 결정에 맹목적으로 복종하는 것을 미덕으로 여기는 그 반지성적이고 반도덕적인 도그마, 이 모든 것이 갑자기 출현한 것이 아니었다. 그것은 로마 문명이라는 거대한 건조물을 파괴하기 위해 북쪽으로부터 물밀듯 휩쓸고 내려왔던 털북숭이 튜턴족(B.C. 4세기경부터 유럽 중부에 살던 민족으로서 지금의 독일·네덜란드·스칸디나비아 등지의 북유럽 민족, 특히 독일인을 지칭함-옮긴이 주)의 저 사나운 부족 근성이 되살아난 것이다. 탐욕과 정욕과 폭력에 이끌리는 저 원시적 정신은 인류의 적으로서 인류 역사에 늘 존재해 왔다.

하지만 그 정신은 독일인에게만 국한되지 않는다. 그것은 어느 한 종족에게만 속하는 것이 아니다. 그것은 인간이 보편적으로 물려받은 유산이다. 인간이 지닌 무시무시한 측면인 그 야만적 정신의 흔적은 어디에서나 찾아볼 수 있다. 그것은 때로는 변장한 채 나타나기도 하고 때로는 버젓이 라벨을 달고 있기도 하다. 히틀러, 무솔리니, 스탈린처럼 각각 자기만의 고유한 이름을 갖고 있으며 미국에도 다양한 형태로 그것은 존재한다. 무자비한 자들이 자신들의 목적을 위해 공모(共謀)하는 곳, 약육강식의 법칙이 지배하는 곳에서는 언제고 그것이 싹을 트고 자라난다. 그리고 언제 어떤 모습으로 그것이 나타나건 그것은 인간의 추악한 과거 속, 그 무언가 원시적인 것에 그 뿌리를 내리고 있음을 알 수 있다. 인간이 궁극적인 자유를 획득하려면, 다시 야만으로 돌아가 지상에서 멸망해버리지 않으려면 그 뿌리를 송두리째 뽑아야만 한다고 조지는 느꼈다.

이 모든 것을 깨닫자 조지는 자신 내부의 격세 유전적인 열망, 다시 말해 순전히 자기 개인에 속하는 것이 아니라 인류의 오랜 꿈과 통하는 열망이 무엇인가 찾기 시작했다. 그는 그것을 많이 발견했다. 그리고 누구나 정직하게 자신의 내부를 들여다보면 그것을 찾을 수 있음을 알았다. 독일에서 돌아온 후 조지는 1년 동안 자신을 객관적으로 평가하는 데 온 힘을 기울였다. 그 결과 그는 깨달았다. 그리고 그 깨달음과 함께 그가 오랫동안 모색해온 새로운 방향이 어떤 것인지 명확하게 지각할 수 있었다. 인류 조상들의 저 어두운 동굴, 빛을 향해 인간을 내보내기 전에 그를 품고 있던 저 자궁은 영원히 인간을 다시 잡아끌지만⋯⋯. 그럼에도 불구하고 '그대 다시는 고향에 가지 못하리'라는 사실을 명확히 지각하게 된 것이다.

'그대 다시는 고향에 가지 못하리'라는 표현은 그에게 여러 가지 의미를 함축하고 있었다. 다시는 가족에게 돌아갈 수 없다, 어린 시절로 돌아갈 수 없다, 낭만적인 사랑으로 돌아갈 수 없다, 영광과 명성을 향한 젊은 시절의 꿈으로 돌아갈 수 없다, 유랑 생활, 유럽이나 다른 나라로의 도피로 다시 돌아갈 수 없다, 서정성으로 돌아갈 수 없다, 노래를 위한 노래, 예술을 위한 예술로, 유미주의로 돌아갈 수 없다, '예술가'에 대한 젊은 시절의 이상으로, '예술'과 '미'와 '사랑'에 자족하던 시절로 돌아갈 수 없다, 상아탑으로 돌아갈 수 없다, 시골 마을 광장으로 돌아갈 수 없다, 이 세상 모든 투쟁과 갈등을 등지고 버뮤다 섬의 오두막으로 돌아갈 수 없다, 잃어버린 아버지, 열심히 찾아온 아버지에게로 돌아갈 수 없다, 누군가 너를 도와줄 수 있는, 너를 구해주고 네 짐을 덜어줄 고향으로 돌아갈 수 없다, 마치 영속하는 것처럼 보이지만 실제로는 항상 변화하는 낡은 형태와 체계로 돌아갈 수 없다, 시간과 기억이라는 탈출구로 돌아갈 수 없다, 이 모든 의미를 그 문장은 담고 있었다.

한마디로 '그대 다시는 고향에 가지 못하리'라는 문장은 그가 이제까지 배우고 깨달은 모든 것을 요약하고 있었다. 그리고 지금 그의 깨달음은 그가 이전에 내렸던 그 어떤 결정보다 어려운 결정을 내리기를 그에게 가혹하게 강요하고 있었다. 그는 그 문제를 갖고 씨름했고 그와 절친한 폭스홀 에드워즈와 이야기를 나누었으며, 자기가 해야만 한다고 깨달은 그 일을 실행하지 않으려고 저항도 해보았다. 그 일이란 바로 폭스 에드워즈와 작별하는 일이었다. 이제까지 함께 걸어온 두 사람은 이제 갈림길에 선 것이다. 폭스가 새로운 야만족이라서가 아니었다. 맙소사, 절대 아니다! 하지만 폭스는……, 폭스는…… 그래, 폭스라면 이해할 것이다. 그리고 무슨 일이 있더라도 폭스는 여전히 친구로 남아 있으리라는 것을 조지는 알고 있었다.

결국, 몇 년을 함께 지내온 그들이 갈라섰다. 갈라섬이 완료된 후에 조지는 책상에 앉아 폭스에게 편지를 썼다. 명확한 기록을 남기기 위해서였다. 그가 쓴 편지 내용은 다음과 같다.

제32장 젊은 이카루스

경애하는 폭스 씨, 최근에 당신을, 당신의 친숙하면서도 특이한 얼굴을 생각할 때가 많습니다. 전에 당신 같은 분은 만난 적이 없었습니다. 만일 당신을 만나지 못했다면 당신 같은 분은 상상조차 못 했을 것입니다. 그렇지만 당신은 내게는 불가피한 존재였습니다. 당신을 알게 된 이상, 당신이 없었다면 내 삶이 어떠했을까는 상상할 수도 없게 되어버렸습니다. 당신은 내 운명의 길라잡이였습니다. 당신은 내게 거대한 거미줄을 짤 수 있게 해준 마법의 실이었습니다. 그리고 그 거미줄은 이제 완성되었습니다. 우리의 삶의 원은 이제 완전히 한 바퀴를 돌았습니다. 우리는 각자의 방식으로 한 바퀴를 돈 것입니다. 이제 우리가 만들 수 있는 원은 없습니다. 시작이 불가피했듯이 끝도 불가피합니다. 그러니 내 청춘의 벗이자 어버이였던 분이시여, 이제 작별을 고합니다.

내가 당신 사무실 건물 현관 앞에서 망설이던 때로부터 어언 9년이 지났습니다. 그리고 나는 거부당하지 않았습니다. 그렇습니다. 나는 받아들여졌고 환영받았으며 선택받고 지지를 받았습니다. 내 정신이 가장 침체했을 때였습니다. 당신의 믿음이라는 확실한 보증을 통해 내게 생명과 희망이 주어졌으며 내 자존심이 회복되었고 자신을 신뢰할 수 있게 되었으며 자신에 대한 새로운 믿음을 갖게 되었습니다. 그리고 나는 당신의 도움과 당신의 변함없는 믿음에 고무되어 온갖 시련과 의혹과 혼란과 절망을 뚫고 여러 해 동안 꾸준히 노력을 이어올 수 있었습니다. 하지만 이제 우리가 함께 걸어갈 길은 끝났습니다. 우리가 걸어온 그 길이 그 얼마나 완벽하게 끝났는지는 우리 둘만이 알 수 있습니다. 그러나 새로운 내 길을 떠나기 전에 나는 그처럼 총체적이고 멋진 결말에 이르게 된 그 원을 처음부터 끝까지 그려보고 싶습니다. 그 원이, 그 결말이 어떤 것인지 알 수 있는 사람이 거의 없을 것이기 때문입니다.

당신은 아마, 서른일곱의 나이에 내 삶을 요약하려는 나를 보고 약간 시기상조라고 말할지도 모릅니다. 하지만 지금까지의 내 삶을 요약하는 것 자체가 내 목적이 아닙니다. 사실 서른일곱의 나이라는 것은 많은 것을 배웠다고 말할 수 있을 정도의 나이는 아닙니다. 하지만 그 나이는 뭔가 배운 게 있다고 말하기에 너무 어린 나이도 아닙니다. 그 정도 나이가 되면 자신이 걸어온 길을 되돌이보고 그 어떤 사건이나 시기에 대해 이제까지와는 다른 비중을 두거나 다른 시각에서 바라보기에는 충분할 정도의 삶을 살아온 게 아닐까요. 나는 내 삶을 되돌아보면서 내 작품에 생명을 불어넣는 내 정신뿐 아니라 인간과 삶에 대한, 이 세상과 나의 관계에 대한 내 관점에 두드러진 변화와 발전이 이루어진 시기가 있음을 알게 됩니다. 나는 이제 그것에 대해 당신에게 말씀드리려 합니다. 나를 믿어주십시오. 내가 이 글을 쓰게 된 것은 이기심에서가 아닙니다. 이 글을 보시면 알게 되겠지만 내 삶의 경험 전체는 마치 한 바퀴 원(圓)운동을 한 것 같습니다. 그러면서 마치 이미 예정된 궤도에서 당신을, 이 순간을, 그리고 이 이별을 향해 온 것 같습니다. 그러니 이 글을 참고 읽어주시기 바랍니다. 그런 후, 작별 인사를 받아주시기를…….

시작으로부터 시작하겠습니다.—모든 것이 처음부터 끝까지 명확합니다—

20년 전 내가 열일곱 살이었을 때 나는 파인 록 대학의 2학년이었습니다. 나는 많은 친구와 어울리며 '인생철학'에 대해 이야기 나누는 것을 좋아했습니다. 우리가 좋아하는 대화 주제였고 모두 열정적이었습니다. 당시 나의 '철학'이 무엇이었는지는 확실하지 않지만 나름 내 철학이 있었던 것은 분명합니다. 누구나 자신의 철학이 있었습니다. 파인 록의 학생 시절 우리는 철학에 폭 빠져 있었습니다. 우리는 '개념'이니 '지상 명제'니 '부정의 순간'이니 하는 어마어마한 단어들을 스피노자가 얼굴을 붉힐 만큼 마구 사용했습니다. 그리고 굳이 말하자면 나는 그래도 '철학'을 꽤 하는 편이었습니다. 열일곱의 나이에서는 나름 최상급 철학자였던 셈이었습니다. 젊은 내게 '개념'이라는 용어도 별로 두렵지 않았고 '부정의 순간'이라는 용어는 내 정신을 살찌우는 양식이었습니다. 기왕 자랑한 김에 말씀드리지만 나는 논리학에서 만점을 받았습니다. 몇 년 동안 그 과목에서 만점을 받은 학생은 내가 유일했지요. 그러니 철학을 주제로 이야기를 나눌 때면, 당신도 알다시피 지금도 나는 제법 분위기를 주도하는 편이지요.

요즘 학생들은 어떤지 모르지만 20년 전에 대학을 다니던 우리에게 철학은 아주 진지한 관심사였습니다. 우리는 늘 '신'에 대해 이야기했습니다. 우리는 끊임없는 토론을 통해 '진(眞)' '선(善)' '미(美)'의 정수에 도달하려고 애를 썼습니다. 우리의 머리는 온통 그 개념들로 꽉 차 있었습니다. 나는 지금도 우리의 그런 개념들을 결코 비웃지 않습니다. 우리는 젊었으며 열정에 넘치고 있었고, 무엇보다 진지했습니다. 우리는 우리가 '고결한 숲'이라고 부르는 신성한 숲에서 철학에 대해 토론을 벌였고 우리가 그곳에서 깨닫고 경험한 것을 '황야의 체험'이라고 불렀습니다. 우리는 그 숲에서 여럿이 토론을 벌이기도 했지만 때로는 그 숲에 혼자 들어가 마치 광야에서 홀로 깨달음을 얻으려는 선각자 흉내를 내기도 했습니다. 어느 날인가 내가 그 숲 근처를 지날 때 D.T. 존스라는 친구가 그 숲에서 홀로 나오며 "나는 개념을 얻었다!"라고 크게 외치는 소리를 듣고 내가 얼마나 놀랐는지 지금도 기억이 생생합니다. 몸을 지탱하기조차 어려울 정도로 놀란 나는 얼마 동안 나무에 몸을 의지하고 있었습니다. 그 친구는 그 경천동지할 깨달음을 전하려고 친구들을 향해 막 뛰어갔었지요.

나는 지금도 그때의 그런 일, 그런 행동을 비웃지 않습니다. 당시 우리는 모두 철학을 진지하게 여기고 있었고 누구나 자신의 철학을 지니고 있었으니까요. 그리고 당시 우리에게는 우리 모두의 '철학자'가 있었습니다. 그분은 우리 모두의 존경을 받을 만한 고결한 분이었습니다. 몇 년 전까지만 해도 거의 모든 대학에는 그런 분이 한 분씩은 계셨지요. 나는 오늘날에도 그런 분이 우리 대학에 있기를 희망합니다. 그는 거의 반세기 동안 우리 주 전체에서 가장 뛰어난 분으로 이름을 날렸습니다. 그는 헤겔 철학을 주로 우리에게 가르쳤습니다. 그의 학문적 추론 과정은 복잡하고 난해했습니다. 저 고대 그리스로부터 헤겔에 이르기까지의 철학적 사유의 변천 과정을 두루 강의했으니까요. 그런데 헤겔 이후에 대해서는 별로 답을 제시하지 않았습니다. 하지만 상관없었습니다. 헤겔 이후에는 그분이 있었으니까요. 그는 우리들의 스승이었습니다.

지금 되돌아보면 우리 철학자 스승의 '철학'은 별로 대단해 보이지 않습니다. 기껏해야 다른 사람들의 사상을 왜곡해서 짜깁기한 것에 불과합니다. 하지만 정작 중요한 것은 그런 것이 아니었습니다. 중요한 것은 그분 자신이었습니다. 그는 위대한 선생이었고 그가 우리를 위하여 또 남들을 위하여 50년 동안 해온 일들이란 그의 '철학'을 우리에게 전하는 것이 아니었습니다. 그것은 우리에게 그의 기민성, 그의 독창성, 그의 사고력을 전하는 것이었습니다. 그는 생명력 그 자체였습니다. 그가 우리의 질문하는 지성을 깨우쳤기 때문입니다. 우리 모두 살아오면서 처음 겪는 일이었습니다. 그는 우리에게 생각을 두려워하지 말라고, 질문하라고 가르쳤습니다. 그는 우리에게 우리가 태생적으로 지니고 있는 편견과 미신 등 신성불가침하게 여기는 것들을 비판적으로 검토해보라고 가르쳤습니다. 당연한 일이지만 고집불통의 많은 사람이 그를 싫어했습니다. 하지만 학생들은 그를 우상처럼 숭배했습니다. 그리고 '개념'이니 '부정의 순간' 같은 것을 비롯해 많은 것이 잊히고 사라졌어도 그가 뿌린 씨앗은 싹을 트고 무럭무럭 자랐습니다.

바로 그 시절 나는 글을 쓰기 시작했습니다. 나는 대학 신문의 편집자였고 신문 문예란에 단편 소설들과 시들을 실었습니다. 당시는 전쟁 중이었지만 나는 입대하기에는 너무 어렸습니다. 하지만 아마 나의 첫 창작 시도는 전쟁에 대한 애국적 영감에서 비롯되었는지도 모릅니다. 당시 나는 침입자를 규탄하는 짧은 시와 유서 깊은 가문에서 태어난 젊은이가 애국심으로 뛰어든 전쟁에서 전사하는 짧은 소설을 대학 신문에 발표해서 제법 주목을 받았습니다.

내가 당시 이야기를 이렇게 제법 길게 하는 것은 제 이야기의 출발점을 분명하게 정하기 위해서입니다. 그것이 내 행로의 출발점이었으니까요.

최근에 나는 그때 이래 내게 일어난 일들을 대학 시절 내게 일어난 어떤 사건에 비추어 설명하려는 노력을 해보았습니다. 그 사건에 대해서는 당신에게 말한 적이 없는 것 같습니다. 그 사건에 내가 연루되었다는 사실이 부끄러거나 그 사건에 대해 말한다는 것이 두려워서가 아니었습니다. 그 사건이 내게 떠오르지 않아서였습니다. 어떤 의미로는 잊고 있었던 것 같습니다. 그런데 이렇게 당신과 작별하는 순간 나는 그 일에 대해 당신에게 이야기했던 것이 나았을 것이라는 생각이 듭니다. 제가 지금 분명하게 밝히려는 한 가지 사실에서 그 일이 매우 중요하기 때문입니다. 그 사실이란, 나는 결코 과거에 일어났던 일의—그 일이 어떤 일이건—희생자나 고통받은 순교자가 아니라는 것입니다. 물론 당신도 알다시피 내 마음이 온통 쓰라림으로 가득 찼던 적이 있었습니다. 삶이 나를 배신했다고 느낀 적이 있었습니다. 그러나 이제 그때 애지중지하던 귀중품은 사라졌고 그와 함께 쓰라림도 사라졌습니다. 이것은 꾸밈없는 진실입니다.

이제 앞에서 언급한 일화로 다시 돌아가겠습니다.

당신도 알다시피 내 첫 책이 출간되었을 때 내 고향에서는 나에 대한 감정이 극도로 좋지 않았습니다. 그리고 내가 고향에 대해 이른바 왜 그토록 신나게 '신랄함'을 발휘했는지 해명하려는 시도들을 했습니다. 그때 사람들의 머리에 떠오른 것이 대학 시절 내가 겪었던 '공민권 박탈' 사건이었습니다. 파인 록 대학에서 벌어졌던 그 사건은 지금까지도 올드카토바에서 유명합니다. 하지만 그 사건에 연루되었던 중요 인물들의 이름은 거의 잊혔습니다. 그리고 그 이름이 잊힐 바로 그 무렵에 내 책이 나온 겁니다. 그러자 사람들은 그 사건에 대해 다시 떠들기 시작했고 그 무서운 비극이 다시 파헤쳐졌습니다. 내가 바로 그 사건의 당사자였기 때문이었습니다.

어느 날 밤 나를 비롯해 우리 다섯 명은 신입생인 벨을 운동장으로 데리고 나가 그의 눈을 가리고 술통 위에서 춤을 추도록 강요했습니다. 그가 비틀거리다가 통 위에서 떨어졌습니다. 그는 깨진 병 주둥이에 경정맥을 찔려 피를 흘리다가 5분 만에 즉사했습니다. 우리 다섯 명은 즉시 퇴학당했고 구속 송치되었습니다. 이어서 우리는 부모나 친척들의 보호를 받는다는 조건으로 석방되었고 선거권 등 시민으로서의 권리를 박탈당했습니다.

이 모든 것은 명백한 사실입니다. 하지만 내 책이 출간되자 사람들이 새삼 그 사건을 들추어내서 이러쿵저러쿵 덧붙인 이야기들은 모두 옳지 않은 것입니다. 우리 다섯 명은 아무도 그 사건으로 파멸하거나 비참해지지 않았다고 나는 생각합니다. 훗날의 우리들의 경력이 그 사실을 증명해줍니다. 물론 우리 다섯 명의 행동이—솔직히 말한다면 다섯 명 중 세 명은 단지 방관자였을 뿐입니다—우리의 삶에 어둡고 무서운 흔적을 남겼다는 것은 의심의 여지가 없습니다. 하지만 그 무서운 날 밤, 우리가 달빛을 받으며 하얗게 질려 있던 그 밤, 불쌍한 벨이 피를 흘리며 죽어가는 모습을 보고 랜디가 내 귀에 "우리에게는 죄가 없어. 정말 어처구니없는 바보였을 뿐이야"라고 속삭였듯이 우리는 고통스럽긴 했어도 죄의식에 시달리지는 않았습니다.

우리 다섯 명은 공포에 질린 채 죽어가는 친구 주변에 무릎을 꿇고 앉아 모두 그렇게 느끼고 있었습니다. 그리고 나는 벨도 마찬가지 느낌이었음을 알고 있었습니다. 그는 두려움과 후회에 사로잡혀 하얗게 질려 있는 우리의 얼굴을 보고 죽어가면서도 웃으려 애썼고 우리에게 무언가 말을 하려 했습니다. 그의 입에서 아무 말도 나오지 못했지만 만일 그가 말을 할 수 있었다면 그는 우리가 불쌍하다고, 우리에게 악의는 없었다는 것을 알고 있다고,

단지 우리가 어리석었을 뿐이라고 말하리라는 것을 우리
는 알 수 있었습니다.

우리는 그 아이를 죽였습니다. 우리의 무분별한 어리석
음이 그를 죽였습니다. 그리고 그것이 숨을 거두면서 그
가 우리에게 내린 판결이었습니다. 우리는 우리의 '철학
자' 스승을 상심시켰습니다. 하지만 그는 불쌍한 벨로부
터 고개를 돌려 우리를 바라보며 단지 이렇게 말했을 뿐
이었습니다.

"하느님 맙소사! 이놈들아, 도대체 무슨 짓을 저지른 거
냐?"

그것이 전부였습니다. 벨의 아버지조차도 우리에게 아무
말도 하지 않으셨습니다. 첫 폭풍이 지나간 뒤에 주(州)
전체를 휩쓴 분노의 아우성, 그것이 우리가 받은 벌이었
습니다. 그리고 그 냉혹한 짓을 우리가 저질렀다는 사실,
우리의 영혼에 끊임없이 '왜?'라는 질문이, 그 돌이킬 수
없는 질문이 계속 떠오를 수밖에 없었다는 사실, 그것이
우리에게 내려진 벌이었습니다.

사람들도 빠르게 우리들이 그렇게 스스로 벌 받는 모습
을 볼 수 있었고 느낄 수 있었습니다. 우리의 공민권 박

탈의 원인이 되었던 사람들의 분노는 차츰 가라앉기 시
작했습니다. 3년이 못 되어 우리들의 공민권은 조용히 회
복되었습니다. 이듬해 우리는 모두 복교해서 남은 과정
을 마칠 수 있었습니다. 우리를 바라보는 사람들의 눈길
도 부드러워졌습니다. 속으로 '그들은 그럴 의도가 전혀
없었다. 어처구니없을 정도로 바보였을 뿐이다'라는 판
결을 내린 게 분명했습니다. 그리고 우리가 공민권을 되
찾았을 때는 '이미 충분히 벌을 받았다.' '그들은 시퍽 ㅅ
리고 그럴 생각이 없었다'라는 여론이 돌았고 더욱이 '한
명이 목숨을 잃긴 했지만 그 덕분에 주 전체에서 신입생
을 골려주는 짓은 사라졌다'라는 말도 돌았습니다.

게다가 그 일을 겪은 당사자들은 모두—고인이 된 랜디
셰퍼턴만 제외한다면—자신이 종사하는 일에서 보통 사
람 이상의 성공을 거두었습니다. 그중 변호사로서 이름
을 날리고 있는 한 명은 내게 그 경험으로 인해 자신의
경력에 손해가 되기는커녕 오히려 도움이 되었다고 말하
기도 했습니다. 그는 내게 말했습니다.

"사람들은 상대방이 정상적이라는 것만 안다면 과거의
잘못을 기꺼이 잊어주려고 해. 심지어 그냥 용서해줄 뿐

아니라 도움의 손길을 내밀려고까지 해."

'상대방이 정상적이라는 것만 안다면!'

그 말의 뜻을 굳이 설명하지 않더라도 나는 그 말이 사태의 핵심을 잘 요약하고 있다고 생각합니다. 그리고 나와 고인이 된 랜디 셰퍼턴을 제외한 다른 세 명의 '정상성'은 그들이 파인 록 사건의 당사자가 됨으로써 더욱 강화되었다고 생각합니다. 그런데 나는 책을 출간함으로써 비정상적인 사람이 되었습니다. 책을 출간한 후 지극히 정상적인 그들 세 친구의 도움이 없었다면 나의 '비정상성'에 대한 비난은 더욱 격렬하고 악의에 찬 것이 되었으리라고 생각합니다.

내가 당신에게 굳이 애써서 내 삶의 기록되지 않은 부분에 대해 말씀드리는 것은 당신이 언젠가는 그 사건에 대한 이야기를 들을 수도 있고 그에 대해 곡해를 하실 수도 있다고 생각되었기 때문입니다. 내가 첫 책을 출간했을 때 내가 왜 그런 책을 썼는지 완벽하게 합당한 설명을 해줄 수 있다고 생각한 사람들이 리비아 힐에는 있었습니다. 그 사건이 내 성격을 이렇게 비뚤어지게 했다, 혹은 내가 이렇게 비뚤어진 놈이니까 그런 짓을 했다, 라고 생각한 거지요. 아마 당신은 내가 당신에게 작별을 고하는 이유를 90%는 이해하실 겁니다. 하지만 100% 완벽히 이해하리라고는 보지 않습니다. 조금이나마 의혹을 가진 당신이 그 사건 이야기를 듣게 된다면 혹시 오해라도 하실까 봐 말씀드리는 것입니다. 당신은 가끔 내 속에 '급진주의적'인 면이 있다고 반은 농담처럼 말하곤 했지요. 내게는 급진주의적인 면이 없다고 나는 믿습니다. 만일 있다 하더라도 당신이 그 말을 했을 때의 의미와는 사뭇 다른 거겠지요.

그러니 믿어주세요. 파인 록 사건은 나와는 아무런 상관없는 일입니다. 그 사건으로 설명해줄 수 있는 건 아무것도 없습니다. 그 경험은—그 사건과 연관된 다른 친구들에게처럼—그것을 겪지 않았을 경우보다 나를 더 강인하게 만들었고 사회에 더 잘 적응할 수 있게 만들었다고 말하는 것이 자연스러운 일일 것입니다.

폭스 씨, 당신과 가까운 사람 중에 헌트 콘로이라는 사람이 있지요. 당신은 그 사람을 내게 소개한 적이 있습니다. 그는 나보다 겨우 몇 년 정도 나이가 위이지만 이른바 '잃어버린 세대'(제1차 대전 후의 불안정한 사회에서 살 의욕을 잃은 세대를 총칭함-옮긴이 주)에 대해 확고한 의견을 갖고 있는 사람입니다. 당신도 아시겠지만 그는 자신이 그 세대에 속한다고 큰 소리로 외칩니다. 그리고 나도 열심히 그 안에 끌어들이려고 애씁니다. 헌트와 나는 그 문제로 자주 논쟁을 벌였습니다.

"자네도 그 세대에 속해." 그는 완강하게 말하곤 했습니다. "자네는 동시대를 살아왔어. 벗어날 방법은 없어. 자네가 원하건 원치 않건 자네는 그 세대의 일부야."

그러면 나는 되는 대로 이렇게 대답했습니다.

"나에 대해 뭘 안다고 그래요!"

만일 헌트가 '잃어버린 세대'에 속하기를 원한다면—사람들이 '황폐함'이라는 그 유령을 얼마나 열심히 가슴 속에 끌어안는지 정말 놀라운 일입니다—그건 그의 일입니다. 하지만 그가 나를 끌어넣을 수는 없습니다. 내가 '잃어버린 세대'의 일원으로 선출된다면 그것은 내 앎과 내의지에 반하는 일입니다. 나는 즉각 사퇴할 것입니다. 나는 내가 '잃어버린 세대'에 속한다고 느끼지 않으며 그렇게 느낀 적도 없습니다. 실제로 나는 '잃어버린 세대'라는 것이 별도로 존재하는지조차 의심스럽습니다. 무엇을 더 듬거리며 방황하는 세대는 모두 '잃어버린 세대'일 수 있지 않을까요? 그런 시기는 개인 누구에게나 존재하는 것 아닐까요? 하지만 최근에는 이런 생각이 들었습니다. 만일 이 나라에 '잃어버린 세대' 같은 것이 존재한다면 그 세대는 여전히 1929년 이전의 언어들을 사용하고 그 이외의 것에 대해서는 아무것도 모르는 나이 지긋한 중년들로 이루어져 있으리라는 생각입니다. 그들은 분명히 '잃어버린' 사람들입니다. 하지만 나는 그들 중 한 명이 아닙니다.

그렇지만 내가 이 세상 그 어느 곳의 그 어떤 '잃어버린 세대'에도 속하지 않는다고 생각할지라도, 개인적으로는 내가 길을 잃었었다는 것은 엄연한 사실입니다. 아마 내가 당신을 그토록 절실하게 필요로 했던 것은 그 때문이었을 것입니다. 나는 길을 잃고 있었기에 내게 길을 보여줄 보다 현명한 연장자(年長者)를 찾고 있었습니다. 나는 당신을 찾았고 당신은 돌아가신 나의 아버지 역할을 해주었습니다. 지난 9년 동안 당신은 내가 길을 찾을 수 있도록 나를 도와주었습니다.—당신은 당신이 어떻게 나를 도와주었는지 거의 의식하지 못했을 것입니다—그리고 당신의 도움으로 찾은 내 길은 나를 당신의 의도와는 반대 방향으로 나를 인도했습니다. 나는 이제 더 이상 길을 잃었다고 느끼지 않습니다. 그리고 이제부터 왜 그렇게 느끼는지 말씀드리겠습니다.

내가 파인 록 대학에 복학해서 학업을 마치고 졸업했을 때, 나는 겨우 스무 살이었습니다. 그때 나는 이 세상 그 누구보다 더 혼란에 빠져 당황하고 있었습니다. 당시 유행하던 표현대로 나는 '인생 준비'를 위해 대학에 다녔던 것인데 대학 교육을 받은 결과 완전한 '준비 없음 상태'의 내가 만들어진 겁니다. 나는 미국에서 가장 보수적인 지방 출신이었고 그중에서도 가장 보수적인 색채가 짙은 집안 출신이었습니다. 나의 선조들은 한 세대 전까지만 해도 어떤 식으로건 땅을 파먹고 사는 사람들이었습니다. 나의 아버지 존 웨버는 평생 노동자였습니다. 그는 12살 때부터 두 손으로 힘든 노동을 했습니다. 전에도 가끔 말씀드렸듯 그는 선천적으로 능력이 있었고 머리가 좋았습니다. 하지만 정식 교육을 받을 기회를 얻지 못한 사람들이 대개 그러하듯 아버지는 아들에게 온갖 희망을 다 걸었습니다. 아버지는 내가 대학에 다니는 모습을 보는 것이 간절한 소망이었습니다. 아버지는 내가 대학 입학 1년 전에 세상을 떠났지만 나는 아버지가 남겨준 돈으로 대학에 다녔습니다.

아버지 같은 분이 대학에 대하여 완전히 실용적인 기대를 하고 있던 것은 당연한 일이었습니다. 아버지에게 대학은 온갖 지식을 향한 문이 활짝 열려 있는 곳일 뿐 아니라 그 학문의 숲을 통과하고 나면 물질적인 성공을 향한 길이 자유롭게 뻥 뚫려 있는 곳이었습니다. 사람들에게 인정받는 친근한 길을 따라가면 쉽게 성공에 도달할 수 있으리라고 아버지 같은 분이 믿은 건 당연한 일이었습니다.

아버지가 돌아가시기 전에 내게 택해준 길은 엔지니어 분야였습니다. 아버지는 조이너 가에서 선택한 법률가의 길은 한사코 반대했습니다. 아버지는 법률가라는 직업이 별로 소용이 없다고 생각했으며 법률가라는 인간을 별로 존중하지 않았습니다. 아버지는 변호사를 '주둥이로 먹고사는 악당'이라고 늘 표현했습니다. 임종 시에 아버지는 내게 마지막으로 다음과 같은 말을 남겼습니다.

"뭔가 하는 법을 배워라. 뭔가 만드는 법을 배워라. 대학 다닌 건 그 때문이야."

아버지는 가난 때문에 목수와 석공 이외의 기술을 배우지 못한 것이 천추의 한이었습니다. 아버지는 훌륭한 목수였고 훌륭한 석공이었습니다. 말년에 아버지는 자신을 건축자—건축가가 아니라 건축자 말입니다—라고 즐겨 부르곤 했습니다. 그리고 실제로 아버지는 훌륭한 건축자였습니다. 하지만 아버지는 속으로 건물 전체를 디자인하고 전체 모양을 만들고 싶다는 욕망을 이루지 못한 것에 대해 말없이 고통스러워했다고 생각합니다. 그 무언가 '하고', '만들고' 싶다는 당신의 욕망이 내게서 어떤 기묘한 형태로 나타나게 될 것인지 아버지가 알았더라면 아버지는 대단히 실망했을 것입니다. 법률가나 작가라는 두 극단의 선택 중 아버지가 어느 쪽을 더 혐오했을지는 알 수 없지만 말입니다.

대학 졸업 무렵, 내가 어떤 재능을 갖고 있건, 그것은 기술도 아니고 법률도 아니라는 것이 분명해졌습니다. 엔지니어가 되기에는 나는 재능이 없었습니다. 그리고 법률가가 되기에는 너무 정직하다고 생각했습니다. 그렇다면 무엇을 해야 할까요? 파인 록 사건 주모자로 퇴학당했다가 복학했다는 사실, 논리학에서 좋은 점수를 받았다는 사실 외에 나는 아무것도 뛰어난 점이 없었습니다. 나는 아버지나 조이너 가문 사람들이 나에게 품고 있었던 희망을 모두 저버린 것입니다. 아버지는 돌아가셨고 조이너 가문 사람들은 나를 포기했습니다.

그렇지만 나는 글을 쓰고 싶다는 그토록 환상적이고 비실용적인 욕구, 내 안에서 꿈틀대고 있는 그 욕구를 인정하기가 어려웠습니다. 그것은 나의 친척들이 나에 대하여 품고 있는 최악의 의혹—서서히 나 자신마저 갖게 된 그 의혹을 확인시켜주는 일이 될 것이었으니까요. 결국 내가 받아들인 길은 도피의 길이었습니다. 나는 내가 신문 기자가 되고 싶다고 자신에게 말했습니다. 지금 생각해보면 내가 왜 그런 결정을 했는지 그 이유를 분명하게 알 수 있습니다. 나는 내가 신문 기자 일을 하고 싶은 열정에 불타고 있다고 생각하고 있었지만 스무 살의 나이에 정말로 그런 열정을 지니고 있었는지는 적이 의심스럽습니다. 나는 단지 자신에게 그런 확신을 심어주려고 애쓰고 있었을 뿐이었던 것입니다. 실제로는 신문 기자 생활만이 글을 쓰면서 먹고 살 수 있는 유일한 수단이었기 때문이었으며 내가 시간을 낭비하지 않고 있다는 것을 세상과 나 자신에게 증명해줄 수 있을 것 같아서였습니다.

내가 작가가 되고 싶어 한다는 것을 친척들에게 공개적으로 고백한다는 것은 꿈도 못 꿀 일이었습니다. 작가가 된다는 것은 시쳇말로 '능력만 된다면 멋진 일'이었습니다. 나 자신뿐 아니라 조이너 사람들의 의식 속에서 '작가'란 완전히 동떨어진 종류의 인간이었습니다. 작가란 바이런 경이나 롱펠로처럼 천부적인 재능으로 언어를 마술적으로 결합해서 시나 단편 소설, 장편 소설들을 쓰고 그것을 책으로 내거나 「새터데이 이브닝 포스트」 지에 싣는 낭만적인 인물을 뜻했습니다. 그렇기에 작가란 기이하고 신비스럽고 화려한 삶을 영위하는 기이하고 신비스러운 존재였고, 우리가 알고 있는 삶이나 세계에서 멀리 떨어진 기이하고 신비스러우며 화려한 세계로부터 온 존재였습니다. 리비아 힐 같은 시골에서 자란 소년이 공공연히 작가가 되고 싶다고 말하면 당시에는 누구에게나 정신 이상으로 보였을 것입니다.

당시로서는 아주 고통스러운 상황이었지만 지금 돌아보니 재미있기도 합니다. 하지만 그것은 대단히 인간적이었고 대단히 미국적이었습니다. 나는 조이너 가문 사람들이 오늘날까지도 내가 작가가 되었다는 사실에 대한 '놀람'에서 완전히 벗어났다고는 생각하지 않습니다. 그들이 지금 보여주는 태도는 바로 스무 살 시절의 나의 태도 그것이었으며 수년간 내 인생행로를 형성한 것이기도 합니다.

대학을 졸업하자 나는 아버지께서 남기신 작은 유산 중에서 남은 것을 들고, 내 속옷들과 함께 나의 비밀을 가방에 담고 의기양양하게 명성과 영광의 길을 향해 떠났습니다. 간단히 말한다면 신문사에 일자리를 찾아보기 위해 뉴욕을 향해 떠난 것입니다.

나는 일자리를 찾았지만 너무 어려웠습니다. 결국 나는 일자리를 찾지 못했습니다. 그럭저럭 먹고살 돈은 있었기에 나는 글을 쓰기 시작했습니다. 얼마 뒤 돈이 다 떨어지자 나는 도시의 큰 학교에서 선생 자리를 얻었습니다. 다시 한번 타협을 한 것이지만 이점도 있었습니다. 먹고 살면서 글을 쓸 수 있었으니까요.

뉴욕 생활 첫해에 나는 나처럼 남부 출신의 몇 명의 젊은이들과 함께 지냈습니다. 대학 시절부터 알던 친구들이었습니다. 그리고 그중 한 명을 통해 이른바 '젊은 예술가'들과 사귀게 되었습니다. 생전 처음으로 '아주 세련된'—적어도 내 눈에는 아주 세련되게 보였습니다—내 또래의 젊은이들과 어울리게 된 겁니다. 벽지 시골 출신인 나 같은 사람은 너무 소심해서 글을 쓰고 싶다는 말조차 입 밖에 내지 못하는 데 반해 이 젊은이들은 하버드 대학 출신이었으며 세상만사 다 아는 듯한 태도를 보였고 자기네들은 작가라고 공공연히 말했습니다. 그리고 실제로 그들은 작가였습니다. 그들은 책을 쓰고 출판했으며 당시 우후죽순 격으로 생긴 실험적인 문학지에 글을 발표했습니다. 내가 얼마나 그들을 부러워했던지!

그들은 스스로 작가라고 선언했을 뿐 아니라 내가 작가라고 생각했던 사람들이 작가가 아니라고 공공연히 주장하곤 했습니다. 게다가 유명 작가들에 대해 유감을 표명하고 그들의 결점을 열심히 지적했습니다. 특히 극작가가 주 비판 대상이었는데 그들의 검열을 피할 수 있는 작가는 거의 없을 정도였습니다. 버나드 쇼는 재미는 있지만 극작가라고 할 수 없다, 그는 극작법을 배운 적이 없다, 유진 오닐의 명성은 과대 포장되어 있다, 대화는 어색하고 인물은 생동감이 없다는 등 그들의 비판은 준엄했습니다. 그런데 가장 큰 문제가 발생했습니다. 그들과 어울리다 보니 나 자신이 사소한 것들의 세련미를 요구하는 이른바 심미주의(審美主義)에 빠지게 된 것입니다. 그런 식의 심미주의는 창백한 세련미만 지니고 있을 뿐 아니라 삶으로부터 너무 유리되어 있었습니다. 고도의 창작에 필요한 실체와 영감을 마련해주는 원천―그게 바로 삶이 아니겠습니까―이 없었던 셈이지요.

지금 우리가 15년 전에 믿었던 것이 무엇인지 되돌아보는 것은 흥미로운 일입니다. 그 시대의 총명한 젊은이였던 우리, 예술에서 그 무언가 가치있는 것을 만들기를 원했던 우리가 믿었던 것 말입니다. 우리는 '예술'에 대하여, '미'에 대하여, '예술가'에 대하여 많은 이야기를 나누었습니다. 정말로 너무 많은 이야기를 나누었습니다. 우리가 그렸던 예술가의 모습이란 일종의 '미적 괴물'이었습니다. 그는 분명히 살아 있는 사람이 아니었습니다. 예술가가 그 무엇보다 살아 있는 사람이 아니라면, 말하자면 삶의 사람, 삶에 속하지 않는 사람, 삶과 긴밀히 맺어져 그로부터 자신의 힘을 끌어내는 사람이 아니라면, 도대체 그런 사람이란 어떤 사람일까요?

우리가 당시 열을 내서 이야기하던 예술가는 살아 있는 존재가 아니었습니다. 그가 우리의 상상 너머에서 상상할 수도 없는 모습으로 실제로 존재한다면 그는 자연이 창조한 가장 기이하고 비인간적인 변종임에 틀림이 없을 것입니다. 삶을 사랑하고 삶을 믿는 대신에 우리의 예술가는 삶을 증오하고 삶으로부터 도피합니다. 실제로 당시 우리가 썼던 거의 모든 단편 소설, 장편 소설, 희곡의 주제는 바로 그런 것들이었습니다. 우리는 그런 천재, 재능 있는 젊은이, 삶에 의해 처형된 주인공, 사람들로부터 오해받고 조롱을 받는 사람, 편협하고 완고한 지역주의에 의해 웃음거리가 되고 추방된 사람, 경박하고 속물적인 아내에 의해 모욕당한 사람, 그리고 결국에는 군중이라는 어리석은 존재들의 조직적 힘에 의해 짓밟히고, 침묵을 강요당하고, 조각조각 찢겨버린 그런 존재들만 그렸습니다. 따라서 우리가 그토록 많은 이야기를 나누었던 예술가란 존재는 삶과 결합된 존재가 아니라 삶과 충돌만 일으키는 존재였습니다. 자신이 몸담고 사는 세상에 속하는 대신 끊임없이 그로부터 도망가려는 존재였습니다. 세상은 그 자체 야수와 같았고 예술가는 마치 상처받은 목신처럼 영원히 그로부터 도망갈 수밖에 없었습니다.

이제 와 되돌아보면 그 경험은 나쁜 결과만을 낳았습니다. 그런 분위기는 삶에 대한 경험이나 중대한 소재가 별로 없는 젊은이에게, 구체적 삶과의 접촉이 거의 없는 젊은이들에게 오로지 말장난에 불과한 언어와 공식을 마련해주었을 뿐입니다. 그리고 그들을 철학과 미학과 도피주의로 무장시켜주었습니다. 그리고 나중에 예술가가 될 우리에게 독특하면서도 특권적인 성격을 부여해 주었습니다. 우리는 스스로를 다른 사람들에게는 적용되는 인간 법칙의 지배를 받지 않는 자, 보통 사람과 같은 희망, 감정, 정열에 따르지 않는 존재, 한마디로 조개 속의 진주처럼 일종의 아름다운 자연 속 질병 같은 것으로 인식하게 된 겁니다.

이 모든 것이 나 같은 사람에게 어떤 영향을 미쳤을지는 쉽게 유추해볼 수 있을 것입니다. 나는 생전 처음으로 나 자신을 철저히 보호해주는 갑옷과 무기를 마련했습니다. 그리고 그 갑옷과 무기 안에 내 안의 온갖 회의(懷疑)와 의구심, 이루고자 하는 일을 이루지 못하는 무능과 자신감 결여를 감추었습니다. 그 결과 나는 내가 정말 간절히 욕망하는 것에 대해, 내가 목표로 삼고 있는 것에 대해 짐짓 경멸적이고 오만한 태도를 보였습니다. 나는 다른 친구들처럼 은어를 입 밖에 내기 시작했고 '예술가'에 대해 지껄여대기 시작했으며 부르주아, 속물 실업가, 교양 없는 자들이라는 단어를 마음대로 사용하며 경멸의 비웃음을 날렸습니다. 그 단어들은 우리가 스스로 만들어 낸 그 작고 사랑스러운 지대 밖의 모든 사람, 우리의 영역에 속하지 않은 모든 사람을 지칭하는 아주 포괄적인 용어였습니다.

당시의 내 모습을 있는 그대로 돌이켜보건대 나는 결코 상냥하거나 기분 좋은 젊은이는 아니었던 것 같습니다. 나는 매사에 시비조의 젊은이였고 세상 전체를 적대시하고 있었습니다. 내가 내 능력을 의심하는 것처럼 보이는 사람에게 큰소리를 친 이유는 내심으로는 내가 그것을 할 수 없으리라고 생각했기 때문이었습니다. 스스로 용기를 북돋기 위해 휘파람을 부는 것과 같은 짓이었지요. 내가 당신을 처음 만났을 때 나는 그런 젊은이였습니다. 물론 나는 내가 하고 싶은 일에 대해 헌신적인 태도로, 또한 겸손하게 말했을 것입니다. 하지만 실제로는 별로 헌신적인 마음이나 겸손한 마음은 없었습니다. 나는 다른 사람들보다 내가 우월하다고, 희귀한 존재라고 생각하고 있었습니다. 겸손과 관용과 타인에 대한 이해 없이는 절대로 우월한 존재가 될 수 없다는 사실을 깨닫지 못하고 있었던 거지요. 진정으로 희귀하고 고상한 종족에 속하려면 먼저 비이기적인 희생의 진정한 힘과 재능을 우선 키워야 한다는 것을 몰랐던 겁니다.

제33장 두 천사만으로는 충분하지 않다

조지는 계속 편지를 써 내려갔다.

어린 시절부터 나는 젊은이라면 누구나 원하는 것을 원했습니다. 유명해지고 사랑받는 것 말입니다. 이 두 욕망은 내 성장 단계 초기부터 계속 존재했습니다. 그것은 어릴 때부터 우리가 믿고 원하도록 배운 욕망이며 덕목이었습니다.

사랑과 명성. 그렇습니다, 나는 그 둘을 모두 얻었습니다. 언젠가 당신은 내가 그것들을 진정으로 원하지 않는다고, 다만 내가 원한다고 생각할 뿐이라고 내게 말한 적이 있습니다. 나는 그것들을 얻기 전까지는 필사적으로 그것들을 원했습니다. 하지만 일단 내 것이 되고 나니 나는 그것만으로는 충분하지 않다는 것을 발견했습니다. 그리고—진실을 말하자면—자기 안에 성장의 불꽃을 지니고 살아온 사람이라면 모두 마찬가지이리라고 생각합니다. 명성만으로는 충분하지 않다는 사실을 인정하는 것은— 위대한 시인 밀턴은 그것을 '고결한 마음이 지닌 마지막 질환'이라고 불렀지요—별로 위험한 일이 아닙니다. 그러나 사랑에 대해 질환이라는 단어를 사용하는 것은 위험합니다.—그 이유에 대해 굳이 언급할 필요는 없겠지요—아마 사랑의 이미지에 대해 흡족함을 느끼는 사람이 많을 것입니다. 아마 반짝이는 한 방울의 물처럼 사랑은 태양과 달과 천체, 그리고 인간 세계 전체를 그 안에 품은 소우주인지도 모릅니다. 위대한 옛 시인들이 그렇다고 읊었고 사람들은 그렇다고 공언했지요. 나로서는 개구리가 살고 있는 연못이나 월든(미국 자연환경가 데이빗 소로우의 사색집 제목이자 호수 이름-옮긴이 주)의 연못이, 비록 대양처럼 물을 지니고는 있지만, 대양의 이미지를 지니고 있다고는 생각하지 않습니다.

'세상이 제아무리 창백할지라도 사랑으로 충분하다'라고

윌리엄 모리스(19세기 영국의 디자이너이자 유토피아 사상가-옮긴이 주)는 말했습니다. 우리는 그의 말을 그대로 받아들입니다. 그리고 그 말을 믿을 수도 있고 믿지 않을 수도 있습니다. 아마 그 말은 그에게는 진실일 것입니다. 하지만 나는 그 말을 의심합니다. 그가 그 글을 쓰는 순간에는 진실일 수도 있습니다. 하지만 모든 것이 말해지고 행해진 뒤에도, 그 끝에 이르러서까지 진실일 수는 없을 것입니다.

나는 '사랑으로 충분하다'고 생각해 본 적도, 느껴본 적도 없습니다.

내가 '사랑의 구속'이라는 그 원 안에 안전하게 사로잡혀 갇혀 있을 때조차도 나는 그 바깥의 보다 큰 세계를 발견하기 시작했기 때문입니다. 그리고 그 발견은 천체를 관찰하던 천문학자가 갑자기 유성을 발견하듯 이루어진 것이 아닙니다. 나도 모르는 사이에 조금씩, 조금씩 나는 그것을 발견했습니다.

그때까지만 해도 나는 고향 마을과 친척들과 내 주변의 삶과 갈등을 일으키고 있는 다감한 한 명의 젊은이에 불과했습니다. 사랑에 민감한 한 명의 젊은이였고 오로지 그 작은 사랑의 세계에 마음이 팔려 그 세계를 전 세계라고 생각했습니다. 하지만 나는 삶 속에서 벌어지는 일들을 관찰하기 시작했습니다. 그리고 충격을 받았습니다. 그리고 그 충격으로 자기(自己)라는 독립적인 실체에 완전히 몰입되어 있던 상태에서 벗어나기 시작했습니다. 나는 온통 최상의 것들을 누리면서 그것을 당연한 권리로 받아들이고 있는 권세 있고 부유하고 운 좋은 사람들의 삶을 흘끗 보았습니다. 나는 그들이, 너무 오랫동안 소유해 왔기에 마치 기득권처럼 되어버린 특권을 마음껏 누리는 것을 보았습니다. 마치 정해진 자연의 법칙에 의해 자신들은 영원히 삶의 총아(寵兒)일 수밖에 없다고 생각하는 것 같았습니다. 동시에 나는 저 아래에서 노예처럼 살아가는, 밑바닥의 잊힌 사람들을 의식하기 시작했습니다. 그들의 노역과 땀과 피와 이루 말할 수 없는 고통이 저 위의 소공자(小公子)들을 살찌우고 있었던 것입니다.

이어서 1929년의 대공황이 왔고 끔찍한 나날들이 이어졌습니다. 이제 모든 것이 분명하게 보이기 시작했습니다. 누구의 눈에나 보일 수 있을 정도로 분명해졌습니다. 그때 나는 브루클린의 깊은 정글 속에 살고 있었습니다.

그리고 전에는 결코 보지 못했던 모든 것이 박탈된 삶의 무서운 진면목(眞面目)을 보았습니다. 이어서 인간이 인간에게 가하는 잔학 행위의 이미지가 떠오르면서 젊은이가 으레 가지기 마련인 개인적이고 자기중심적인 비전이 뭉개지고 지워지기 시작했습니다. 아마 그때 비로소 겸손이라는 것을 배우기 시작한 것 같습니다. 이제까지는 나 자신의 자그마한 삶의 이해관계, 내 작은 삶을 어떤 모양으로 만들어가야 할 것인가 하는 문제들에 대해 열정적으로 깊은 관심을 기울였었지만 이제 그 문제들이 사소하고 무가치한 것으로 여겨지게 된 것입니다. 그리고 나는 점점 더 내 주변 사람들, 인류 전체의 삶의 이해관계와 그것의 전체 모습에 더 관심을 기울이게 되었습니다. 지나칠 정도로 단순화시켜서 말씀을 드리고 있는 것이나 아닌지 모르겠습니다. 실은 그 모든 변화가 나의 내부에서 일어나는 동안 나 자신도 어렴풋이 그것을 느끼고 있었을 뿐입니다. 지금에 와서 당시를 되돌아보면서 내게 무슨 일이 일어나고 있었는지 그 의미를 올바른 시각에서 파악할 수 있을 뿐입니다. 불행히도 인간의 천성이라는 것은 진흙탕 물웅덩이 같기 때문입니다. 그 안에는 너무 많은 침전물이 가라앉아 있고 세월의 퇴적물들이 쌓여 있으며, 깊은 곳이건 표면이건 급류가 흘러 모든 것을 휘저어 놓기에 정확하고 정밀한 이미지를 반영할 수 없기 때문입니다. 그 이미지를 얻기 위해서는 물이 잠잠해질 때까지 기다려야 합니다. 그러니 인간은 제아무리 간절히 원하더라도 뱀이 낡은 허물을 벗어버리듯 영혼을 둘러싸고 있는 외피를 쉽게 벗어버릴 수는 없습니다.

나도 마찬가지였습니다. 바깥세상의 새로운 비전이 내 안으로 들어와 그 이상한 모습이 분명하게 보였을 때 나는 그 어느 때보다도 강한 내적인 갈등에 휩싸였습니다. 정말로 생전 처음으로 거대한 의혹과 절망 속에서 지낸 기간이었습니다. 나는 나의 두 번째 책 문제와 씨름하고 있었고 내 눈이 그저 짧게 흘끗 본 것, 순간적으로 낚아챈 조각들을 그 안에 넣을 수 있었습니다. 나중에 알게 된 것이지만 그 어떤 비전들이 내 안의 감광판에 새겨진 것이지요. 그리고 두 번째 책 집필이 완료되고 나서야 나는 그것들의 전체 모양을 볼 수 있었고 그 경험 전체가 내게 무슨 영향을 미쳤는지 알게 되었습니다.

물론 그동안에도 나는 여전히 명성이라는 금발의 메두사에게 매혹되어 있었습니다. 명성의 여신을 향한 나의 욕망은 마치 과거의 유물 같은 것이었습니다. 명성의 그 사랑스러운 겉모습을—마치 숲속에 출몰하는 유령 같은 것이었지만—나는 어린 시절부터 꿈꾸고 있었고 그 여신의 이미지와 '사랑받는 자'의 이미지가 수도 없이 여러 번 뒤섞였습니다. 나는 언제나 사랑받기를 원하고 있었고 유명해지기를 원하고 있었습니다. 나는 이제 사랑을 알고 그것을 획득했습니다. 나는 사랑을 받았습니다. 하지만 명성은 여전히 교묘하게 빠져나갑니다. 나는 두 번째 책을 쓰면서 명성의 여신에게 구애한 것입니다.

그리고 나는 처음으로 그녀를 만났습니다. 로이드 맥하그 씨를 만나면서입니다. 그 진기한 경험은 내게 그 무언가를 가르쳐준 것이 분명합니다. 나는 맥하그 씨에게서 명성을 갈망해온 진정으로 위대하고 정직한 사람, 그리고 그것을 마침내 획득한 사람을 보았습니다. 그리고 동시에 그것이 공허한 승리임을 보았습니다. 그는 내가 꿈꾸어 오던 것보다 더 완벽하게 명성을 획득했습니다. 하지만 그에게는 명성만으로는 충분하지 않다는 것이 너무나 명백했습니다. 그는 그 이상의 그 무언가를 원하고 있었지만 그것을 발견하지는 못했습니다.

나는 바로 그 사실로부터 배움을 얻은 게 분명하다고 말할 수 있습니다. 하지만 그로부터 실제로 무언가를 배우려면 경험이 필요했습니다. 알기 전에 경험이 필요했습니다. 맥하그 씨는 명성만으로는 충분하지 않다는 것을 내게 분명히 보여주었고 나는 그것을 알았습니다. 하지만 '명성만으로는 충분하지 않다'는 진실을 나는 온전히 배울 수는 없었습니다. 그것을 온전히 배우기 위해서는 나의 경험이 필요했습니다.

'명성만으로는 충분하지 않다'는 사실, 맥하그 씨를 통해 알게 된 그 진리를 나의 것으로 하기 위해서는, 그것을 진정으로 배우기 위해서는 내가 명성을 획득하고 직접 경험해야만 했습니다. 그리고 나는 본연의 모습 그대로의 그녀, 명성의 여신을 획득했습니다. 그리고 사랑과 마찬가지로 명성만으로는 충분하지 않다는 진실을 발견한 것입니다. 그 진실은 맥하그 씨가 내게 가르쳐준 것이기도 하고, 내 경험을 통해 내가 체화한 것이기도 했습니다.

당시 나는 그 무언가 하나가 끝났고 새로운 것이 움트고 있음을 자각하기 시작했습니다. 나는 휴식과 기분 전환과 망각을 얻기 위해 내가 그동안 방문한 나라 중에서 가장 좋아하는 나라를 방문했습니다. 새로운 책을 쓰는 데 정신없이 몰입해 있으면서도 나는 마치 감옥에 갇힌 사람이 동화 속 숲과 목장을 그리워하듯 그 나라를 그리워했습니다. 그리고 꿈속에서 그 나라로 되돌아가 있기도 했습니다. 고딕 양식의 도시들, 한밤중 분수의 물소리, 깨질 듯 울려 퍼지는 종소리, 금발 여인들의 아름다운 육체로 내 마음은 달려갔습니다. 그리고 마침내 나는 어느 날 아침 실제로 브란덴부르크 거리를 걷고 있었습니다. 그리고 명성의 여신이 나를 방문했음을 알았습니다. 5월이었습니다. 거대한 마로니에 나무 아래를 거닐면서 나는 개선장군처럼 의기양양했습니다. 나는 유명한 사람이 되어 있었습니다.

길고 지루한 몇 해 동안의 노고 끝에, 고통받고 있는 내 영혼을 쉬게 해줄 그 무언가가 절실히 필요할 때, 내가 꿈꾸어 오던 것이, 불가능하다고 생각하면서도 간절히 갈망하던 것이 마법처럼 실현된 것입니다. 세상 다른 큰 도시를 낯선 이방인으로서 방문하곤 했던 내게 베를린은 나의 도시였습니다. 몇 주일 동안 즐거움과 축하 연회의 연속이었고 외국 땅에서 수백 명의 새로운 친구들과 사귀는 것도 정말 짜릿했습니다. 공기 중에 반짝이는 사파이어, 북부의 매력적인 짧은 밤, 가느다란 병에 담긴 멋진 와인, 기분 좋게 맞이하는 아침과 푸른 초원, 그리고 아름다운 여인들, 이 모든 것이 이제 나의 것이었습니다. 그 모든 것이 나를 위해 창조된 것 같았으며 나를 기다리고 있었던 것 같았고 내 차지가 되기 위해서 아름다움을 한껏 뽐내며 존재하는 것 같았습니다.

그렇게 몇 주가 지나갔습니다. 그리고 그 일이 벌어졌습니다. 조금씩, 조금씩 세상이 내 안으로 들어온 것입니다. 처음에는 복수의 천사가 지나가면서 떨어뜨린 검은 깃털처럼 전혀 알아채지도 못하는 사이에 살포시 날아들었습니다. 그리고 얼마 뒤 어두운 한밤중에 이루 말로 표현할 수 없는 절망의 모습으로 벽과 잠긴 문과 창문 뒤에서 불쑥 나타났습니다.

나는 그들이 왜 외국인인 나에게 모든 것을 털어놓았는지 모르겠습니다. 아마 내가 그들과 그들의 나라를 사랑하고 있음을 알고 있었기 때문인 것 같습니다. 아마 그들을 이해할 수 있는 누군가에게 이야기를 털어놓고 싶은 절박한 욕구를 느꼈던 것 같습니다. 할 말이 속에 잔뜩 쌓여 있다가 독일적인 모든 것에 공감하고 있는 내 앞에서 모든 경계의 둑이 무너졌던 것 같습니다. 이루 형언할 수 없는 고통과 공포의 이야기들이 내 귀에 마구 쏟아졌습니다. 그들은 공석에서 부주의하게 입을 놀렸다가 흔적도 없이 사라진 그들의 친구와 친척의 이야기를, 게슈타포의 이야기를, 이웃 간의 사소한 말다툼이나 이해관계가 정치적 박해로 변해버린 이야기를, 집단 수용소와 학살의 이야기를, 벌거벗긴 채 구타를 당하고 재산을 몰수당한 사람의 이야기를, 입에 풀칠할 만한 돈을 벌 일조차 금지당한 부유했던 유대인 이야기를, 좋은 가문의 유대인 여자들이 자기 집에서 강간당하고 그것도 모자라 길거리로 끌려 나와 무릎을 꿇린 채 보도의 반나치즘 표어를 지우도록 강요당한 이야기를, 주변에서 군복을 입은 청년들이 총으로 그녀들을 쿡쿡 찌르면서 너털웃음을 터뜨렸다는 이야기를 들려주었습니다. 그것은 암흑시대가 다시 돌아온 모습이었습니다. 믿을 수 없을 만큼 충격적이었지만 엄연한 사실이었습니다. 마치 인간이 스스로

만들어낸 지옥, 영원히 만들어낸 지옥이 사실이고 현실
이듯이…….

그렇게 인간의 살아 있는 믿음이 타락하는 모습이, 매몰
되어 있던 분노의 지옥이 내게 다가온 것입니다. 나는 그
경악스러운 모습에서 고상하고 강한 국민을 죽음으로 몰
아넣는 유독한 정신의 질병을 목격한 것입니다.

그때 나는 이상한 마음의 경험을 했습니다. 브루클린을
내내 뒤덮고 있던 그 음산한 공기, 내 영혼 속에 스며들
었던 그 공기가 다시 나를 뒤덮은 것입니다. 그리고 그곳
에서 밤의 정글 속을 거닐었던 기억이 되살아났습니다.
나는 다시 한번 노숙자들의 초췌한 얼굴, 방랑자들, 미국
에서 추방당한 사람들, 전에는 일을 했지만 다시 일자리
를 얻지 못한 노동자들, 아직 일을 해본 적이 없지만 일
자리를 구하지 못한 풋내기 청년들의 얼굴을 다시 보았
습니다. 그들은 쓰레기통에서 먹을 것을 찾고 뉴욕 시청
근처 화장실에서 추위를 피하고 지하철 바닥에서 신문지
를 요와 이불 삼아 잠을 청하는 사람들이었습니다.

전에 보았던 그 조각난 영상들이 내게 되살아나면서 동
시에 저 부유한 상류층의 삶이, 그 호사스럽게 번쩍이는

삶이, 그들의 그토록 달콤하고 세련된 쾌락이 떠올랐습니다. 자신들의 그런 삶의 토대가 된 비참과 불의에 대해 그토록 차갑게 무관심한 그들의 모습이……. 그 모든 것이 하나의 통합된 그림으로 내게 나타났습니다.

그토록 멀리 떨어져 있는 나라에서, 그토록 극심하게 격동에 휩싸인 어지러운 이국 상황에서 나는 처음으로 미국이 얼마나 병들었는가를 깨달았습니다. 그리고 그 병이 지금 무시무시한 세상이 된 독일의 병과 비슷하다는 것을, 그것은 바로 영혼의 병이라는 것을 깨달았습니다. 나중에 나와 절친인 독일인 프란츠 하일리히가 비슷한 말을 내게 해주었습니다. 독일에는 희망이 없으며 죽음, 파괴, 총체적 파멸 외에는 저지할 방법이 없다는 것이었습니다. 나도 그의 의견에 동의합니다. 하지만 미국이 독일과 같은 병을 앓고 있다 하더라도 내게는 미국의 병은 아직 치명적이지 않으며 치료가 불가능해 보이지도 않습니다. 만일 미국이 독일에서처럼 공포를 직시하는 것을 두려워하거나 그 이면을 면밀하게 조사하지 않는다면, 그 원인이 어디에 있는지 살피고 그것에 대해 진실을 말하지 않는다면 독일과 마찬가지로 절망적일 것이며, 독일보다 한층 더 절망적일 것입니다. 미국은 젊으며 아직 인류의 희망이 살아 있는 신천지입니다. 늙고 지쳐있는, 수많은 고질적인 질병에 시달리고 있는 유럽과 미국은 다릅니다. 미국은 아직 탄력이 있으며 쉽게 병을 치유할 수 있습니다. 다만, 다만, 무슨 수를 써서라도 진실을 두려워하지 않는 법을 터득했을 때만 그럴 수 있습니다. 독일에서는 꺼져버린, 진실이라는 서치라이트만이 인간의 고통받는 영혼을 정화하고 치유할 수 있습니다.

마침내 전체를 볼 수 있었던 그 밤이 지난 후에 다시 날이 밝았습니다. 신선한 아침 공기, 청동색의 소나무들, 맑은 녹색 연못, 매력적인 공원과 정원이 다시 눈에 들어왔습니다. 하지만 그것들은 모두 이전과는 달랐습니다. 삶에는 아침처럼 신선한 것뿐만이 아니라 지옥처럼 오래된 그 무엇, 인간이라면 누구나 앓고 있는 병이 있다는 것을 알았기 때문입니다. 그 병은 어둠에 처한 독일에서 발견한 것입니다. 그 병은 이곳에서 처음으로 한 단어로 분명하게 표현되었고 문장으로 짜였으며 가증스러운 체계를 이루었습니다. 그리고 매일매일 그것들이 계속 모든 것에 침투해 왔습니다. 마침내 그 어디를 가든, 내가 만나고 접촉하는 모든 삶에서 이루 말할 수 없이 오염된 폐허만을 만날 수 있을 뿐이었습니다.

그렇게 내 눈을 덮고 있던 얇은 막 한 꺼풀이 벗겨졌습니다. 그리고 내 눈이 보고 이해한 것을 결코 잊거나 외면하는 일이 다시는 없으리라는 것을 나는 알았습니다.

제34장 경외전(經外典)

조지는 글을 이어 나갔다.

이제 나는 내게 어떤 일이 일어났는지, 그것이 내게 어떤 영향을 미쳤는지 당신에게 말해준 셈입니다. '그런데 자네에게 일어난 일이 나와 무슨 상관이 있다는 거지?'라고 당신은 물을지도 모릅니다. 이제부터 그 질문에 답변을 드리려고 합니다.

이 편지 서두에서 나는 내가 20년 전 대학생이었을 때의 내 '인생철학'에 대해 언급했습니다. 하지만 내 인생철학이 어떤 것이었는지는 말씀드리지 않았습니다. 내게 정말로 그런 것이 있었는지 확신할 수 없기 때문입니다. 하

지만 내가 열일곱의 나이에 내게 '인생철학'이 있다고 생
각했다는 사실, 사람들이 대개 '인생철학'을 마치 구체적
인 사물처럼 집을 수 있고 무게와 크기를 잴 수 있는 것
처럼 생각한다는 것은 아주 흥미롭고 중요한 일입니다.
최근에 나는 『현대 철학』이라는 제목의 책에 글을 한 편
써달라는 원고 청탁을 받은 적이 있습니다. 나는 글을 쓰
려고 시도했다가 곧바로 포기했습니다. 내게 마치 '현대
철학'이라는 것이 있는 것처럼 말하고 싶지 않았고 또 그
런 준비도 되어 있지 않았기 때문이었습니다. 내가 그에
대해 말하고 싶지 않고 준비가 돼 있지 않다고 한 이유
는 내가 생각하고 믿는 것에 대해 혼란과 의혹을 느꼈기
때문은 아니었습니다. 실은 그것을 형식적이고 규정적인
언어로 말한다는 사실 자체에 대해 혼란과 의혹을 느꼈
기 때문이었습니다.

파인 록 대학에 다닐 때 우리가 저지른 잘못이 바로 그것
이었습니다. 우리는 진(眞)과 미(美)와 사랑과 실재(實在)
에 대해 하나의 개념을 갖고 있었습니다. 그리고 그 때문
에 그 단어가 지칭하는 대상에 대해 경직된 생각을 갖게
되었습니다. 그렇게 일단 하나의 개념으로 규정한 이후

에는 그에 대해 조금도 의혹을 품지 않았습니다. 최소한, 우리가 의혹을 품고 있다는 사실을 인정할 수 없었습니다. 그 태도는 매우 그릇된 태도입니다. 믿음은 본질적으로 의혹에 토대를 두고 있으며 실재의 정수는 질문에 있기 때문입니다. 시간의 본질은 흐르는 데 있지 고정하는 데 있지 않습니다. 신념의 본질은 모든 것이 흐르고 변화할 수밖에 없다는 것을 아는 데 있습니다. 성장하는 사람은 살아 있는 사람이고 그 살아 있는 사람의 '철학'도 그와 함께 성장하고 흘러야 합니다. 그렇게 정상적으로 성장하고 변하지 않는다면 역설적이게도 그 사람은 줏대가 없는 사람, 영원히 실없는 사람, 오늘은 너무 굳은 사람이었다가 내일은 흐물흐물한 사람이 되어버립니다. 그의 신념이라는 것은 일련의 고착된 생각들의 연속에 불과한 것이 되어버립니다.

그러므로 나는 당신의 '철학'을 규정하려는 시도는 하지 않겠습니다. 그것을 규정한다는 것은 한 인간을 닫힌 사람, 학구적인 사람으로 제한해 버리는 것을 의미하기 때문입니다. 그리고 다행히도 당신은 그런 부류의 사람이 아닙니다. 내가 만일 당신을 그런 식으로 규정한다면 당신의 얼굴에 조소와 경멸의 미소가 떠오를 것입니다. 그누가 당신의 그 뉴잉글랜드 기질을 곤충 채집하듯 핀으로 눌러 놓을 수 있겠습니까? 그토록 자존심이 강하고 그토록 부끄러움이 많으며, 그토록 위축되어 있고 고독하면서도 두려움이라고는 모르는 당신을 말입니다.

그러니, 경애하는 폭스 씨, 나는 당신을 규정하지 않겠습니다. 하지만 최소한 '그분이 내게는 어떻게 보이지? 내가 그분에 대해 어떻게 생각하지?'라는 나 자신의 질문에 대해서는 말을 해도 된다고 생각합니다. 그렇지 않을까요?

우선, 폭스 씨 당신은 내게 마치 경외전(정경에 포함되지 못한 외전-옮긴이 주)처럼 보입니다. 나는 그런 규정이 공정하다고 생각하며 그 규정에 대해서 당신도 동의하리라고 생각합니다.—혹시 나만의 착각일까요?—어쨌든 저는 그보다 더 어울리는 규정은 없다고 생각합니다. 물론 당신을 보다 잘 규정할 수 있는 표현이 글로 쓰이거나 그림으로 그려지거나 노래로 불렸을 수도 있겠지요. 하지만 나는 그런 것을 발견하지는 못했습니다.

9년 동안 당신을 관찰해온 결과 당신의 생활 방식과 사고방식을 비롯해 당신 감정의 움직임이나 행동 방식은 구약 전도서에 나오는 전도자의 모습 바로 그것이었습니다. 비견할 바 없이 훌륭한 모습이었습니다. 내가 보고 배운 것 중에서 지상에서의 인간의 삶을 그토록 고결하고 현명하며 간략하게 표현한 경우를 나는 보지 못했습니다. 시와 웅변과 진리가 가장 드높은 모습으로 꽃 피어난 것이 바로 그 전도자의 모습이었습니다. 나는 문학 창조에 관한 한 독단적인 판단을 내리기를 주저합니다. 하지만 딱 한 번 독단적인 판단을 내려야만 한다면 구약의 전도서가 내가 알고 있는 책 중에 가장 위대한 단 한 권의 책이며 그 속에 표현된 지혜야말로 영속할 것이라고, 가장 심오한 지혜라고 말할 수 있습니다.

그리고 나는 그 속의 표현들이 당신의 입장을 완벽하게 보여주고 있다고 말할 수밖에 없습니다. 매년 수차례 그 책을 읽으면서 나는 당신이 즉각 동의하지 않을 만한 단어나 구절을 단 한 군데도 찾을 수 없었습니다.

그 책 가운데 지금 내 머리에 떠오르는 몇 구절을 인용해 보겠습니다.

좋은 이름을 얻는 것이 값비싼 연고(軟膏)를 얻는 것보다 낫다는 말에 당신은 동의할 것입니다. 당신은 또한 죽는 날이 태어나는 날보다 낫다는 말에도 동의할 것입니다. 모든 것은 노고로 충만해 있으나 사람은 그것을 입 밖에 내지 못한다는 말, 눈은 본 것으로 만족하지 못하고 귀는 들은 것만으로 채워지지 못한다는 전도자의 말에도 동의할 것입니다. "지금까지 존재해온 것은 앞으로도 존재할 것이다, 지금까지 행해진 것은 앞으로도 행해질 것이다, 태양 아래 새로운 것은 아무것도 없다"라는 전도자의 말에도 당신은 동의할 것입니다. 모든 것에는 각자의 계절이 있고 하늘 아래 모든 목적에는 그 시기가 있다고 한 말에도 당신은 동의할 것입니다. 실제로 당신은 내게 여러 번 그런 충고를 해주셨으니까요.

"헛되고 헛되도다. 모든 것은 헛되도다"라고 전도자는 말했지요. 당신은 그 말에도 동의할 것입니다. 동시에 당신은 "어리석은 자는 두 손을 깍지 낀 채 제 살을 뜯어 먹는다"라는 말에도 동의할 것입니다. 당신은 또한 "네 손이 할 수 있는 일을 찾았으면 그것이 무엇이건 전력을 다하라. 네가 가게 될 무덤에는 일도, 꾀도, 앎도, 지혜도 없기 때문이다"라는 말에도 동의할 것입니다.

폭스 씨, 당신을 이렇게 요약해서 규정하는 것이 과연 옳은 일일까요? 저는 옳다고 생각합니다. 나는 당신의 사고와 행동에서 그 한 구절, 한 구절에 부합하는 경우를 수도 없이 보았으니까요. 그리고 그 한 구절, 한 구절이 강조하는 내용 자체를 바로 당신에게서 배웠으니까요. 언젠가 내가 당신에게 책을 바치면서 쓴 헌사를 보고 당신은 당신의 묘비명(墓碑銘)으로 삼아도 되겠다고 말했지요? 잘못 생각하신 겁니다. 당신의 묘비명은 여러 세기 전에 이미 새겨져 있었기 때문입니다. 전도서가 바로 당신의 묘비명인 것입니다. 저 위대한 전도자가 자신의 모습을 그리면서 이미 당신의 초상화를 그려놓은 것입니다. 당신은 그분이고 그분의 말씀은 완벽하게 당신의 말과 일치합니다. 만일 그분이 생존하지 않았거나 그런 말씀을 남기지 않았더라도 위대하고 고상한 그의 설교는 당신의 입을 통해 새롭게 나왔을 것입니다.

내가 당신, 그리고 그 전도자의 철학을 규정할 수 있다면 '희망에 차있는 숙명론'이라고 정의 내려야 한다고 생각합니다. 두 분 다 기본적으로는 비관론자이면서도 두 분 다 희망을 지닌 비관론자이기 때문입니다. 나는 당신과 전도자 두 분에게서 많은 것을 배웠습니다. 많은 진리를 배웠고 희망을 잃지 않는 것을 배웠습니다. 무엇보다 사람은 일을 해야 한다는 것, 자신이 할 수 있는 일을 제대로 능란하게 해야 한다는 것을 배웠습니다. 전에는 존재했을지 모르나 지금은 사라지고 없는 것을 아쉬워하고 그리워하는 것은 어리석은 자나 할 짓이라는 것을 배웠습니다. 그리고 나는 두 분에게서 수락(受諾)이라는 엄격한 교훈을 배웠습니다. 인간이 그 얼마나 비극적인 형극 속에 태어나는 것인지를 배웠고 그 형극의 수풀을 헤치고 살아가야 하는 존재라는 사실, 그 속에서 죽어가야 하는 존재라는 사실을 배웠습니다. 나는 그 근본적인 것들을 불평 없이 받아들이는 법을 당신 두 분에게서 배웠습니다. 동시에 그것을 수락하면서 내 앞에 주어진 일, 내가 할 수 있는 일에 온 힘을 다 기울여야 한다는 것을 배웠습니다.

그런데 아주 흥미롭게도 바로 여기서, 내가 당신을 인정하고 당신을 확인하는 바로 이 자리에서 나는 당신과 의견이 갈라집니다. 우리 두 사람이 반대편 양극에 서 있다는 그 기묘하면서도 힘든 역설이 바로 이곳에서 나타나는 것입니다. 나는 당신에게 감히 이렇게 말할 수 있을 것 같습니다.

"나는 당신이 한 모든 말을 믿습니다. 하지만 당신에게 동의하지는 않습니다."

그렇습니다, 폭스 씨, 모든 것의 뿌리는 바로 여기에 있습니다.

당신이 최근에 내게 보내준 편지에서—정말 훌륭하고 감동적인 글이었습니다—당신은 이렇게 말했습니다.

'나는 자네가 지금 떠나려 한다는 것을 알고 있네. 언젠가 그런 일이 있으리라는 것을 알고 있었네. 자네를 멈춰 세우지 않겠네. 어차피 벌어질 일이니 말일세. 그런데 정말 이상한 것은, 정말 힘든 것은 이제껏 모든 근본적인 일에서 자네처럼 나와 의견이 일치하는 사람을 본 적이 없었다는 사실이라네.'

그렇습니다. 이상하면서도 힘든 일입니다. 놀라우면서 신비스러운 일이기도 합니다. 쉽게 이해할 수 없는 일이면서 엄연한 진실이기도 합니다. 그리고 진실이면서 이상한 역설이기도 합니다. 이 세상 궤도에서 당신은 북극이고 나는 남극인 것 같습니다. 그렇게 균형이 잘 잡히고 의견의 일치를 보면서도, 경애하는 폭스 씨, 세상 전체가 바로 우리 둘 사이에 놓여 있는 것만 같습니다.

우리의 인생관이 같다는 것은 사실입니다. 우리는 함께 밖을 내다보면서, 사람들이 같은 태양 아래에서 타오르고 있는 모습, 똑같은 추위에 얼어붙고, 똑같은 풍상에 시달리고, 똑같이 멍청하게 속아 넘어가고, 똑같이 어리석게 배반당하고 잘못된 길로 접어드는 것을 함께 바라보았습니다. 우리는 회전하는 세상 양극에 서서 이 당혹스러운 세상, 고통받고 있는 세상을 본 것입니다. 그리고 우리가 바라본 것은 똑같았습니다. 우리는 인간의 어리석음, 우행, 악행만 본 것이 아니라 고결함, 용기, 열망도 보았습니다. 우리는 우리를 잡아먹고 뼈만 남겨 놓는 늑대와 같은 것들―탐욕, 공포, 특권, 힘, 폭정, 탄압, 가난과 질병, 불의, 잔인 등의 야수를 보았습니다. 그리고 우리가 본 것들에 대한 우리의 의견은 일치했습니다.

그런데 왜 우리는 완벽한 하나가 되지 못하는 것일까요? 왜 우리 사이에 논쟁이 벌어지고 이런 식으로 갈라서야만 하는 것일까요? 우리는 같은 것들을 보았고 같은 이름들을 붙였습니다. 우리는 그것들에 대해 똑같이 분노하고 혐오했습니다. 그런데도 우리는 의견이 다릅니다. 그리고 나는 지금 존경하는 당신께 작별 인사를 드리고 있습니다. 존경하는 분이시여, 젊은 시절 나의 영혼의 아버지요 인도자이셨던 분이시여, 이제 일은 벌어졌고 우리는 그것을 알고 있습니다. 왜 이런 일이 벌어진 것일까요? 나는 그 답을 알고 있습니다.

생로병사(生老病死)라는 인간의 숙명, 그 한계, 당신과 전도자의 신조이기도 한 그 한계를 받아들이는 태도에서 당신과 나는 차이가 있습니다. 간단히 말해 당신은 인류를 위협하고 있는 질병들은 고칠 수 없다고 생각하고 있습니다. 인간이 생로병사를 겪을 수밖에 없듯이 인간 스스로 만들어낸 온갖 괴물들―공포, 잔혹, 전제, 힘, 가난과 부(富)라는 괴물들에게 포위당하고 그 먹이가 될 수밖에 없다고 생각합니다. 당신은 이 모든 것이 숙명적으로 존재할 수밖에 없으며 영원히 존재하리라는 가혹한 체념의 숙명론을 견고하게 지니고 있습니다. 인간의 얼룩지고 고통받는 영혼 속에 그런 요소들이 항존(恒存)하고 있다고 믿고 있습니다.

친애하는 폭스 씨, 나는 당신의 말씀에 귀를 기울이고 당신을 이해합니다. 하지만 동의할 수는 없습니다. 당신은 지금 횡행하는 괴물을 괴멸시키면 그 대신 새로운 괴물들이 출현하리라고 느끼고 있습니다. 당신은 낡은 압제를 타도하더라도 불길하고 사악한 새로운 압제가 출현하리라고 느낍니다. 당신은 우리를 둘러싸고 있는 세상에서 위력을 발휘하는 악, 권력과 예속 사이의, 결핍과 풍요 사이의, 특권과 차별 사이의 그 기묘하게 일그러진 불균형이 불가피하다고 느낍니다. 그것은 인간이 받은 저주이며 인간 존재의 기본조건이기 때문이라는 것입니다. 그런 당신의 말에도 나는 귀를 기울이고 당신을 이해합니다. 하지만 동시에 바로 그 자리에서 당신과 나 사이의 틈이 한결 넓어진 것을 느낍니다. 당신은 그렇게 이야기하고 확언하지만, 그리고 그런 당신을 나는 이해하지만, 당신에게 동의할 수는 없습니다.

나는 당신보다 더 친절하고 온화한 분을 본 적이 없습니다. 하지만 동시에 당신처럼 숙명적으로 체념하는 사람을 본 적도 없습니다. 실제 생활과 행동에서 당신은 전도자의 설교를 마치 기적처럼 행하고 있습니다. 당신은 누군가 재능을 낭비하는 모습을 보이거나 삶을 남용하면서 해야 할 일을 하지 않는 모습을 보이면 얼굴이 파리해지고 머리칼이 하얗게 세어 버립니다. 그대로 두고 보지 못해서일 뿐 아니라 그 모습 자체가 너무 고통스럽기 때문입니다. 나는 당신이 노력해서 구할 가치가 있다고 생각하는 것을 구하기 위해 전력을 다하는 모습을 보았습니다. 나는 당신이 실패의 구렁텅이에 빠져 허우적거리는 사람을 온갖 노력과 인내심을 발휘하여 그 구렁텅이에서 끌어내 주는 모습을 보았습니다. 그리고 그를 끌어내려다 미끄러지고 실패할 때마다 당신은 체념과 후회 대신 눈을 빛내며 "그대로 내버려 두면 안 돼! 아직 포기할 때가 아니야. 절대로 내버려 둘 수 없어"라고 말하는 모습, 강철 같은 의지를 내보이는 모습을 보았습니다. 따라서 내가 당신에게서 체념의 모습을 보았다고 말하는 것은 일반적인 의미와는 다릅니다. 당신의 체념에는 집념과 끈기, 용기가 함께 하고 있습니다. 그런 의미에서 당신은 가장 낯설면서도 가장 친근한 존재이며 가장 구불구불하면서도 가장 곧은, 가장 단순하면서도 가장 복잡한 존재입니다.

구원할 수 있는 것은 모두 구원하려는 당신의 그 기적적인 노력에 대해 한마디도 않은 채 당신이 이 고통받는 세상의 온갖 고난과 불의를 체념적으로 받아들이고 있다고 말하는 것은 정말 부당한 일일 것입니다. 모든 일에 전력을 다하라는 전도자의 명령을 당신처럼 충실히 수행한 사람도 없을 것입니다. 구원할 수 있는 것, 치료할 수 있는 것을 구원하고 치료하려는 노력을 당신처럼 성실히 수행한 사람도 없을 것입니다. 그렇지만 '치료 불가능한 것'을 당신처럼 묵묵히, 그리고 무관심하게 받아들였던 사람도 없을 것입니다. 당신은 무모하게 스스로 파멸에 빠진 친구를 구하기 위해 온갖 위험을 다 무릅쓰리라고 생각합니다. 하지만 당신은 죽음처럼 피할 수 없는 운명은 후회 없이 받아들이리라는 것을 나는 알고 있습니다. 나는 의사조차 원인을 밝히기 어려운 질병으로 고생하는 사랑하는 자식에 대한 걱정으로 당신의 얼굴이 수척해지고 두 눈이 퀭하니 들어가는 모습을 보았습니다. 당신은 마침내 그 병의 원인을 발견했고 그 병의 진행을 저지할 수 있었습니다. 하지만 만일 그 병이 치명적이고 고칠 수 없는 것이었다면 당신은 곧 체념하고 그 상황을 침착하게 받아들였을 것입니다.

바로 이 점에서 당신과 나 사이에는 기묘한 역설이 존재합니다. 마치 우리 둘이 양극단에 서 있는 것 같은 역설이 나타나는 것입니다. 그리고 바로 그곳에 우리 사이 갈등의 뿌리가, 우리가 갈라서야만 하는 이유의 뿌리가 존재합니다.

당신의 철학은 당신을 주어진 사물의 질서를 있는 그대로 수락하는 쪽으로 이끌었습니다. 그것을 바꿀 수 있다는 희망이 없기 때문입니다. 만일 당신이 그 질서를 바꿀수 있다 하더라도 당신은 다른 질서도 전의 질서만큼 나쁘리라고 느낄 것입니다. 영속하는 시간의 견지에서 보자면 당신이나 전도자가 옳을 것입니다. 전도서의 지혜보다 더 위대한 지혜는 없을 것이기 때문입니다. 바위처럼 굳건한 숙명론처럼 궁극적으로 진실한 '수락'은 없을 것이기 때문입니다. 인간은 태어나서 고통받고 죽게 되어 있습니다. 비극적인 운명을 맞을 수밖에 없습니다. 궁극적으로 그것을 부인할 수는 없습니다. 하지만 경애하는 폭스 씨, 우리는, 우리가 부인할 수 없는 그것을 우리가 살아 있는 내내 부인해야만 합니다.

인류는 영원을 위해 만들어졌지만 살아 있는 인간은 매일매일을 위해 만들어졌습니다. 그의 오늘의 삶 뒤에는

새로운 악이 생겨나겠지만 지금 그에게 관심이 있는 것
은 지금의 악입니다. 그리고 나 같은 사람의 믿음의 본질
은, 나와 같은 신념을 지닌 사람들의 종교의 본질은 인간
의 삶이 나아질 수 있으며 나아지리라는 믿음, 현재 우리
앞에 모습을 보이는 인간의 거대한 적들, 공포, 증오, 예
속, 잔혹, 가난, 궁핍이 정복되고 파괴될 수 있으리라는
믿음에 있는 것처럼 보입니다. 그 적들은 체념적인 숙명
론에 의해서는 결코 정복되거나 파괴될 수 없습니다. 수
락의 철학에 의해서는 파괴될 수 없습니다. 세상은 여전
할 것이고 악은 여전할 것이라는 비극적 가정(假定), 형태
야 바뀔지 몰라도 선은 선으로 악은 악으로 여전히 존재
할 것이라는 비극적 가정으로는 파괴될 수 없습니다. 우
리가 증오하는 악, 나 못지않게 당신도 증오하는 악은 어
깨를 으쓱하거나 한숨을 쉬거나 고개를 흔든다고 해서—
제아무리 현명한 사람의 머리라 할지라도—타도할 수 없
습니다. 우리가 그런 태도를 보이면 그 악은 우리를 조롱
하고 점점 대담해질 것입니다. 낡은 악을 퇴치하면 더 강
력한 새로운 악이 나타날 것이라고 믿는 것, 판도라의 상
자가 한 번 열리면 그 속의 온갖 추한 것들이 끊임없이

뛰처나오리라고 믿는 것, 바로 그것이 악이 영속하도록 도와주는 것 아닐까요.

영원의 관점에서 보면 당신과 전도자가 옳을지도 모릅니다. 하지만 경애하는 폭스 씨, 우리 살아 있는 사람들은 바로 지금을 위해 존재합니다. 그리고 우리가 말해야 하는 것, 우리가 보고 알 수 있도록 진리에 대해 말하는 것은 바로 지금을 위해서이고 살아 있는 우리를 위해서입니다. 적이 우리에게 온다면 우리는 우리 속의 진리라는 용기를 가지고 그에 맞서야 합니다. 그러면 적을 굴복시킬 수 있습니다. 그리고 그들을 정복한 후에 새로운 적이 다가오더라도 우리는 바로 그 지점에서 그들과 맞서서 똑같이 행동할 것입니다. 그 사실을 긍정하는 것, 끊임없는 싸움을 지속하는 것, 그것이 인간의 종교요, 살아 있는 믿음입니다.

제35장 신조

조지가 쓴 편지의 결론 부분은 다음과 같다.

나는 많은 것을 믿어 왔고 그것들을 믿는다고 말해 왔지
만 믿음에 대해 진술해본 적은 없습니다. 나는 나의 믿음
에 대해 구체적인 용어로 진술해본 적이 없습니다. 내 성
격상 그 어떤 것도 굳은 틀이나 공식에 끼워 넣는 것에
반감을 지니고 있었기 때문입니다.

당신이 '삶의 바위' 같은 존재라면 나는 '거미줄'입니다.
당신이 '시간의 화강암'이듯이 나는 '시간에 뿌리 내린
식물'입니다. 나의 삶은 내가 아는 그 누구의 삶보다도
더 성장의 모습을 띠고 있습니다. 내가 아는 그 누구도

나만큼 시간과 기억이라는 토양에, 개인적 우주라는 기후에 깊이 뿌리를 내리고 있지 않습니다. 당신은 헤라클레스의 싸움과도 같은 그 과정 내내 내 뒤를 돌봐 주었습니다. 내가 브루클린이라는 깊은 정글을 탐사하는 4년 동안—그 정글의 깊이는 정확히 내 영혼의 깊이와 일치했습니다—당신은 내 곁에 있었고 내 뒤를 따랐으며 나에게서 떨어지지 않았습니다.

당신은 내가 끝을 보리라는 것, 원을 한 바퀴 돌아 전체에 도달하리라는 것을 믿어 의심치 않았습니다. 의혹은 오로지 내 안에, 나의 피곤함과 절망 속에 존재했으며 주변의 가벼운 입놀림들, 내가 결코 다시 시작하지 못할 것이기 때문에 끝을 맺을 수 없으리라는 속삭임 속에만 존재했습니다. 하지만 나는 그런 속삭임 따위는 조금도 두렵지 않았습니다. 내 두려움은 오히려 그와는 정반대였습니다. 시작도 하지 못할까 봐 두려웠던 것이 아니라 내가 아는 것, 내가 느끼고 생각하는 것, 말해야만 하는 것을 완벽하게 다 말하지 못함으로 인해서 끝을 보지 못할까 봐 두려웠던 것입니다.

나는 거대한 거미줄에 사로잡혀 있었고 그것은 어머니

혈통으로부터 물려받은 유산이었습니다. 그것은 생생하게, 그리고 촘촘하게 나를 둘러싸고 있는 막 같은 것이었습니다. 그 유산은 나를 나 자신의 삶뿐 아니라 내가 태어난 곳의 과거와 나를 묶었습니다. 그리고 깊은 곳까지 더듬거리며 탐사하는 그 촉수에서 벗어날 수 있는 것은 아무것도 없었습니다. 어느 날 동트는 모습, 맨발에 느껴지는 풀잎의 감촉, 어느새 훤하게 밝아진 세상, 철문을 닫는 소리, 전차가 천천히 모퉁이를 돌아가며 덜컹거리는 소리, 사람들이 점심을 먹으러 집으로 가면서 내는 자박자박 발자국 소리, 순무 어린잎 냄새, 암탉 울음소리, 그리고 꿈처럼 아련해지는 시간……. 그 모든 것을 나는 하나도 잃지 않았습니다. 그것들은 모두 끊임없는 물결이 되어 되돌아왔습니다. 아버지 집 벽난로 선반의 페인트 자국, 아버지가 즐겨 앉던 낡은 가죽 소파 냄새, 지하실의 먼지 자욱한 유리병과 거미줄 냄새, 외양간에서 들려오던 희미한 말발굽 소리, 말똥 냄새……. 나는 모든 시기와 날씨를 다시 살았습니다. 친척들의 음성, 그들이 짓고 살다가 죽어간 집들, 그들이 걸어간 울퉁불퉁한 길, 모 이모의 이야기를 통해 알게 된 그들의 기록되지 않은 초라한 삶들……. 그 모든 것이 거대한 공동(空洞)의 끊임없는 고동(鼓動) 속에서 되살아났고 마치 식물처럼 줄기마다, 뿌리마다, 꽃술마다 되돌아와서 완전한 하나가 되었습니다. 그리고 그 식물은 그것을 낳은 대지, 그 자신이 대지의 마지막 살아 있는 부분이 된 그 흙에 단단히 다시 뿌리를 박았습니다.

경애하는 폭스 씨, 당신은 내가 그 식물을 뽑아내어 그 섬유 가닥 가닥을 거슬러 올라가 눈멀고 말 못 하는 대지 최후의 가느다란 뿌리에 이르게 될 때까지 내 곁에 머물러 있었습니다. 그리고 이제 그 일이 끝나고 원을 한 바퀴 돌았습니다. 그리고 우리도……. 우리도 끝에 도달했습니다. 그리고 내게는 당신에게 할 말이 남았습니다.

나는 우리 미국이 길을 잃고 있다고 믿습니다. 하지만 나는 길을 다시 찾을 수 있으리라고 믿습니다. 그리고 그 믿음이 우리의 희망일 뿐 아니라 미국의 영원히 살아 있는 꿈으로 보입니다. 나는 우리가 미국에서 형성해낸 삶, 우리를 만들어낸 삶, 우리가 만든 형식과 우리가 키운 세포, 새롭게 창조된 그 벌집은 본래 자기 파괴적이라고, 그렇기에 그 모든 것은 반드시 파괴되어야만 한다고 생각합니다. 나는 우리가 만든 그 형식이 죽어가고 있다고, 죽어야 한다고 생각합니다. 그 형식 안의 미국과 미국인은 죽음을 모르는 미지의, 불멸의 존재, 살아야만 하는 존재임을 나는 알고 있으며 그렇기에 역으로 그 형식은 죽어야 합니다.

나는 진정한 미국의 발견은 아직 우리 앞에 있다고 생각합니다. 우리의 정신은, 진정한 우리 국민은, 강력하고 불멸인 나라는 아직 오지 않았다고 생각합니다. 나는 우리가 아직 민주주의를 진정으로 발견하지 못했다고, 그것은 아직 우리 앞에 있다고 생각합니다. 그리고 그 모든 것이 아침이 오듯 올 것이며 한낮이 오듯 불가피한 것이리라고 생각합니다. 미국이 지금 여기 있다고, 우리 앞에서 우리를 향해 손짓하고 있다고, 이것은 우리의 살아 있는 희망일 뿐 아니라 우리가 성취해야 할 꿈이라고 내가 말할 때 나는 살아 있는 모든 사람의 목소리를 대변하고 있다고 생각합니다.

나는 적 역시 바로 여기 우리 앞에 있다고 생각합니다. 그리고 우리는 적의 모양과 얼굴을 알고 있다고 나는 생각합니다. 우리가 적을 알고 있으며 그 적과 맞설 것이고, 그 적을 정복해야 한다는 사실을 우리가 아는 것, 그것 또한 우리의 살아 있는 희망입니다. 나는 적이 수천의 얼굴을 한 채로 우리 앞에 있다고 생각합니다. 하지만 그 무수한 얼굴에는 한 가지 가면만이 씌워져 있다는 것을 우리는 알고 있다고 생각합니다. 적은 오로지 이기적이고 충동적인 탐욕의 가면을 쓰고 있습니다. 적은 맹목적이시만 맹목적이기에 더 잔인하게 약탈을 자행합니다. 나는 그 적이 어제 나타났다거나 40년 전에 어른이 되었다거나 1929년에 병에 걸려 쓰러졌다고 생각하지 않습니다. 또 우리가 적이 없이 시작했다가 우리의 비전이 비틀거리며 길을 잃고 갑자기 적의 진영에 들어서게 되었다고도 생각하지 않습니다. 나는 적이 '시간'만큼 오래되었고, '지옥'만큼 사악하다고, 애초부터 여기 우리와 함께 있었다고 생각합니다. 나는 그 적이 우리의 땅을 우리로부터 훔쳐 갔다고, 우리의 재산을 파괴했다고, 우리의 토양을 유린하고 황폐화시켰다고 생각합니다. 나는 적이 우리의 백성을 끌고 가 노예로 만들고 우리의 생명의 샘을 오염시켰으며 우리의 진귀한 보물을 자기 것으로 만들고 우리의 빵을 훔쳐 가고 껍질만 남겨주었다고 생각합니다. 그러나 적은 그러고도 만족할 줄 모릅니다. 적이 본래 만족할 줄 모르는 속성을 지니고 있기 때문입니다. 결국 적은 그 빵 껍질마저 빼앗으려 합니다.

적(敵)은 순진한 얼굴로 우리에게 와서 "나는 당신 친구입니다"라고 말하리라고 나는 생각합니다. 적은 우리를 속이고 다음과 같이 감언이설을 우리에게 들려줄 것입니다. "자, 봐요. 나는 당신 편이야. 당신 자식, 아들, 형제, 친구 중의 한 명이야. 내가 얼마나 부유하고 강한지 봐요. 내가 바로 당신들 중 한 사람이니까 그런 거야. 당신과 같은 사고방식, 생활 방식을 갖고 있어서 가능한 거야. 내가 지금의 모습을 이룩할 수 있었던 것은 내가 당신 중 한 사람이고 당신의 겸손한 형제이며 당신의 친구이기 때문이라오."

적은 소리칩니다.

"자, 보시오. 내가 어떤 사람인지, 내가 어떻게 이런 사람이 되었는지, 내가 어떤 것을 완수했는지…… 그리고 생각해 보시오. 이걸 파괴하겠다는 거요? 당신들이 지닌 가장 소중한 것인데……. 이것은 당신들 자신이며 당신들

각자의 투영(投影)이고 당신들 개인적 삶의 승리이며 당신의 핏줄에 뿌리내리고 있는 것이며 당신들 혈통에 속하는 것이고 미국의 전통을 계승한 것이오. 이것은 당신모두가 되고 싶어 하는 모습이란 말이오."

이어서 적은 아주 겸손하게 말합니다.

"내가 당신들 중의 하나가 아닌가요? 내가 당신의 형제나 아들이 아닌가요? 나는 당신들 누구나 되고 싶어 하는 이미지가 아닌가요? 당신 아들이 그렇게 되었으면 하고 바라는 이미지가 아닌가요? 당신 자신의 영웅적 자아가 영광스럽게 실현된 이 모습을 파괴하겠다는 거요? 만일 그렇게 한다면 당신은 당신 자신을 파괴하는 것이고, 가장 영광스러운 미국적인 것을 파괴하는 것이오. 그런 살해를 자행함으로써 당신은 당신 자신을 죽이는 것이오."

그는 거짓말을 하고 있는 것입니다. 그리고 우리는 이제 그가 거짓말을 하고 있다는 것을 알고 있습니다. 그는 영광스럽지도 않고 우리 자신도 아닙니다. 그는 우리의 친구도, 아들도, 형제도 아닙니다. 그는 결코 미국적이지 않습니다! 그가 제아무리 수많은 친근하고 다정한 얼굴을 하고 있더라도 그의 진짜 얼굴은 지옥처럼 늙은 얼굴이기 때문입니다.

주위를 한 번 살펴보고 그 적이 어떤 일을 했는지 보면 알 수 있습니다.

경애하는 나의 오랜 친구 폭스 씨, 이제 우리는 우리가 함께 걸어왔던 길의 끝에 와 있습니다. 내 이야기도 끝났고……. 이제 작별 인사를 드립니다.

하지만 떠나기 전에 한 가지만 더 말씀드리겠습니다.

밤에 얼마 남지 않은 해(年)의 촛불을 태우면서 무언가 내게 말을 했습니다. 어디서 들려오는 소리인지 모르겠지만 어둠 속에서 그 무언가 말했습니다. 내가 죽을 것이라고……. 그 목소리는 이렇게 말했습니다.

"더 큰 앎을 위하여 네가 알고 있는 땅을 잃을 것. 더 큰 삶을 위하여 네가 누리고 있는 삶을 잃을 것. 더 큰 사랑을 위하여 네가 사랑하는 친구들을 떠날 것. 고향보다 더 정답고 지구보다 더 큰 땅을 발견할 것……."

"이 땅의 기둥들이 세워지고 세상의 양심이 지향하는 곳…… 바람이 일고 강물이 흐른다."

『그대 다시는 고향에 가지 못하리』를 찾아서

토머스 울프(Thomas Wolfe, 1900~1938)의 『그대 다시는 고향에 가지 못하리』를 재미있게 읽으려면 작가의 생애부터 조금은 자세히 살펴볼 필요가 있다. 다른 문학 작품과는 사뭇 다른 토머스 울프 작품의 특색 때문이다. 그는 거의 모든 작품을 자신의 실제 경험을 바탕으로 썼다. 그것도 살아오면서 겪은 어느 특별한 사건을 소재로 삼은 것이 아니라 그의 생애 전체가 바로 그의 작품의 소재가 된 것이다. 어찌 보면 그의 작품은 일종의 자서전과 비슷하다.

토머스 울프는 1900년 10월 3일 미국 노스캐롤라이나주(州) 애슈빌에서 8남매의 막내로 태어났다. 나무들이 울창한 산에 둘러싸인 인구 5만의 시골 마을이었다. 그의 아버지 윌리엄 올

리버 울프는 묘비를 만들어 파는 석공이었지만 문학을 좋아했으며 유명한 극 대사나 시를 외우는 낭만적인 사람이었다. 반면에 여교사 전력을 가진 그의 어머니 줄리아는 이재에 밝아서 하숙집을 따로 경영했으며 부동산에도 관심이 많았다. 토머스 울프가 어려서부터 책을 가까이하면서 문학적 소양을 키울 수 있었던 것은 전적으로 아버지의 영향 덕분이었다고 할 수 있다.

스무 살이 되던 1920년에 노스캐롤라이나 대학을 졸업한 그는 어머니의 경제적 뒷받침으로 하버드 대학에 입학해서 극작 연구를 계속할 수 있었다. 대학 재학 시절 그는 희곡을 쓰기도 했고 대학 신문 편집 기자로 활동하기도 했다. 그러나 그는 무엇보다도 엄청난 독서광이었다. 대학 시절로부터 그 후 약 10년간 그가 독파한 책은 무려 2만 권에 달했다고 알려져 있다. 그 방대한 독서량이 그의 창작의 밑거름이 되었음은 물론이다.

1922년 하버드 대학에서 석사 학위를 받은 울프는 뉴욕 대학(NYU) 내 워싱턴스퀘어 칼리지에서 영어와 작문을 가르쳤다. 그는 과제로 받은 학생들의 작문에 평을 써서 돌려주었는데 그 평이 작문보다 길어지는 때가 많았다고 한다. 도중에 몇 번 휴직하기도 했지만 그는 대학 강사직을 7년간 계속했다. 그 사이 그는 유럽을 두 번 여행했고, 두 번째 여행 시 런던에 머물며 소설을 쓰기 시작했다. 자신이 쓴 희곡을 브로드웨이에 팔려고 몇 번 시도해 보았지만 너무 길다는 이유로 번번이 거절당했기에 소설을 쓰기로 방향을 전환한 것이다.

1925년 유럽 여행에서 돌아온 울프는 얼라인 번스타인을 만나 사랑에 빠신니. 울프보다 스무 살이나 연상인 그녀는 연극 무대 디자이너였고 두 자녀가 있는 유부녀였으며 그녀의 남편은 성공한 증권 중개인이었나. 두 사람은 이후 5녀간 사랑을 나누었다. 달콤하다기보다는 시끌벅적하고 다툼도 많은 연애였지만 그녀는 그의 글쓰기를 격려하고 경제적 도움을 주는 등 토머스 울프의 작가 생활에 큰 영향력을 발휘했다.

이후 낮에는 가르치고 밤에는 글을 쓰는 나날들이 이어졌다. 때로는 밤을 새우기도 했다. 하루에 담배를 세 갑씩 피웠고 커피를 스무 잔 마셨으며 배가 고프다는 생각이 들 때면 주로 콩으로 끼니를 때우는 혹독한 각고의 나날들이었다. 그는 세 사람이 겨우 들 수 있을 정도의 방대한 분량의 원고를 출판 중개인에게 맡기고 다시 유럽 여행길에 오른다. 그가 처음에 붙인 소설 제목은 『오, 잃어버린 것들』이었다.

그 책은 1929년 미국 주식 시장 붕괴가 시작되기 열하루 전에 출간된다. 그가 세 번째 유럽 여행으로부터 돌아온 직후였다. 여러 출판사에서 퇴짜를 맞은 그 소설의 진가를 알아보고 출판한 사람은 스크리브너 출판사 사장이자 편집인인 맥스웰 퍼킨스였다. 그는 당시 가장 저명한 편집인 겸 출판인으로서 헤밍웨이와 피츠제럴드도 그와 손을 잡고 있었다. 퍼킨스는 그토록 방대한 책을 그대로 출간할 수는 없다며 울프와 함께 소설 주인공을 중심으로 삭제, 재구성 작업에 착수한다. 8개월에 걸친 가위질, 수정, 재구성 작업 끝에 그 소설은 『천사여, 고향을 보라』라는 제목으로 세상에 나온다. 울프는 퍼킨스와 자주 만나면서 그를 정신적 아버지로 삼게 되었고, 딸만 다섯 두었던 퍼킨스는 울프를 양자처럼 아끼고 사랑했다.

『천사여, 고향을 보라』는 출간 즉시 대단한 센세이션을 불러일으킨다. 신문에 연일 새로운 소설의 출현이라는 찬사와 함께 호평이 이어졌다. 평론가이자 하퍼 출판사를 경영하고 있던 에드워드 애즈웰은 '1929년 가을에 두 가지 비상한 사건이 벌어졌으니 그중 하나는 미국의 경제 대공황을 몰고 온 주식의 대폭락이며 다른 하나는 토머스 울프라는 미지의 작가가 『천사여, 고향을 보라』라는 작품을 출간했다는 사실이다'라고 썼다. 이어서 울프식의 파노라마적인 묘사와 고독하고 우울한 분위기를 자아내는 문체가 30년대 작가 지망생들 사이에서 크게 유행한다. 마치 20년대 젊은 작가 지망생들이 피츠제럴드의 '재즈 시대' 정경에 대한 묘사를 즐겨 모방했던 것과 비슷한 현상이었다. 그런데 『천사여, 고향을 보라』는 그의 고향 애슈빌의 주민들 사이에서는 전혀 다른 반응을 불러일으켰다. 애슈빌 주민들은 그 소설이 그의 고향을 그대로 재현한 것이라며, 고향과 고향 사람들의 타락상과 퇴폐적인 모습을 고발하고 폭로했다고 분노했다. 그리고 뉴욕에 서주하고 있는 그에게 공갈 협박 편지가 쇄도했다. 심지어 명예 훼손으로 울프에게 소송을 제기하는 사람도 있었다. 한 여인은 '자기는 사형(私刑)을 인정하지 않지만 울프를 광장으로 끌어내어 나무에 매달고 온갖 형벌을 가하더라도 반대하지 않을 것이다'라는 편지를 보내기도 했다. 울프는 이후 8년 동안 고향 땅을 밟지 않았다.

인세로 생활이 가능해진 울프는 1930년 대학 강사직을 사임하고 그해 5월 구겐하임 장학금을 받아 다시 유럽 여행길에 오른다. 그리고 그 여행길에 오르면서 얼라인 번스타인과의 관계를 청산한다. 당시 『천사여, 고향을 보라』는 영국과 독일에서 베스트셀러 목록에 올라있었고, 울프는 유명 인사가 되어 있었다.

1931년 봄 다시 뉴욕으로 돌아온 울프는 브루클린 남부의 어느 지하실에 방을 얻어 4년간 새로운 소설 집필에 몰두한다. 그리고 톨스토이의 『전쟁과 평화』 두 배 분량에 달하며 마르 셀 프루스트의 『잃어버린 시간을 찾아서』 분량과 맞먹는 대하 소설을 탈고한다. 원고를 검토한 퍼킨스는 이 책이 상업적으로 크게 성공할 것임을 예감하고 상당 부분 삭제할 것을 권한다. 울프는 그의 권고대로 소설을 손본 후 『세월과 강물』이라는 제 목의 장편 소설을 출간한다. 1935년 겨울이었다. 그 사이에도 그는 두 권의 짧은 소설과 한 권의 단편집을 출간했으니 말 그 대로 죽기 살기로 소설 집필에 매달렸다고 할 수 있다.

『세월과 강물』은 퍼킨스의 예상대로 대단한 상업적 성공을 거둔다. 그런데 그 소설에 대해서도 그의 고향 애슈빌 주민들 은 울프가 『천사여, 고향을 보라』를 발표했을 때만큼 분노한다. 역설적이게도 그 소설에 자신들 이야기가 전혀 나오지 않았기 때문이다.

『세월과 강물』 출간을 끝으로 그는 퍼킨스의 스크리브너 출 판사와 결별하고 에드워드 애즈웰의 하퍼 출판사와 손을 잡는 다. 그의 소설에 대한 퍼킨스의 지나칠 정도로 엄격한 편집 태 도에 반발한 것일 수도 있으며 그의 성공이 퍼킨스의 편집 능 력 덕분이라는 일부 평론가의 가혹한 지적에 대해 울프 자신이 민감하게 반응한 결과일 수도 있다.

『세월과 강물』을 출간한 뒤 그는 다시 유럽 여행길에 오른다. 여행 중 특히 독일에 오래 머문 그는 히틀러 나치 정권의 폭정을 직접 경험한다. 그는 귀국 후 히틀러 나치 정권의 폭정을 규탄하는 내용의 「나는 너에게 할 말이 있다」를 「뉴 리퍼블릭」 지에 연재한다. 그 글을 연재하면서 울프의 모든 책은 독일 당국에 의해 판금 처분을 받았고 그는 독일 입국 거부자 명단에 오른다. 한편 「나는 너에게 할 말이 있다」의 일부 내용은 그가 죽은 후 『그대 다시는 고향에 가지 못하리』에 편입되었다. 1937년 초,『천사여, 고향을 보라』출간 이후 8년 만에 그는 처음으로 고향 애슈빌을 방문한다. 그리고 그것은 그의 살아생전 마지막 고향 방문이 되었다.

1938년 울프는 『거미줄과 바위』라는 방대한 소설을 하퍼 출판사의 애즈웰에게 넘긴 후 미국 서부로 휴양 여행을 떠난다. 그해 7월 시애틀 여행 도중 울프는 폐렴에 걸리고 그곳 병원에 3주간 입원한다. 합병증으로 결핵 증세가 나타나는 등 병세가 악화하자 그의 누이가 그를 찾아가 볼티모어의 존스 홉킨스 병원으로 옮겼지만 그는 의식을 회복하지 못한 채 세상을 떠난다. 38세 생일을 18일 앞둔 날이었다. 그가 아직 혼수상태에 빠지기 전 그는 퍼킨스에게 감사의 편지를 써 보낸다. 퍼킨스 덕분에 자신이 글쓰기와 삶의 의미를 깨달을 수 있었으며 덕분에 소설을 계속 쓰는 것이 가능했다는 내용이었다. 그의 유해는 K19호 열차에 실려 고향 애슈빌로 돌아왔고 '리버사이드 묘지'의 부모와 친척들 곁에 묻힌다. 울프가 사망하자 「뉴욕 타임스」는 우리 시대가 가장 아끼고 앞날이 기대되는 천재를 잃었다고 썼다.

울프는 살아생전 자신의 4편의 대표작 중 절반만 출간한 작가인 셈이었다. 사망 당시, 완성된 두 권의 장편 소설을 편집자에게 넘긴 상태였던 것이다. 앞서 언급한 『거미줄과 바위』, 그리고 우리가 읽은 『그대 다시는 고향에 가지 못하리』가 바로 그것이다.

다시 말하지만 그의 작품들은 모두 그의 삶 그 자체를 소재로 삼은 것이다. 그가 남긴 4대 장편 소설이 모두 그러하다. 『천사여 고향을 보라』는 주인공, 즉 작가의 유년기를 그리고 있고 『세월과 강물』은 고향을 떠나 하버드 대학을 다니던 때부터 런던과 파리 여행 경험까지의 이야기를, 『거미줄과 바위』는 주인공이 작가로서 처음으로 성공을 거두던 때의 모습과 뉴욕 상류 사회에서 받아들여지던 때의 모습을 그리고 있다. 그리고 그의 마지막 장편인 『그대 다시는 고향에 가지 못하리』는 유럽 여행을 거쳐 뉴욕으로 돌아와 전업 작가로서 살아가게 된 주인공의 모습을 그리고 있다. 울프 사망 2년 후인 1940년에 출간된 『그대 다시는 고향에 가지 못하리』는 그의 작품의 완결편인 동시에 그의 삶의 완결편이라고 볼 수 있는 것이다. 게다가 그 작품은 '밤에 얼마 남지 않은 해(年)의 촛불을 태우면서 무언가 내게 말을 했습니다. 어디서 들려오는 소리인지 모르겠지만 어둠속에서 그 무언가 말했습니다. 내가 죽을 것이라고……. 그 목소리는 이렇게 말했습니다. "더 큰 앎을 위하여 네가 알고 있는 땅을 잃을 것. 더 큰 삶을 위하여 네가 누리고 있는 삶을 잃을 것. 더 큰 사랑을 위하여 네가 사랑하는 친구들을 떠날 것. 고향보다 더 정답고 지구보다 더 큰 땅을 발견할 것……"'이라는 대목으로 끝난다. 말하자면 마치 유언을 남기듯 쓴 작품인 것이다. 평생을 치열하게 보고 느끼고 쓰면서 깨달음과 탈바꿈의 삶을 살았던 작가는 죽음을 예감했을 뿐 아니라 그 죽음까지도 새로운 시작으로, 더 큰 삶으로의 탈바꿈으로 승화시킨 셈이다.

『그대 다시는 고향에 가지 못하리』는 주인공 조지 웨버가 유럽 여행으로부터 뉴욕으로 돌아오던 때부터 이야기가 시작된다. 물론 조지 웨버는 토머스 울프 자신이다. 그는 연인이었던 에스더 잭과의 관계를 끊으려고 유럽으로 도피 여행을 한 것이지만 뉴욕으로 돌아오자 그녀와의 연애를 다시 시작한다. 그리고 얼마 후 경천동지할 일이 벌어진다. 그가 맡기고 떠났던 원고가 폭스홀 에드워즈의 눈에 띄어 그가 편집인으로 있는 제임스 로드니 출판사에서 출간되는 경사를 맞는 것이다. 작가로서 성공하겠다는 그의 꿈이 이루어진 것이다. 그 성공에 조지가 기뻐하고 행복해하는 것은 당연하다.

모든 미국인이 그렇듯이 조지는 물질적인 성공을 동경해 왔다. 따라서 고향 사람들이 그가 성공했다고, 혹은 적어도 성공 가도에 들어섰다고 믿게 되었다는 사실은 그를 행복하게 해주었다. 그가 성공했다고 믿게 만드는 데 결정적인 역할을 한 한 가지 사실이 있었다. 바로 그의 책을 출간하기로 한 출판사의 명성이었다. 사람들은 누구나 그 출판사에 대해 알고 있었으며 길에서 그를 만난 사람은 그의 손을 흔들며 다음과 같이 말했다.
"그래, 자네 책이 제임스 로드니 출판사에서 출간된다지?"
(……) 그 어조 속에는 그가 책을 출간하게 된 사실을 축

하한다는 뜻만이 아니라 그토록 명망 있는 로드니 사에서 출판을 하게 되었다니 운수 대통했다는 뜻도 포함되어 있었다. (……) 그는 마을 사람들의 눈에서 '자네 성공했군'이라는 의미를 읽어낼 수 있었다. 그는 이제 작가—오, 그 얼마나 묵직한 단어인가!—가 되겠다는 헛된 꿈을 좇고 있는 이상한 젊은이가 아니었다. 그는 이미 작가였다. 그는 작가일 뿐 아니라 출간을 앞둔 작가였으며 그것도 저 전통과 명성을 겸비한 제임스 로드니 출판사에서 책을 출간하게 된 훌륭한 작가였다.

(……)

그는 행복했다. 성공했다는 느낌처럼 마음속에 품고 있던 원한을 시원하게 벗어버리게 해줄 수 있는 것은 없다. 이제 조지에게서는 원한도 적의도 사라졌고 그 누구와도 싸우고 싶지 않았다. 그는 고향에 다시 돌아오길 잘했다고 처음으로 생각했다. (『그대 다시는 고향에 가지 못하리 I』 138~140쪽)

조지 웨버가 소설을 출간하게 된 사건, 그것도 제임스 로드니 출판사라는 명망 높은 출판사에서 출간하게 된 사건은 그의 고향 사람들뿐 아니라 조지에게도 일종의 '물질적 성공'을 의미한다. 조지 자신도 그 성공을 동경해 왔다. 일차적으로 그 성공은 사업가로서, 변호사로서 성공하는 것과 같은 의미를 지닌다. 조지는 행복해한다. 작가도 작가이기 전에 한 인간이기 때문이다. 그도 보통 사람처럼 성공과 명성을 추구하는 사람이다.

그런데 작가로서 명성을 획득한다는 것은 사업가와 변호사로서 성공하는 것과는 의미가 다르다. 후자라면 자신이 이룩한 성공을 누리면서 지금까지의 삶을 그대로 유지하면 된다. 물론 각고의 노력도 필요하고 실패를 맛볼 수도 있으며 부침을 겪기도 하겠지만 성공 이전과 성공 이후의 자신의 모습이 크게 달라지지 않는다. 하지만 작가로서 성공해서 명성을 얻는다는 것은 의미가 다르다. 그것은 일종의 탈바꿈을 의미한다. 일반인에서 예술가로의 탈바꿈이다. 그것은 외면뿐 아니라 내면적으로도 전과는 전혀 다른 인간이 되는 것을 의미한다. 그리고 그러한 전면적인 탈바꿈을 이룩하려면, 더욱이 그런 탈바꿈이 계속 이어지는 삶을 살려면 끊임없는 자기 부정과 성찰과 각성이 이어져야만 한다. 역설적이게도 작가로서의 명성이 커지면 커질수록 끔찍할 정도로 자기 학대가 심해지는 길로 들어서게 되는 것이다. 일종의 자발적인 천형의 길로 들어서는 셈이다. 물론 그렇지 않은 경우도 있을 수 있다. 그런 끔찍한 자기 학대 없이도 뛰어난 작품들을 계속 써내는 위대한 작가가 있을 수 있다. 하지만 토머스 울프가 택한 길은 그런 길이 아니다. 무엇보다 자신의 삶과 경험을 소재로 작품을 쓰는 그로서는 스스로 갱신을 거듭하지 않는 한 새로운 작품을 쓸 수 없다. 그런 의미에서 『그대 다시는 고향에 가지 못하리』는 조지 웨버라는 한 인물이 한 명의 작가로서 재탄생하는 과정에 대한 이야기이면서 동시에 끊임없이 자기 갱신을 하면서 살다 죽어간 한 개인의 이야기이기도 하다. 작가로서 큰 명성을 얻는다는 것은 바로 그런 천형의 길로 들어서는 것을 의미한다는 것을 보여주고 가르쳐준 인물이 바로 맥하그이다.

맥하그는 템스강을 건너기 전부터 다시 무너지기 시작했다. 당연한 일이었다! 위대한 성공에 뒤따른 실망과 공허함 속에서 그는 자기도 모르는 그 무언가를 찾아 이곳에서 저곳으로 옮겨 다니고 사람들을 만나고 새로운 모험에 자신을 몰아넣으며 몇 주에 걸쳐 미친 듯 날뛴 것이었다. 그는 이 불가능한 탐색을 잠시도 중단하지 않았고 도중에 휴식을 취하지도 않았다. 그리고 그 결과 찾은 것은 아무것도 없었다. 그리고 그는 지금도 탐색 중이었다. 도박으로 치자면 그는 매 순간 '올인'하고 있었다. (『그대 다시는 고향에 가지 못하리 Ⅱ』195쪽)

　　로이드 맥하그는 저명한 미국 작가이다. 그는 최근 새로운 소설을 출간했다. 책이 출간되자마자 세간에서는 맥하그 씨의 빛나는 작가 경력에서도 최고의 업적이 될 만한 작품일뿐더러 국가적으로도 대단히 중요한 기념비적인 작품이라는 대호평이 줄을 잇는다. 대단한 성공과 명성을 얻은 셈이다. 하지만 그는 그 성공을 전혀 누리지 못한다. 겉으로는 명성과 성공을 누리는 것처럼 보일지 몰라도 속으로는 기진맥진할 정도로 자신을 몰아붙인다. 무언가 새로운 것을 찾아야만 하기 때문이다. 그리고 조지 웨버, 아니 토머스 울프는 바로 맥하그의 길을 간다. 그는 소설가라는 일반인과 구별되는 길을 택했으면서도 소설가로서의 자의식조차도 버려야 한다는 너무 어려운 길을 간다. 그런 식으로 완벽하게 성공한 작품이 있었느냐는 친구 랜디의 질문에 조지 웨버는 이렇게 답한다.

　　"오, 많지! 『전쟁과 평화』를 쓴 톨스토이와 『리어왕』을 쓴 셰익스피어, 『미시시피강의 생활』을 쓴 마크 트웨인. 물론 완벽한 성공이라고는 할 수 없을 거야. 그런 것은 존재할 수 없으니까. 하지만 그들은 할 만한 실수를 했을 뿐이야. 총알을 조금 더 멀리 쏘아 보낸 정도랄까…… 하지만 그들은 허영심 때문에 절름발이가 되지도 않았고 그놈의 자의식이라는 굴레를 뒤집어쓰지도 않았어. 그 허영심, 자의식이 바로 실패의 원흉이야. 나는 그런 실패를 저지른 것이고."

"그렇다면 처방은 뭐지?"

"나 자신을 힘껏 이용하는 것. 내가 가진 모든 것을 이용하는 것. 바짝 마를 때까지 젖을 짜내는 것. 나를 등장인물로 삼는다면 그 어떤 유보도 두지 않고 나를 있는 그대로 보고 그리는 것. 좋은 점뿐 아니라 나쁜 점도, 참된 면뿐 아니라 거짓된 면도 그리는 것. 자신을 남들 그리듯 그리는 것. 그릇된 개인성, 헛된 자만, 쓸데없는 감정 등이 개입되지 않는 것. 한마디로 '상처 입은 목신'을 죽여 버리는 거야. (……) 사실에 충실하되 사실보다 더 진실한 글, 구체적인 경험에서 출발하되 보편적인 적용이 가능한 글을 쓰는 길, 그걸 찾고 있어. 내 생각에 최고의 소설

이란 그런 게 아닌가 싶어."(『그대 다시는 고향에 가지 못하리

Ⅱ』84~86쪽)

위의 발언은 토머스 울프의 소설론이라고 보아도 무방하다.
자기 부정과 성찰과 각성과 모색으로 이루어진 소설을 쓰는
것. 하지만 그 길은 쉽게 열리는 길이 아니다. 그 길은 쉽게 답
이 주어지는 길이 아니라 모색 그 자체로 이루어진 길이다. 따
라서 이 소설은 그야말로 전방위적이고 두서없을 정도의 질문
으로 가득 차 있다고 보아도 무방하다. 마치 머릿속에 오만가
지 상념과 고민으로 가득 찬 사람이 자신의 일기장에 그 모든
것을 털어놓은 것과도 같다. 작가가 된다는 것이 무엇인가? 예
술가와 생활인이 공존할 수 있는가? 라는 근본적인 문제로부
터 고향 마을에 일고 있는 맹목적 부동산 투기 열풍에 대한 깊
은 탐색, 30년대 중반 미국의 기업과 상류사회에 대한 성찰, 진
지함이라고는 사라진 채 가벼운 유행에 휩쓸린 사교계와 지성
사회에 대한 비판, 모순된 사회 구조에 대한 성찰과 비판, 미국
의 주식 대폭락이 오게 된 원인과 그 의미에 대한 성찰 등 그야
말로 전방위적인 질문과 작가 나름의 대답과 성찰로 가득 차
있다. 우리는 그 내용을 여기서 일일이 살펴볼 필요도 없고 여

유도 없다. 다만 그런 비판적 질문과 성찰이 비판 그 자체를 위한 것이 아니라 새로운 탄생, 탈바꿈을 위한 모색의 의미를 지닌다는 점만은 반드시 지적하고 싶다. 그 탈바꿈의 의미는 다음과 같은 글에 잘 드러나 있다.

매미가 땅속에서 나와 생의 마지막 단계에 막 접어들 무렵이면 날개 달린 곤충이라기보다는 살찌고 더러운 벌레처럼 보인다. 놈은 힘겹게 나무 기둥을 기어오른다. 아직 다리 사용법을 제대로 익히지 못한 듯 어색한 몸짓이다. 겨우 나무 기둥 중간쯤에 오른 뒤 놈은 앞발로 나무껍질에 달라붙는다. 이어서 갑자기 팍하고 무언가 터지는 소리가 난다. 그리고 곤충의 등 부분이 마치 지퍼로 채워져 있던 것처럼 좍 옆으로 갈라진다. 그리고 그 안에 있던 생명이 천천히 몸통과 머리를 비롯해 온몸을 밖으로 내밀기 시작한다. 서서히, 아주 서서히 이 놀라운 과업을 성취한 뒤에 그 곤충은 생명 없는 갈색 껍데기를 남긴 채 햇빛 속으로 기어 나온다.
(……) 그것은 서서히 몸을 펴면서 카멜레온처럼 색이 바뀐다. 이윽고 등 양쪽에서 날개가 돋아나면서 퍼지기 시

작한다. 이제 빠르게 날개가 퍼지면서 마침내 무지개색
투명한 날개가 햇빛을 받아 마치 요정처럼 반짝인다. 그
모든 변화가 우리의 눈에 훤히 보인다. 날개가 섬세하게
떨리기 시작하면서 점점 더 떨림이 빨라진다. 이어서 갑
자기 금속성의 윙 소리와 함께 높은 공기를 가르며 날
아간다. 이렇게 새로 태어난 생명체는 새로운 세계로 들
어가 새로운 삶을 산다. (『그대 다시는 고향에 가지 못하리Ⅱ』
8~9쪽)

탈바꿈은 과거와의 완벽한 결별을 뜻한다. 새로운 재탄생을
의미한다. 이 소설의 제목 '그대 다시는 고향에 가지 못하리'는
그렇게 결별한 과거로 다시 돌아갈 수 없다는 것을 뜻한다. 그
런데 『천사여 고향을 보라』 출간과 함께 시작된 1929년의 미국
의 주식 대폭락을 작가는 바로 그런 탈바꿈의 몸짓으로 본다.
엄청난 긍정론인 셈이다.

1929년 가을의 미국은 매미와 같았다. 하나의 세계가 종
말을 고하고 새로운 세계가 시작되고 있었다. 10월 24일,
뉴욕의 월스트리트의 대리석 건물 안에서 갑자기 천지

가 진동하는 요란한 소리가 울렸다. 주식 대폭락의 파열음이었다. 미국을 감싸고 있던 낡아빠진 껍질, 그 죽은 껍질이 깨지고 등에서 금이 가는 소리였다. 그리고 그 껍질 안에서 고통스럽게 서서히 변화하던 살아 있는 생명체가, 즉 언제나 변함없이 그러했던 미국, 앞으로도 그래야 할 진정한 미국이 그 모습을 드러내기 시작했다. 그 미국은 밝은 빛으로 나오자 아찔한 상태에서 비틀거렸고 다리를 절었다. 이제껏 갇혀 있었기 때문이다 미국은 오랫동안 가사(假死) 상태에서 그 안에 생명력을 간직한 채 변신의 다음 단계를 참을성 있게 기다리고 또 기다려 왔다.

(……)

그러나 그들은 틀렸다. 그들은 '그대 다시는 고향에 가지 못하리'라는 엄연한 사실을 몰랐다. 미국의 그 어떤 것이 종말을 고했으며 그 어떤 것이 새롭게 시작되었음을 몰랐다. 게다가 새로 시작된 그 어떤 것이 무엇일지 아무도 몰랐다. 미국의 변화하는 모습과 미래의 불확실성에 지도자들의 잘못이 겹쳐서 공포와 절망이 증폭되었고 오래 가지 않아 거리에는 기아(飢餓)가 만연했다. 그 모든 것 가운데 단 하나 확실한 것이 있었으나 아무도 그것을 보지 못했다. 미국은 여전히 미국이며 그 안에서 그 어떤 새로운 모습이 나타나더라도 미국은 여전히 미국이리라는 사실이었다. 마치 애벌레가 탈바꿈하여 매미가 나타나며, 그것이 바로 매미의 정체성이듯이……. (『그대 다시는 고향에 가지 못하리Ⅱ』 9~11쪽)

그리고 조지 웨버 자신도 그 탈바꿈을 겪는다.

조지 웨버도 다른 사람들과 마찬가지로 혼란과 두려움에 사로잡혀 있었다. 어찌 보면 그의 혼란과 두려움은 남들보다 더 심했다. 전반적인 위기 상황에 개인적인 위기가 겹쳐 있었기 때문이었다. 바로 그 순간 조지도 종말과 새로운 시작을 겪고 있었다. 그것은 '사랑'의 종말이었다. 하지만 '사랑하기'의 종말은 아니었다. 그것은 세상에서 '인정받기'의 시작이었다. 하지만 '명성'의 시작은 아니었다. 하지만 매미가 애벌레에서 매미로 재탄생하듯 작가 지망생에서 작가로 재탄생한 것만은 분명했다.
그의 책은 11월 초에 출간되었다. 그런데 그가 그토록 간절하게 기다리던 그 사건은 그가 기대했던 것과는 전혀 다른 결과를 가져왔다. 그리고 그 기간에 그는 그가 이전에 전혀 알지 못했던 새로운 것을 많이 배웠다. 하지만 자기 자신의 변화는 자신을 둘러싸고 있는 이 세상 전체의, 보다 큰 변화와 밀접하게 연관이 있다는 그 배움은 아주 천천히 이루어졌다. (『그대 다시는 고향에 가지 못하리Ⅱ』 11~12쪽)

그렇다. 이 소설은 딜바꿈한 작가가 새롭게 변한 눈으로 새롭게 세상을 보고 배우는 과정에 대한 기록이다. 그리고 이 소설의 전반부는 바로 작가라는 명성을 추구하던 작가 지망생이 비로소 작가로 재탄생하는 과정으로 보아도 된다. 매미가 재탄생해서 날아오르듯 주인공도 날아오른다. 날아오르면서 세상을 보면 어떻게 되는가? 시야가 넓어지고 못 보던 것을 보게 된다. 그 새로 탄생한 눈으로 세상을 보면서 그는 '그대 다시는 고향에 가지 못하리'의 의미를 분명하게 깨닫는다.

'그대 다시는 고향에 가지 못하리'라는 표현은 그에게 여러 가지 의미를 함축하고 있었다. 다시는 가족에게 돌아갈 수 없다, 어린 시절로 돌아갈 수 없다, 낭만적인 사랑으로 돌아갈 수 없다, 영광과 명성을 향한 젊은 시절의 꿈으로 돌아갈 수 없다, 유랑 생활, 유럽이나 다른 나라로의 도피로 다시 돌아갈 수 없다, 서정성으로 돌아갈 수 없다, 노래를 위한 노래, 예술을 위한 예술로, 유미주의로 돌아갈 수 없다, '예술가'에 대한 젊은 시절의 이상으로, '예술'과 '미'와 '사랑'에 자족하던 시절로 돌아갈 수 없다, 상아탑으로 돌아갈 수 없다, 시골 마을 광장으로 돌아갈 수 없다, 이 세상 모든 투쟁과 갈등을 등지고 버뮤다 섬의 오두막으로 돌아갈 수 없다, 잃어버린 아버지, 열심히 찾아온 아버지에게로 돌아갈 수 없다, 누군가 너를 도와줄 수 있는, 너를 구해주고 네 짐을 덜어줄 고향으로 돌아갈 수 없다, 마치 영속하는 것처럼 보이지만 실제로는 항상 변화하는 낡은 형태와 체계로 돌아갈 수 없다, 시간과 기억이라는 탈출구로 돌아갈 수 없다, 이 모든 의미를 그 문장은 담고 있었다. (『그대 다시는 고향에 가지 못하리 Ⅱ』 271쪽)

과거와 결별한 눈, 높은 곳에서 세상 전체를 보는 눈이 인간 전체에 대한 새로운 성찰에 이어서 현재 이 세상을 휩쓰는 정치적 기만과 폭력에 대한 질문, 스탈린, 히틀러의 전제 정치에 대한 질문, 건강한 미국을 모색하는 질문으로 이어지는 것은 당연하다.

이것이 인간이다. 그렇다면 왜 인간이 그토록 살기를 원하는지 의아할 수밖에 없다. 그는 생애의 3분의 1을 잠으로 잃고 또 다른 3분의 1은 힘든 노동에 바치며 6분의 1은 거리를 오가며 사람들 사이로 뚫고 들어갔다 나오고 밀치고 걸어차는 데 쓴다. 그렇다면 비극적인 별을 바라볼 시간은 얼마나 남아있을까? 영원한 땅을 바라볼 시간은 얼마나 남아있을까? 영광을 위한 시간, 위대한 노래를 작곡할 시간은 얼마나 남아있을까? 모든 것을 집어삼키고 빨아들이는 삶으로부터 겨우 잡아챌 수 있는 아주 짧은 순간만이 남아 있을 뿐이다.

그렇다, 여기에 바로 인간이 있다. 시간을 좀먹는 나방 같은 존재, 짧게 헤아릴 수 있는 시간만 의식하는 얼간이, 헛되고 메마른 숨을 쉬는 모조품. 하지만 신이 이 황량하고 폐허 같은 이 땅에 온다면, 인간이 만든 도시의 폐허만 남아있고 부서진 판때기 위에서 인간의 손으로 새겨진 몇 개의 표식들만 보인다면, 황량한 사막에 바퀴 하나

『그대 다시는 고향에 가지 못하리』를 찾아서

365

만 덜렁 남아 있는 모습이 보인다면 신들의 가슴 속에서
외침이 터져 나오리라. "그들이 살았다. 여기에 있었다!"
라는 외침이!

인간이 하는 일을 보라.

인간은 빵을 구하기 위해 말(言)을 필요로 했다. 그래서
예수가 왔다! 인간은 싸움터에서 부를 노래가 필요했다.
그래서 호메로스가 왔다. 인간은 적들을 저주할 말이 필
요했다. 그래서 단테가 왔고 볼테르가 왔으며 스위프트
가 왔다. 인간은 털 없는 연약한 살을 감싸기 위해 옷이
필요했다. 그래서 솔로몬의 의복을 지었으며 위대한 왕
들의 옷을 만들었고 젊은 기사들을 위한 비단옷을 만들
었다. 인간은 몸을 숨길만 한 벽과 지붕이 필요했다. 그래
서 블루아성을 만들었다. 인간은 신의 비위를 맞추기 위
해 사원이 필요했다. 그래서 샤르트르 성당과 파운틴스
아베 수도원을 만들었다. 인간은 땅 위를 기어가도록 만
들어졌다. 그래서 바퀴를 만들었고 레일 위를 달리는 거
대한 엔진을 만들었으며 큰 날개를 공중에 날리고 성난
바다에 거대한 배를 띄웠다.

(……)

인간은 이 무감각한 우주의 허무 속에서 삶을 이어간다. 그것은 하나의 믿음, 확신이 있기 때문이며 그것이 바로 인간의 영광이요, 승리요, 불멸성이다. 그것은 바로 인간의 삶에 대한 믿음이다. 인간은 삶을 사랑한다. 그리고 삶을 사랑하기에 죽음을 증오한다. 그 때문에 인간은 위대하며 영광스럽고 아름답다. 그리고 그 아름다움은 영속한다. 인간은 무감각한 별들 아래 살면서 별들 안에서의 자신의 의미에 대해 쓴다. 인간은 두려움과 노고와 번뇌와 끊임없는 혼란 속에서 살아간다. 하지만 숨을 내쉴 때마다 상처 입은 폐에서 피가 거품처럼 부글부글 끓어오르더라도 숨이 그쳐 버리는 것보다는 삶을 더 사랑한다. 죽어가면서도 인간의 눈은 아름답게 불타고 그들의 오랜 갈망은 그 눈 속에서 더욱 강렬하게 빛난다. 그토록 힘들고 무의미한 고통을 겪었으면서도 여전히 살기를 원한다. 그러니 이 인간이라는 피조물을 비웃는 것은 불가능하다. 바로 삶을 향한 이 강력한 믿음으로부터 이 하잘것없는 존재가 사랑을 창조해냈기 때문이다. 최선의 경우, 인간은 사랑이다. 인간이 없다면 사랑도 없고 굶주림도 없으며 욕망도 없다.

『그대 다시는 고향에 가지 못하리』를 찾아서

그렇다, 이것이 인간이다. 최악과 최선이 함께 하는 존재! 다른 동물처럼 주어진 날을 살다가 죽어버리는, 그리고 잊히는 약하고 하찮은 것. 그러나 인간은 동시에 불멸이다. 그가 행한 선과 악은 그가 죽은 후에도 살아남기 때문이다. 그렇다면 왜 살아 있는 인간이 죽음과 결탁해야 한단 말인가? 왜 탐욕에 사로잡혀 맹목적으로 형제의 피를 빨아먹고 살찌워야 한단 말인가? (『그대 다시는 고향에 가지 못하리 II』 129~132쪽)

그는 삶 자체에 대한 예찬을 바탕으로 인간 사회의 악을 바라본다.

그가 보기에 히틀러주의는 오래된 야만성이 재발한 것이었다. 히틀러주의의 토대를 이루는 것들이 (……) 갑자기 출현한 것이 아니었다. (그리고) 그것은 (……) 독일인에게만 국한되지 않는다. 그것은 어느 한 종족에게만 속하는 것이 아니다. 그것은 인간이 보편적으로 물려받은 유산이다. 인간이 지닌 무시무시한 측면인 그 야만적 정신의 흔적은 어디에서나 찾아볼 수 있다. 그것은 때로는 변장한 채 나타나기도 하고 때로는 버젓이 라벨을 달고 있기도 하다. 히틀러, 무솔리니, 스탈린처럼 각각 자기만의 고유한 이름을 갖고 있으며 미국에도 다양한 형태로 그것은 존재한다. 무자비한 자들이 자신들의 목적을 위해 공모(共謀)하는 곳, 약육강식의 법칙이 지배하는 곳에서는 언제고 그것이 싹을 트고 자라난다. (『그대 다시는 고향에 가지 못하리Ⅱ』269~270쪽)

그 병은 인간 영혼의 병이다. 그리고 그는 그 병이 치유될 수 있다고 확신한다. 그리고 바로 그 자리에 토머스 울프라는 작가의 자리가 존재한다.

그토록 멀리 떨어져 있는 나라에서, 그토록 극심하게 격동에 휩싸인 어지러운 이국 상황에서 나는 처음으로 미국이 얼마나 병들었는가를 깨달았습니다. 그리고 그 병이 지금 무시무시한 세상이 된 독일의 병과 비슷하다는 것을, 그것은 바로 영혼의 병이라는 것을 깨달았습니다. 나중에 나와 절친인 독일인 프란츠 하일리히가 비슷한 말을 내게 해주었습니다. 독일에는 희망이 없으며 죽음,

파괴, 총체적 파멸 외에는 저지할 방법이 없다는 것이었습니다. 나도 그의 의견에 동의합니다. 하지만 미국이 독일과 같은 병을 앓고 있다 하더라도 내게는 미국의 병은 아직 치명적이지 않으며 치료가 불가능해 보이지 않습니다. 만일 미국이 독일에서처럼 공포를 직시하는 것을 두려워하거나 그 이면을 면밀하게 조사하지 않는다면, 그 원인이 어디에 있는지 살피고 그것에 대해 진실을 말하지 않는다면 독일과 마찬가지로 절망적일 것이며, 독일보다 한층 더 절망적일 것입니다. 미국은 젊으며 아직 인류의 희망이 살아 있는 신천지입니다. 늙고 지쳐있는, 수많은 고질적인 질병에 시달리고 있는 유럽과 미국은 다릅니다. 미국은 아직 탄력이 있으며 쉽게 병을 치유할 수 있습니다. 다만, 다만, 무슨 수를 써서라도 진실을 두려워하지 않는 법을 터득했을 때만 그럴 수 있습니다. 독일에서는 꺼져버린, 진실이라는 서치라이트만이 인간의 고통받는 영혼을 정화하고 치유할 수 있습니다. (『그대 다시는 고향에 가지 못하리Ⅱ』 314~315쪽)

우리는 작가의 진단과 해답에 동의할 수도 있고 동의하지 않을 수도 있다. 하지만 그 고통에 찬 질문을 던지는 젊은 작가에게는 깊이 감동하고 가슴이 떨려온다. 그 질문을 던지는 작가의 눈은 분노에 이글거리지도 않고, 절망에 빠져 있지도 않다. 다만 그 고통을 외면하지 않으면서 인간에 대한 깊은 신뢰와 희망을 간직한 채 미래를 향해 있다. 나는 그렇게 치열하면서도 건강한 시선이 그립다. 우리 주변에서 그런 시선을 보기 힘들기 때문이다.

나는 작가가 마지막으로 던진 진정으로 진지한 질문을 독자 여러분과 함께 진지하게 성찰해보고 싶다. 우리가 의미 있는 삶을 살아가려면 늘 던져야 하는 질문이면서 우리가 잊고 있는 질문이기 때문이다. 그 질문은 작품 마지막에 주인공 조지 웨버가 정신적 아버지로 여겨온 폭스홀 에드워즈와 결별하면서 던진 질문이다. 여러분은 다음의 두 태도 중 어느 편에 마음이 끌리는가? 폭스홀 에드워즈인가 아니면 조지 웨버인가? 아니면 아예 그런 질문을 외면하고 싶은가? 좀 길지만 그대로 인용해보자. 그리고 그 질문 자체에 그냥 푹 빠져보자.

생로병사(生老病死)라는 인간의 숙명, 그 한계, 당신과 전도자의 신조이기도 한 그 한계를 받아들이는 태도에서 당신과 나는 차이가 있습니다. 간단히 말해 당신은 인류를 위협하고 있는 질병들은 고칠 수 없다고 생각하고 있습니다. 인간이 생로병사를 겪을 수밖에 없듯이 인간 스스로 만들어낸 온갖 괴물들—공포, 잔혹, 전제, 힘, 가난과 부(富)라는 괴물들에게 포위당하고 그 먹이가 될 수밖에 없다고 생각합니다. 당신은 이 모든 것이 숙명적으로 존재할 수밖에 없으며 영원히 존재하리라는 가혹한 체념의 숙명론을 견고하게 지니고 있습니다. 인간의 얼룩지고 고통받는 영혼 속에 그런 요소들이 항존(恒存)하고 있다고 믿고 있습니다.

친애하는 폭스 씨, 나는 당신의 말씀에 귀를 기울이고 당신을 이해합니다. 하지만 동의할 수는 없습니다. 당신은 지금 횡행하는 괴물을 괴멸시키면 그 대신 새로운 괴물들이 출현하리라고 느끼고 있습니다. 당신은 낡은 압제를 타도하더라도 불길하고 사악한 새로운 압제가 출현하리라고 느낍니다. 당신은 우리를 둘러싸고 있는 세상에서 위력을 발휘하는 악, 권력과 예속 사이의, 결핍과 풍요 사이의, 특권과 차별 사이의 그 기묘하게 일그러진 불균형이 불가피하다고 느낍니다. 그것은 인간이 받은 저

주이며 인간 존재의 기본조건이기 때문이라는 것입니다. 그런 당신의 말에도 나는 귀를 기울이고 당신을 이해합니다. 하지만 동시에 바로 그 자리에서 당신과 나 사이의 틈이 한결 넓어진 것을 느낍니다. 당신은 그렇게 이야기하고 확언하지만, 그리고 그런 당신을 나는 이해하지만, 당신에게 동의할 수는 없습니다.

나는 당신보다 더 친절하고 온화한 분을 본 적이 없습니다. 하지만 동시에 당신처럼 숙명적으로 체념하는 사람을 본 적도 없습니다. 실제 생활과 행동에서 당신은 전도자의 설교를 마치 기적처럼 행하고 있습니다. 당신은 누군가 재능을 낭비하는 모습을 보이거나 삶을 남용하면서 해야 할 일을 하지 않는 모습을 보이면 얼굴이 파리해지고 머리칼이 하얗게 세어 버립니다. 그대로 두고 보지 못해서일 뿐 아니라 그 모습 자체가 너무 고통스럽기 때문입니다. 나는 당신이 노력해서 구할 가치가 있다고 생각하는 것을 구하기 위해 전력을 다하는 모습을 보았습니다. 나는 당신이 실패의 구렁텅이에 빠져 허우적거리는 사람을 온갖 노력과 인내심을 발휘하여 그 구렁텅이에서 끌어내 주는 모습을 보았습니다. 그리고 그를 끌어내려다 미끄러지고 실패할 때마다 당신은 체념과 후회 대신 눈을 빛내며 "그대로 내버려 두면 안 돼! 아직 포기할 때가 아니야. 절대로 내버려 둘 수 없어"라고 말하는 모습, 강철 같은 의지를 내보이는 모습을 보았습니다. 따라서 내가 당신에게서 체념의 모습을 보았다고 말하는 것은 일반적인 의미와는 다릅니다. 당신의 체념에는 집념과 끈기, 용기가 함께 하고 있습니다. 그런 의미에서 당신은 가장 낯설면서도 가장 친근한 존재이며 가장 구불구불하면서도 가장 곧은, 가장 단순하면서도 가장 복잡한 존재입니다.

구원할 수 있는 것은 모두 구원하려는 당신의 그 기적적인 노력에 대해 한마디도 않은 채 당신이 이 고통받는 세상의 온갖 고난과 불의를 체념적으로 받아들이고 있다고 말하는 것은 정말 부당한 일일 것입니다. 모든 일에 전력을 다하라는 전도자의 명령을 당신처럼 충실히 수행한 사람도 없을 것입니다. 구원할 수 있는 것, 치료할 수 있는 것을 구원하고 치료하려는 노력을 당신처럼 성실히 수행한 사람도 없을 것입니다. 그렇지만 '치료 불가능한 것'을 당신처럼 묵묵히, 그리고 무관심하게 받아들였던 사람도 없을 것입니다. 당신은 무모하게 스스로 파멸에 빠진 친구를 구하기 위해 온갖 위험을 다 무릅쓰리라고 생각합니다. 하지만 당신은 죽음처럼 피할 수 없는 운명은 후회 없이 받아들이리라는 것을 나는 알고 있습니다.

(……)

바로 이 점에서 당신과 나 사이에는 기묘한 역설이 존재합니다. 마치 우리 둘이 양극단에 서 있는 것 같은 역설이 나타나는 것입니다. 그리고 바로 그곳에 우리 사이 갈등의 뿌리가, 우리가 갈라서야만 하는 이유의 뿌리가 존재합니다.

당신의 철학은 당신을 주어진 사물의 질서를 있는 그대로 수락하는 쪽으로 이끌었습니다. 그것을 바꿀 수 있다는 희망이 없기 때문입니다. 만일 당신이 그 질서를 바꿀 수 있다 하더라도 당신은 다른 질서도 전의 질서만큼 나쁘리라고 느낄 것입니다. 영속하는 시간의 견지에서 보자면 당신이나 전도자가 옳을 것입니다. 전도서의 지혜보다 더 위대한 지혜는 없을 것이기 때문입니다. 바위처럼 굳건한 숙명론처럼 궁극적으로 진실한 '수락'은 없을 것이기 때문입니다. 인간은 태어나서 고통받고 죽게 되어 있습니다. 비극적인 운명을 맞을 수밖에 없습니다. 궁극적으로 그것을 부인할 수는 없습니다. 하지만 경애하는 폭스 씨, 우리는, 우리가 부인할 수 없는 그것을 우리가 살아 있는 내내 부인해야만 합니다.

인류는 영원을 위해 만들어졌지만 살아 있는 인간은 매일매일을 위해 만들어졌습니다. 그의 오늘의 삶 뒤에는 새로운 악이 생겨나겠지만 지금 그에게 관심이 있는 것은 지금의 악입니다. 그리고 나 같은 사람의 믿음의 본질은, 나와 같은 신념을 지닌 사람들의 종교의 본질은 인간의 삶이 나아질 수 있으며 나아지리라는 믿음, 현재 우리 앞에 모습을 보이고 있는 인간의 거대한 적들, 공포, 증오, 예속, 잔혹, 가난, 궁핍이 정복되고 파괴될 수 있으리라는 믿음에 있는 것처럼 보입니다. 그것들은 체념적인 숙명론에 의해서는 결코 정복되거나 파괴될 수 없습니다. 수락의 철학에 의해서는 파괴될 수 없습니다. 세상은 여전할 것이고 악은 여전할 것이라는 비극적 가정(假定), 형태야 바뀔지 몰라도 선은 선으로 악은 악으로 여전히 존재할 것이라는 비극적 가정으로는 파괴될 수 없습니다. (……) 낡은 악을 퇴치하면 더 강력한 새로운 악이 나타날

것이라고 믿는 것, 판도라의 상자가 한 번 열리면 그 속의
온갖 추한 것들이 끊임없이 뛰쳐나오리라고 믿는 것, 바
로 그것이 악이 영속하도록 도와주는 것 아닐까요.

영원의 관점에서 보면 당신과 전도자가 옳을지도 모릅니
다. 하지만 경애하는 폭스 씨, 우리 살아 있는 사람들은
바로 지금을 위해 존재합니다. 그리고 우리가 말해야 하
는 것, 우리가 보고 알 수 있도록 진리에 대해 말하는 것
은 바로 지금을 위해서이고 살아 있는 우리를 위해서입
니다. 적이 우리에게 온다면 우리는 우리 속의 진리라는
용기를 가지고 그에 맞서야 합니다. 그러면 적을 굴복시
킬 수 있습니다. 그리고 그들을 정복한 후에 새로운 적이
다가오더라도 우리는 바로 그 지점에서 그들과 맞서서
똑같이 행동할 것입니다. 그 사실을 긍정하는 것, 끊임없
는 싸움을 지속하는 것, 그것이 인간의 종교요, 살아 있는
믿음입니다. (『그대 다시는 고향에 가지 못하리Ⅱ』327~333쪽)

하나의 정답이 있을 수 없는 질문, 그러나 우리가 진지한 삶
을 살려면 그중 하나를 선택할 수밖에 없는 질문이다. 혹은 그
둘과는 다른 길을 모색하게 만드는 질문이다. 이 소설을 읽으

면서 그 질문의 길로 들어서지 않겠는가?

나는 토머스 울프가 30대 중반에 쓴 이 소설을 읽으며 내내 긴장했고 몸이 떨리기도 했다. 그 진지함, 성실함에 압도되었기 때문이다. 오, 30대 중반에 그런 질문이 가능하다니! 30대 중반에 이런 총체적인 질문을 구체적으로 폭넓게 던지다니! 프랑스의 빅토르 위고는 『세기들의 전설』을 쓰면서 인류 영혼의 서사시를 노래하겠다고 했다. 그 외에도 인류 전반에 대해, 세계 전반에 대해 성찰하고 고민한 작품을 남긴 작가들은 많다. 『전쟁과 평화』, 『부활』의 톨스토이, 『마의 산』의 토마스 만, 『유리알유희』의 헤르만 헤세가 그러하다. 하지만 그들은 대개 노년에 그런 작품을 썼다. 그런데 토머스 울프는 30대 중반에 그런 작품을 썼다. 아니, 나이가 무슨 상관이겠는가! 더욱이 토머스 울프는 이 작품을 유작으로 남기지 않았는가!

미국 소설가 윌리엄 포크너는 '토머스 울프가 좀 더 오래 살았더라면 미국 문단의 일인자가 되었을 것이다'라고 말했다. 아니, 그는 울프가 남긴 작품들만으로도 그를 미국 문단의 일인자로 꼽았다. 그리고 누구나 토머스 울프라는 작가에게 '천재'라는 수식어를 붙인다. 나는 일인자 이인자라는 평가를 별로 좋아하지 않는다. 그러나 울프에게는 일인자라는 칭호를 붙이고 싶다. 다만, 천재라는 칭호 대신 그 치열함에서 당할 자가 없었다는 의미에서 일인자라는 칭호를 붙이고 싶다. 나는 그 치열함이 그립다. 그 치열한 모습이 우리에게 너무 잊힌 모습이기 때문이다. 현대인에게 잊힌 모습이기 때문이다. 그 모습은 어디로 갔는가? 바로 그 자리에서 나는 '그대 다시는 고향에 가지 못하리'라는 선언을 울프처럼 과거와의 결별로 읽지 않고 그리움으로 읽는다. 울프, 그대는 어디로 갔는가? 우리는 다시 울프를 보지 못할 것인가?

마지막으로 여러분에게 한 가지 선물을 주겠다.

이 소설을 읽고 토머스 울프라는 인간을 좀 더 실감나게 느끼려면 마이클 그랜디지 감독이 메가폰을 잡은 2017년도 영화 〈지니어스〉를 보기를 권한다. 토머스 울프와 맥스 퍼킨스 사이의 실화를 담은 영화이다. 『그대 다시는 고향에 가지 못하리』에서의 조지 웨버와 폭스홀 에드워즈가 그들이라고 보면 된다. 주드 로가 토머스 울프 역을 맡았고 콜린 퍼스가 맥스 퍼킨스 역을 맡았다. 이 영화에서 피츠제럴드와 헤밍웨이의 모습을 볼 수 있는 것도 별도로 얻을 수 있는 보너스이다.

그대 다시는 고향에 가지 못하리 II

생각하는 힘: 진형준 교수의 세계문학컬렉션 95

펴낸날	초판 1쇄 2023년 11월 17일

지은이	토머스 울프
옮긴이	진형준
펴낸이	심만수
펴낸곳	(주)살림출판사
출판등록	1989년 11월 1일 제9-210호

주소	경기도 파주시 광인사길 30
전화	031-955-1350 팩스 031-624-1356
홈페이지	http://www.sallimbooks.com
이메일	book@sallimbooks.com

ISBN	978-89-522-4734-6 04800
	978-89-522-3984-6 04800 (세트)